Påskekrim
2011

PÅSKEKRIM
2011

18 KRIMINALNOVELLER AV

*Anne B. Ragde, Kristoffer Morris, Unni Lindell,
Pål Gerhard Olsen, Gunnar Staalesen, Kurt Aust,
Jørgen Jæger, Gert Nygårdshaug, Kim Småge,
Tom Egeland, Kjell H. Mære, Jørn Lier Horst,
Fredrik Skagen, Arild Rypdal, Jon Michelet,
Jorun Thørring, Ørjan N. Karlsson
og Erik Meling Sele*

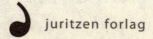

© juritzen forlag as 2011, Oslo
www.juritzen.no

Materialet er vernet etter åndsverkloven. Uten uttrykkelig samtykke er eksemplarfremstilling, som utskrift og annen kopiering, bare tillatt når det er hjemlet i lov (kopiering til privat bruk, sitat o.l.) eller etter avtale med Kopinor (www.kopinor.no). Utnyttelse i strid med lov eller avtale kan medføre erstatnings- og straffansvar.

Omslagsdesign: Trygve Skogrand / Passion&Prose

Satt med 10/15 Sabon
av Passion&Prose

Papir: 50 gr Pocket Trähaltigt 2.4
Printed in Sweden
ScandBook AB, Falun 2011

ISBN 978-82-8205-092-0

INNHOLD

Kristoffer Morris: «Den falske tvilling» 7

Gunnar Staalesen: «Det store spranget» 21

Jørn Lier Horst: «Dødelig kollekt» 35

Tom Egeland: «Døden på direkten» 55

Erik Meling Sele: «Høy innsats» 67

Kim Småge: «Renslighet er en dyd» 97

Ørjan N. Karlsson: «Siste oppdrag» 105

Kurt Aust: «Tre er to for mye» 119

Kjell H. Mære: «Vinterfugler» 135

Pål Gerhard Olsen: «Vårtegn» 147

Arild Rypdal: «Fatale ringer» 169

Jorun Thørring: «Svigermors drøm» 213

Anne B. Ragde: «Polarsafari» 227

Fredrik Skagen: «Å drepe en sangfugl» 259

Unni Lindell: «Kappløpet» 271

Jon Michelet: «Et spørsmål om tid» 281

Gert Nygårdshaug: «Hummerens klo» 303

Jørgen Jæger: «Lensmann Viks mareritt» 323

DEN FALSKE TVILLING

Av Kristoffer Morris

– Du kan jo tenke deg hvilket sjokk det var å finne ut at søstrene Wang ikke var tvillinger likevel.

Bestemor lo en trillende latter, som om hele historien var en stor vits, og ikke en av de alvorligste økonomiske forbrytelsene som hadde utspilt seg på våre kanter. Det skal riktig nok ikke så mye til. Åsbygd er ikke akkurat Wall Street. Det er et av disse stedene riksveiene svinger høflig utenom, så folk kommer raskere fram til viktigere og mer interessante steder. For de fleste blir den aldri noe mer enn en avkjøring og et navn i svarte bokstaver på gul bunn langs E6. Om noen klarte å lure en halv million ut av den lille bankfilialen her, er det en hendelse som gir folkesnakket næring i lang tid. Nå hører de selvfølgelig til historien, både bankfilialen og den spektakulære svindelen den ble utsatt for. Til gjengjeld er både banktjenester og lokalhistorie tilgjengelig på internett. Selv på en plass som Åsbygd.

PC'n hennes var sirlig plassert på en liten kniplingsduk ved siden av bildet av Bestefar. Jeg er overbevist om at hvis hun kunne, ville hun ha plassert en porselenskatt på toppen. Den var malplassert som en hip-hoper med saggebukse og skateboard på kirkekaffe. En situasjon som for øvrig ikke var helt utenkelig i Åsbygd. Og hun hadde så visst glede av maskinen. Jeg hadde omtrent daglig kontakt med henne via facebook. Til gjengjeld kunne det gå månedsvis mellom hver gang jeg fant tid til å komme oppom.

Jeg så på det nesten tretti år gamle bildet jeg hadde funnet i lokalavisens digitale arkiv.

– De var like som to dråper vann, da.

– Ja, ikke sant? Like høye, lik alder og like pene. Og du kan jo forestille deg hva slags oppsikt en slik – bestemor nølte litt, som om hun var redd for å velge et galt ord – *eksotisk* skjønnhet vakte her den gang. Og tenk deg da vi fant ut at det var to av dem! Hun lo igjen, enda mer begeistret.

Jeg nikket. Det var virkelig to spesielt vakre ansikter som smilte til meg i svart-hvitt. Amy Wang må ha vært litt av en sensasjon da hun dukket opp på et sted som dette, den gang invandrere ennå var forholdsvis uvanlige i utkantnorge.

– Hun var som en ... hva skal jeg si ... som en orkidé i en kålåker. Bestemor tok en slurk av kaffen, åpenbart fornøyd med sin egen beskrivelse. – Så vever, og så annerledes. På alle måter. Hun var blant annet alltid blid. Hun *lo* over alt, på butikken, på postkontoret, når hun traff folk på busstasjonen – det er jo ikke vanlig med så mye godt humør på våre kanter.

Jeg måtte smile. Åsbygd er vel hverken verre eller bedre enn andre steder, men Besta var åpenbart innstilt på å fremheve Amys spektakulære ankomst i best mulig lys, så jeg lot henne holde på.

– Det rareste, det som virkelig fikk folkesnakket i gang, var at det skulle være Bøtta som brakte noe slikt til bygda.

– Bøtta?

– Ja, Bjørn-Asle da. Alle kalte ham bare Bøtta. Han var ... vel, han var ikke akkurat den man skulle tro endte opp med en orientalsk skjønnhet.

– Hvor var hun fra?

– Vietnam. Han kom hjem med henne etter en ferietur, og alle gikk ut fra at det var det som ble kalt en postordrebrud på den tiden. Selv hevdet han riktig nok hardnakket at hun var båtflyktning og han hadde truffet henne i Malmø, og av høflighet lot vi være å spørre. Bøtta gikk i klassen min, han var litt stakkarslig. Jeg er overbevist om at han var den første kvinnen han ... vel.

Jeg lente meg fram og tok en småkake og sa så uskyldig jeg kunne: – Den første han hva da, Besta?

– Uff, ikke få meg flau, nå. Hun så på meg med dette påtatt naive blikket gamle kvinner har rett til å bruke, enda de er vet mer om verdens kynisme enn noen.

– Vi var faktisk ikke så lite forbauset over at Bøtt .. Bjørn-Asle hadde klart å vise initiativ nok til å skaffe seg en kvinne i det hele tatt, enten det nå var på den ene eller andre måten. Ikke at han var spesielt stygg eller usjarmerende, men han var så forferdelig usikker. Og bedre ble det ikke av den historien med gården.

Hun helte seg en ny kopp kaffe, og lot meg vente på fortsettelsen, åpenbart tilfreds med å ha både en tålmodig tilhører og en historie som lot seg utbrodere lenge nok til at det holdt hele veien fram til Dagsrevyen.

– Det var en temmelig stygg sak, skjønner du. Og selv om en annen nok ikke hadde gitt seg så lett som ham, er det ikke særlig sannsynlig at det kunne ende på annen måte enn det gjorde. Bøtta var fra en av gårdene nede langs Åsfjordelva. Ikke av de største, og plassene heromkring er jo ikke akkurat herregårder, men likevel nok til at han fikk lånt noen hundretusener på den.

– Hva skulle han med det?

– Ingenting. Hun ristet trist på hodet.

– Det var åttitallet dette, alle skulle liksom bli rike på en gang. Den første jappebølgen. Så var det en smarting nede i banken, en finansrådgiver av noe slag fra Oslo, som rådet ham til å ta opp lån og sette dem i aksjer. Og du vet jo hvordan det er. Eller forresten, kanskje ikke. Din generasjon har vel lært seg at finansfolk ikke er mer til å stole på enn andre. Heller mindre. Hun snurpet munnen sammen.

– Men vi, skjønner du. Jeg og Bjørn-Asle og vi andre som har vokst opp med en bankfunksjonær som noe av det mest pålitelige, det tryggeste man kan komme borti, vi gjør som vi blir fortalt, vi.

Hun sukket, som om hun påtok seg hele Bøttas miserable økonomiske sjebne.

– Så kan du vel tenke deg resten. En vakker dag ringte de og fortalte at pengene var vekk, og at han hadde seg selv å takke. Som om Bøtta ante noe om forskjellen på trygge og risikofylte pengeplasseringer. Den unge rådgiver-smartingen var selvfølgelig over alle hauger for lengst, antakeligvis med en solid provisjon i lommen etter å ha lurt bygdetullinger i hele distriktet.

– Noen hundre tusen er jo ikke allverden, sa jeg. Og angret øyeblikkelig, idet jeg fikk et blikk som antydet at mennesker på min alder, som krøyp ut av mors liv med en betydelig del av oljeformuen vakkert dandert på en sølvskje i munnviken, vi visste lite og forsto enda mindre av begreper som slit, nøysomhet og ansvar. Jeg var ikke helt fremmed for å gi henne rett.

– Det var i alle fall nok til at han måtte selge farsgården, sa hun kort. – Fattig var han vel kanskje ikke akkurat, men langt fra rik. Da gården var solgt og gjelden betalt hadde han råd til det lille blå huset oppi bakken mot skogen der. Hun pekte ut av vinduet.

Jeg nikket. Huset hun snakket om var ikke stort, og kunne ikke sammenliknes med gårdsbruket han hadde gitt fra seg. Men det lå trivelig til, og var vel stort nok til en enslig mann. Og altså etter hvert en liten kone.

– Det var to år etter dette han kom hjem med Amy. Alle hadde vel mer eller mindre avskrevet at han skulle få seg noe, og i alle fall at han skulle ende opp med en smart, vakker og morsom pike som henne. Det var liksom som om vi ble glad i henne alle sammen, på hans vegne.

– Men tvillingsøsteren ... begynte jeg, for om mulig å lede henne tilbake til hovedsporet. Det ante meg at den egentlige historien ikke hadde begynt ennå, og at vi var i ferd med å bevege oss inn i småbysladderens kronglete krattskog av digresjoner og avsporinger.

– De var ikke tvillinger, sier jeg jo!

Jeg så på bildet av de to identisk utseende skjønnhetene.

– Hun dukket dessuten opp først senere, sa Besta før jeg nådde å uttrykke tvil. – Etter at han var borte. Bøtt ... Bjørn-Asle døde av kreft bare tre år etter at hun kom. Antakeligvis – nei forresten, helt sikkert – var det de lykkeligste årene i livet hans. Hun var fantastisk. Da også. Pleiet ham til det siste.

– Du snakker om henne som om hun var en helgen, sa jeg forsiktig.

Hun så på meg med et blikk som nærmest sa «ja, og så?»

– Men hun ble faktisk tiltalt for en ganske alvorlig forbrytelse ...

Bestemor blåste foraktelig.

– Tiltalt er noe annet enn dømt, bet hun meg av. – Dessuten ... Hun holdt inne et øyeblikk før hun tilføyde:

– Det var jo penger de hadde lurt fra ham i utgangspunktet. Og om man er så *dum* – hun la nok vekt på de tre små bokstavene til at de kunne romme ikke bare mangel på intelligens, men også på moral – å tro at alle fra Østen ser like ut, så har man bare seg selv å takke.

Jeg lot være å si at de to kvinnene på bildet hadde mer enn bare sin vietnamesiske bakgrunn felles, og ventet rolig på fortsettelsen. Den kom etter et øyeblikk der bestemor så ut av vinduet, halvt vemodig, som om hun rotet gjennom en koffert full av halvglemte minner.

– Vi hadde kanskje håpet litt at hun skulle slå seg ned her, begynte hun. – Men vi skjønte jo at vi ikke kunne forvente det. Åsfjord er ikke verdens navle for en som er oppvokst under andre himmelstrøk, jeg kan skjønne det. Så ingen var egentlig forbauset da hun solgte huset og gjorde seg klar til å flytte, kort tid etter hans bortgang. Og det var altså i den forbindelse det skjedde.

– Hva da?

– En dag dukket hun opp i banken og tok ut alle pengene fra hussalget. Det var ikke så fryktelig mye, det kan vel ha vært rundt tre hundre tusen ...

– Fire hundre og åtte og seksti sa jeg, med et blikk mot den gamle avisartiklen.

– Ja. Ja vel. Huset der oppe var nok ikke så mye verdt, men han hadde vel litt på bok da. I alle fall, hun ville ha det i kontanter.

Jeg så på henne.

– I kontanter? Var ikke det ganske spesielt?

– Jo, men ikke verre enn at det lot seg forstå. Du må huske at det er mer enn tjuefem år siden. Sedler var vanligere og kredittkort sjeldnere. Ærlig talt kan det vel tenkes at bankfunksjonæren tenkte sitt, kanskje at hun ville frakte pengene hjem til sin familie på en aller annen litt

... uvanlig ... måte, men det var jo ikke noe han hadde noe med. Og kontanter er tross alt ikke forbudt her i landet.

Jeg fant det smartest å ikke gjøre oppmerksom på at valutasmugling var det, og sa i stedet:

– Nei vel, så hva var problemet?

– Problemet var at det ikke var henne.

– Var det ikke henne?

– Nei. Akkurat mens en kvinne som så ut som henne var i banken og tok ut pengene, en som var kledd omtrent som henne, og snakket med den samme gebrokne dialekten – her klarte Besta ikke la være å smile, som om hun kom på noe morsomt – akurat den dagen var Amy på besøk i Oslo, tjuefire og en halv mil unna.

– Det er ikke mer enn tre-fire timer med bil, sa jeg.

– Nå, ja. Men på det tidspunkt var det ikke rare veien mellom Rånes og Kongsvinger må du huske. Turen tok minst fem timer. Og du kan tro den jenta hadde gjort seg synlig. På en eller annen måte kunne hun gjøre rede for hvert minutt på dagen. Fra bussjåføren, som så henne gå på her klokka åtte om morgenen, mens hun var rundt og snakket med forskjellige mennesker i byen, blant annet hadde hun vært på et digert norsk-vietnamesisk møte, til hun kom tilbake hit sent på kveld. Til sammen må hun ha hatt over hundre vitner på at hun ikke hadde vært, ikke *kunne* ha vært, i nærheten av banken.

Jeg kikket på bildet igjen.

– Og det er her denne andre kommer inn i bildet?

– Vent litt nå. Samtidig, nemlig, ble det klart at ingen her, bortsett fra de i banken, hadde sett henne den dagen. Tvert imot: Flere kunne bekrefte at huset var mørkt og stille, det var vinterstid og nysnø og naboen hadde til og med lagt merke til at det ikke var skritt i oppkjørselen. Ingen hadde sett henne gå ned i byen, ingen hadde lagt merke til at hun gikk inn i banken. Du vet jo hvordan åsbygdingene er – ting blir lagt merke til.

– Jo takk. Jeg nikket, mens jeg husket hvor vanskelig det var å være i puberteten på et sted der ditt første kyss er samtalemne på Samvirkelaget neste morgen.

– Men likevel ...

– Likevel var både funksjonæren og banksjefen, som selvfølgelig ble hentet når det var snakk om så store penger, sikre på at det var henne. De hadde «for ordens skyld», som de sa, bedt om legitimasjon, men ingen trodde egentlig de hadde studert den særlig nøye. Det var jo en av bygdas egne, som de kjente fra før. Og Bøttas penger kjente de jo i alle fall.

Bestemor fikk dette spesielle blikket igjen, en blanding av hardt og nesten muntert, et ansikt jeg ikke ble helt klok på. Enda jeg hadde vokst opp med det.

– De hadde vel underskriften?

– Ja. Nå smilte hun helt oplagt. – Og den var falsk.

– Falsk? Så det var ikke henne altså?

– Nei. Saken var klar, de hadde betalt penger til en falskner, eller ikke betalt dem ut i det hele tatt.

Jeg måtte le.

– Det er jo ikke så vanskelig å skjønne hva som har skjedd? Da søsteren dukket opp?

– Nå ja, dukket opp og dukket opp. Det var først etter at det sto om det i avisen. Hadde det vært orden på tingene, ville banken betalt ut pengene på nytt og innrømmet at de hadde gjort en feil. Men du kan jo tenke deg. En innvandrerenke mot selveste banksjefen, det hjalp ikke med hverken vitner eller uomtvistelige bevis på at underskriften var forfalsket, tiden gikk og advokatene jobbet. Og tror du ikke at en dag ringte noen og fortalte om denne kvinnen i Alta.

– Tvillingen.

– Nei. Bestemor slo det fast med en kort, bestemt tone.

– Men det var ikke så rart de trodde det. For lik var hun. Og hun hadde kommet hit omtrent samtidig. Begge hadde bakgrunn i et kaos av krig og flukt, så det lot seg ikke helt gjøre å finne ut av opphavet deres.

– Hva med DNA?

– Du snakker som du har vett til. Den gang var DNA-analyse en dyr, langsom og uhyre tidkrevende sak. Det ville vel kanskje endt med det, men slik ting utviklet seg, ble det overflødig. Heh – «svindlerens hemmelige tvillingsøster» husker jeg avisene skrev – enkelte antydet til og med at de hadde kommet hit bare for å pønske ut noe slikt.

– Som om noen var så forhippen på et slitent husbankhus på Åskollen at de ville utsette seg for slikt. Bestemor lot blikket gli opp i lia der vi så vidt kunne skimte huset der det umake paret Amy fra Saigon og Bøtta fra Åsbygd hadde hatt tre år sammen, før banken og kreften innhentet dem.

– Og så da?

– Først virket jo saken opplagt. Det skulle vært planlagt, Amy hadde dratt til Oslo, eller sendt søsteren, for å skaffe alibi, den andre hadde gått i banken, en av dem hadde skrevet en underskrift som skulle være «falsk», de hadde gitt hverandre gjensidig alibi og voilà! Penger i banken. Eller rettere – ut av den. Bakgrunnshistoriene deres hadde jo forsvunnet i et Saigon fylt av bomber og brann eller i en overfylt flyktningebåt i Sørkinahavet. Og etter hvert ble det klart at mens mange hadde sett Amy på Olsotur, hadde ingen hørt henne snakke norsk. Slik at det kunne meget vel være den andre, som snakket mye dårligere. Ingen kunne bevise noe, men det virket som om en aldeles perfekt måte å kunne være to steder på en gang. Og du kan jo tenke deg hva folkemeningen sa. Bestemor hadde et uttrykk når hun sa «folkemeningen» som om hun snakket om den illeluktende floken av hår og slim som man trekker opp av badesluket.

– Ja, du kan tro det var et sirkus, fortsatte hun. – I tre dager. Liam, som hun het hadde en ganske påfallende tvilsom historie. Hun hadde forlatt bygda og satt seg i bilen fire dager tidligere, og siden hadde ingen sett henne der oppe på en drøy uke. På toppen av det hele hadde hun sagt til flere at hun hadde tenkt seg «sørover». Og da hun ble spurt om hvor hun hadde vært, kom det bare svevende svar om «et sted i Finnland». Ingen alibier, ingen billetter eller hotellregninger, ingenting som kunne hjelpe henne. Avisene formelig elsket fortellingen om «svindelsøstrene fra Saigon» som de ble kalt.

– Ikke så rart. De ser ut som godt tabloidstoff, sa jeg.
– Hva skjedde videre?

– Så gikk luften ut av det, som en oppblåst aksjeballong, like før de skulle i retten og tuske til seg pengene etter Bøtta en gang til.

– Hva skjedde?

– Det dukket opp en blodprøve.

– Som viste at de ikke var søstre? Jeg kikket vantro fra bildet som ennå lyste på den flimrete skjermen til bestemors ansikt, der smilet ble mer og mer tydelig.

– Nei da, lo hun. Prøven viste hverken det ene eller det andre. Men hvilken rolle skulle nå det spille? Det interessante med blodprøven var at den var avlagt på en politistasjon i Rovaniemi.

– I Rovanie ... du mener ...

Hun nikket begeistret, omtrent som om det hadde vært hun selv som på denne måten veltet hele rettssaken.

– Det var ikke skygge av tvil, blodprøve, fingeravtrykk og notat om en ihjelkjørt reinsimle langs en øde veistrekning i Nord-Finnland.

– Men blodprøven ...

– Viste at de hadde samme blodtype. Men det viktige var at den gjorde det klinkende klart at hun hadde vært helt andre steder da det skjedde. Begge alibiene var vanntette. Senere viste det seg at hun hadde vært på vei til en eller annen litt hemmelig elsker. Og dermed var saken avgjort. De kunne ikke bevise at de to hadde kjent hverandre. Langt mindre at de hadde planlagt noe som helst kriminelt sammen. Det eneste som gjensto var en ydmykende unnskyldning fra banken, og å få utbetalt pengene til den som rettmessig fortjente dem.

Hun nikket fornøyd.

– Men likevel kan det jo ha vært at de var tvillinger, sa jeg.

Bestemor ristet på hodet.

– Nei, sa hun bestemt. Hun holdt inne et øyeblikk. Jeg la merke til at det begynte å mørkne, utenfor ble lysene tent. Noen hadde åpenbart flyttet inn og fått nytt liv i det lille huset i bakken, som en kort stund i forrige generasjon hadde nådd nasjonens oppmerksomhet. En utelampe tegnet en spinkel sirkel av lys over en barnesykkel og et tørkestativ der oppe.

– Jeg møtte Amy igjen da jeg var på pensjonisttur til Vietnam sist sommer, kom det endelig fra lenestolen i kroken.

– Søstrene Wang var ikke tvillinger. De var trillinger.

DET STORE SPRANGET

Av Gunnar Staalesen

Det var ett minutt til nyhetssendingen begynte, og det var ingenting jeg kunne gjøre med det. Det var ikke min skyld at nyhetsoppleseren lå død på studiogulvet heller.

Jeg våknet med et sprang og så meg omkring, våt av svette. Så demret det for meg. – Gudskjelov! – Men slik gikk det altså når en av toppsjefene i TV 2 ringte og inviterte meg til et morgenmøte dagen etterpå. Da stod marerittene i kø for å ødelegge nattesøvnen min. Det hadde ikke engang vært nødvendig å sette vekkerklokken på ekstra tidlig, som jeg pliktoppfyllende nok hadde gjort.

Jeg vet ikke hvor tidlig sjefene i TV 2 pleide å begynne arbeidsdagen sin. De fleste av dem hadde så allikevel kontortid på morgenflyet fra Oslo til Bergen, slik jeg hadde forstått det. Men denne karen var på plass klokken åtte, med et håndtrykk som en falmet fotballstjerne, et utseende som en odelsgutt og et navn som skulle forsikre både annonsører og konsesjonsovervåkere om at her var det ingen fare for utenlandsk innflytelse. «Leidulf Sørgrend,» smilte han, skjenket kaffe i et plastkrus og skjøv det over til min side av skrivebordet.

Med det lyse, tett krøllete håret, den blonde barten og de rødlette kinnene så han ut som om han kom fra en fjellgård langs Sognefjorden et sted og knapt nok hadde besøkt sivilisasjonen før han ble forført av en mørkhåret studine fra Studentmållaget første gang han satte bena i Bergen. Det kunne være feil, selvsagt. Alt unntatt dialekten. Han kunne vært en bankdirektørsønn fra Leikanger med aksjer i Norsk Hydro, FN-tjeneste i Beirut og aktivt diplomati i Washington som bakgrunn, for alt det jeg visste.

Han satt en face mot vegg-til-vegg-vinduet, med Puddefjorden som et gigantisk speil å stille det store spørsmålet til: *Vakre speil, bak veggen der, hvem har flest seere i fedrelandet her?* Men det var ikke det han hadde tenkt å spørre meg om.

«Saken er den, Veum. En av våre reportere er blitt truet på livet, hvis hun fullfører den reportasjen hun er i gang med for Dokument 2. Du kjenner det programmet?»

«Jeg har en sunn sans for injurier, takk. Det ser jeg så ofte jeg kan.»

«En storentreprenør på det bergenske markedet er blitt tildelt et større kommunalt oppdrag, etter en så intern anbudsrunde at de færreste knapt nok har hørt om prosjektet. Vi har allerede nå samlet opplysninger nok til å blottstille både entreprenøren og hans kontaktperson på Rådhuset. Reporteren skal foreta det siste forsøket på å få et intervju med entreprenøren i formiddag, og da hun altså har mottatt trusler mot sitt liv i denne forbindelsen, er det at vi går til det skritt å engasjere en person som deg til å bistå henne under dagens reportasje.»

«På hvilken måte mottok hun disse truslene? Skriftlig?»

«Det er ikke hun selv som har mottatt dem. Det er vi. Over telefon.»

«Og har dere noen mistanke om hvem som står bak dem?»

Han gjorde en litt vag bevegelse. «Det kan vi selvfølgelig bare tenke oss. Hvem ville tape på at dette ble kjent? Hvem har *mest* å tape?»

«Burde dere ikke heller tatt kontakt med en kroppsbygger, eller med politiet?»

«Vi satser på konduite fremfor voldsbruk. Og politiet har ikke noe med saken å gjøre på dette tidspunktet. Det ville sette vår egen integritet i fare. Sant å si tror jeg det viktigste er at hun har følge, for å si det slik.»

«Men kunne dere ikke sendt flere reportere?»

«Det kunne vi selvfølgelig. Og det er i alle fall en fotograf med. Men – vi har mange oppgaver å fylle, Veum, og en hardt belastet stab. Vi har valgt å gjøre det på denne måten denne gangen.»

Jeg trakk på skuldrene. «Vel, *jeg* sier ikke nei takk til en jobb. Hvilken entreprenør gjelder det?»

«Bjørnar Holmestrand. Bygg & Betong heter firmaet.»

«Og reporteren din, hvor finner jeg henne?»

«Hanne Heggeli.» Han så på armbåndsuret sitt. «Jeg venter dem kvart på ni. Det var derfor jeg bad deg komme åtte.»

«Dem?»

«Hun og fotografen. Geir Glesvær. De er samboere.»

«Og hvis jeg hadde sagt at jeg ikke kunne påta meg oppdraget?»

Han kikket ut på Puddefjorden og smilte skjevt. «Da hadde jeg vel blitt nødt til å gjøre det selv.»

*

Hanne Heggeli viste seg å være nordfra, med dialekt som et syndefall, øyne mørkeblå som polarnatten selv og et glimt i øyet som en gjenglans av nordlyset selv. Hun hadde kortklippet, lyst hår, var kledd i lyseblå dongeribukser og en fargerik vams. Hun hilste kort og forretningsmessig, kastet meg et tvilende blikk og henvendte seg til Leidulf Sørgrend. «Æ sa det ikkje va nødvendig. Æ har jo han Geir med!»

Geir Glesvær plasserte vesken med videokameraet på bordet mellom oss, rettet seg opp i skulderpartiet og prøvde å gjøre et vektigere inntrykk enn den tilsynelatende spinkle, mørkhårete figuren med den lange, gutteaktige luggen gjorde ved første blikk. «Jau, men eg skal jo filma,» sa han, på uforfalsket sotradialekt.

Jeg bøyde meg lett mot Leidulf Sørgrend og mumlet: «Si meg, har dere ikke noen bergensere i TV 2?»

«Jo-o. Det er visst en på kontoret...»

I bilen oppover mot Sandsli kom vi fort overens likevel. Geir Glesvær kjørte, mens Hanne Heggeli satte meg kortfattet inn i situasjonen, om enn ikke særlig mer detaljert enn det Sørgrend hadde gjort det.

«Har du navnet på kontaktpersonen i Rådhuset også?»

Hun nikket stolt.

«Men hvorfor oppsøker dere ikke ham?»

«Nei, juridisk sett må vi ha det fra Holmestrand først. Men så...»

«Går det an å spørre hvordan du har fått tak i disse opplysningene?»

«Æ røper aldri kildene mine. Ikke engang til...» Hun vekslet blikk med sin samboer.

Geir Glesvær bekreftet det med et nikk. «Det er sant. Ikkje eingong til meg.»

Vi svingte inn på en anleggsvei og gjennom et mørkt furuholt, før vi bråtr kom ut på en stor byggeplass, der et grått råbygg av betong var beleiret av flørtende heisekraner, en gul og en rød, som, ikke ulikt to spankulerende hanekyllinger, kjempet om hennes gunst. «Det er ikke denne jobben du skal snakke med ham om, er det vel?»

«Nei nei. Dette er et næringsbygg. Det kommunale prosjektet starter opp til høsten.» Hun pekte mot en oljerigg av en fyr, på vei mot råbygget fra en anleggsbrakke med en påskegul vernehjelm på hodet og en stor papirrull under den ene armen. «Der er han!»

Vi parkerte brått i veikanten, Hanne Heggeli hoppet ut av bilen og ropte: «Bjørnar!» Geir Glesvær fulgte etter med kameraet, og jeg dannet baktropp i et tempo som om det var meldt *klar til avgang, lukk dørene!* for siste tog til himmelen og vi ennå ikke hadde rukket å løse billett.

Bjørnar Holmestrand stanset opp og skygget for øynene mot den skarpe vårsolen, men da han så hvem som var først i gruppen, satte han seg raskt i bevegelse igjen.

«Bjørnar! Vent! Æ – vi må ha noen ord med deg!»

Han vørte oss ikke, og vi nådde ham ikke igjen før han måtte stoppe opp og vente på en anleggsheis som var på vei ned fra råbygget.

«Vi har ingenting å snakke om!» utbrøt han bryskt – endelig en bergenser, men så var han heller ikke TV 2-ansatt. «Jeg nekter å uttale meg!»

Vi stod i halvsirkel rundt ham, Hanne Heggeli nærmest, med mikrofonen hevet mot ansiktet hans, som om hun bød ham noe å spise, og Geir Glesvær med kameraet hoppende på skulderen, like andpusten han som jeg av det raske forfølgelsesløpet.

Bjørnar Holmestrand var kraftig bygget, bred over skuldrene og smal om livet. Han hadde kortklippet, mørkt hår og en nese som så ut som om den hadde stått for en støyt tidligere. Med den rutete flanellsskjorten, de slitte blå arbeidsbuksene og den korte dongerijakken minnet han mer om en anleggsarbeider enn en som satt på kontoret og inngikk avtaler under bordet.

«Bjørnar Holmestrand,» sa Hanne Heggeli med en velpolert reportasjestemme. «Du er entreprenør i selskapet Bygg & Betong, som har fått i havn denne storavtalen med Bergen Kommune – «

Holmestrand løftet hånden mot kameraet til Geir Glesvær og sa: «Få det kameraet unna! Dere er vel for faen ikke begynt å filme allerede?»

«Hopps!» utbrøt Hanne Heggeli.

Han vendte seg brått mot henne igjen. «Du vet like godt som jeg at den måten du har fått disse opplysningene på, kan hverken du eller jeg kommentere offentlig, dette er bare ...» Idet han satte øynene i meg, avbrøt han seg selv. «Og hvem faen er dette? En juridisk konsulent, håper jeg.»

«Ikke så langt ifra,» sa jeg.

Med et lite dunk var den spinkle stålheisen nede. Bjørnar Holmestrand skjøv nettingporten til side og steg inn på heisgulvet. Hanne Heggeli og Geir Glesvær fulgte etter, som om det gjaldt en konkurranse om hvor mange personer det var mulig å presse inn i en telefonkiosk.

Holmestrand vred seg rundt, skjøv kameraet brutalt unna og glefset til Hanne Heggeli: «Dere er ikke invitert med!»

«Vi trenger ingen invitasjon!»

«Dere er ikke forskriftsmessig antrukket!»

«Hvis Arbeidstilsynet skulle ankomme, har vi mye morsomt å snakke med dem om også!»

Jeg presset meg inn i heisen selv, men ble møtt av den brede håndflaten til Bjørnar Holmestrand. Han skjøv meg bryskt bakover idet han sa: «Den er iallfall ikke sertifisert for mer enn tre!» Så skjøv han porten hardt igjen bak seg og trykket på knappen som satte heisen i bevegelse oppover.

Da jeg hadde gjenvunnet balansen, var de tre meter over meg allerede.

Jeg så meg omkring.

Innendørs ... Der måtte det være en trapp.

Jeg rettet blikket oppover igjen. – Hvor høyt skulle de? Helt til toppen, det flate betongtaket seks etasjer over meg?

Det knirket i maskineriet til det provisoriske heiseanlegget, konstruert for anledningen og festet til betongveggen med store bolter.

Nå var de oppe.

Til tross for avstanden hørte jeg stemmene deres helt ned. Hvis dette kom på skjermen, ble folk nødt til å dempe lyden på apparatene sine.

Jeg måtte opp dit selv. Det var det som var oppdraget mitt.

Men idet jeg løp mot bygget, ble jeg plutselig avbrutt av en uhyggelig lyd. Det var et langtrukkent, fallende skrik, som brått ble klippet over: «Æææææææææ-!»

Jeg bråsnudde, akkurat tidsnok til å se Hanne Heggeli lande på steingrunnen ved siden av meg, med nakken først. Det lød en stygg, knekkende lyd fra skulderpartiet hennes, og betongstøvet stod som en sky rundt henne. Ennå holdt hun mikrofonen i hånden, men pluggen var revet løs fra kameraet, og selv kom hun aldri mer til å stille flere spørsmål til noen likevel.

Jeg var på vei bort til henne, da et nytt, ubehersket brøl nådde meg ovenfra, som om guds egne tordenengler kom som fallskjermsoldater over oss. Det var så vidt jeg unngikk å bli truffet, da Bjørnar Holmestrand gikk i bakken med et brak. Som i et forsøk på å dempe støtet hadde han strukket armene ut foran seg, men de brakk som fyrstikker, og stridsropet hans ble hugget like raskt over som det Hanne Heggeli hadde utstøtt et halvt minutt før. Som en forsinket parentes i kjølvannet på ham dalte papirrullen mot bakken, og jeg kikket automatisk oppover, som for å se om det kom enda flere ...

Men Geir Glesvær tok trappen. Blek som et laken og med kameraet hengende som et avrevet organ langs den ene siden kom han stumpende ut av råbygget, med silende tårer og blikket vendt mot de to som lå døde på bakken.

Jeg gikk mot ham, mens jeg mumlet: «La meg ta kameraet!»

Da vek han unna med panikk i blikket: «Eg har det på film! Det er TV 2s eigedom! Eg har det på film!»

Fra alle kanter kom arbeidsfolk strømmende til. En middelaldrende mann i en slags lagerfrakk kom ut av en av brakkene med en mobiltelefon i hånden. «Kan du ringe etter en ambulanse? Og til politiet?» ropte jeg.

«Ja, selvfølgelig!» Mannen så sjokkert på de to livløse kroppene før han begynte å taste inn et telefonnummer.

Borte på den provisoriske parkeringsplassen hørte jeg lyden av en bil som startet opp. Jeg kikket meg raskt omkring før jeg så i den retningen.

Geir Glesvær var borte, og bilen vi var kommet i, var allerede på vei ut fra området.

*

Jeg møtte opp hos TV 2 på Nøstet et par timer senere, i følge med politiførstebetjent Atle Helleve, en godslig bamse av en fyr, som burde hatt gode sjanser til å få jobb i selskapet, vossing som han var.

På den andre siden av bordet satt Leidulf Sørgrend, Geir Glesvær, selskapets juridiske konsulent, Bård Nipedal, en tv-skjerm og en videospiller.

«Saken burde være enkel,» sa Sørgrend. «Vi redigerer en reportasje til mandagens sending, og når den er gjort, overlater vi til vår juridiske konsulent å vurdere om vi har utleveringsrett til politiet på den uredigerte tapen.»

«Saken er ikke så enkel,» sa Atle Helleve. «Den dreier seg om et drap – eller to.»

«Et drap og et selvmord, ifølge vår medarbeider.»

Vi så alle på Geir Glesvær, som ennå var preget av begivenhetene ute på Sandsli. Blek og dradd i ansiktet satt han og stirret tomt ned i bordplaten, som om han gikk på et langt sterkere kosthold enn det han var vant til.

Etter en stund merket han blikkene våre på seg, rettet hodet opp, så seg langsomt omkring og mumlet: «Først skjøv han Hanne utfor, og då han forstod kva han hadde gjort, hoppa han sjøl etter.»

«Du har det på tape?» spurte jeg.

Han nikket. «Ja... Det vil seia, det meste. Han øydela linsa før han...»

Jeg så på Nipedal. «Det er vel ingenting i veien for at vi ser raskt gjennom det hele her og nå, i plenum, så å si, uten at det får noen betydning for opphavsretten?»

«Vel ...»

«Eller er det noen som har noe å skjule?»

«Noe å skjule? Hva skulle det være?» Sørgrend snudde seg halvt mot Glesvær. «Er det noe i veien for at de får se det?»

«Nei, eg ... Det kan vel ikkje – skada ...»

I en underlig reprise, som om livet for en gangs skyld kunne leves om igjen, gjenopplevde jeg vår ankomst til byggeplassen, de første spørsmålene, Hanne Heggelis innledning, *Bjørnar Holmestrand, du er entreprenør i selskapet ...*, Holmestrand som vendte seg mot kameraet, *Få det kameraet unna! Dere er vel for faen ikke begynt å filme allerede!*, før han snudde seg mot Hanne Heggeli igjen, *Du vet like godt som jeg at den måten du har fått disse opplysningene på, kan hverken du eller jeg kommentere offentlig, dette er bare ...* Så var det meg han henvendte seg til: *Og hvem faen er dette?*

Det var som om spørsmålet gikk helt inn, enda en gang, mens vi fulgte dem inn i heisen, i et underlig nærbilde, med kamera litt tilbaketrukket og på skakke, ruggingen i bildet idet heisen beveget seg oppover, et plutselig rykk da den stoppet opp, på toppen, og så, i en lang, sugende bevegelse, ut på det åpne taket, den lette vårvinden som tok tak i håret til Hanne Heggeli og gjorde det uryddig, Bjørnar Holmestrand som enda en gang gjentok: *Jeg kunne aldri forsvare meg mot noe sånt, det vet du, Hanne!*, før han plutselig gikk til angrep på kamera, sparket blindt etter det – og splintret bildet. Noen sekunder søkte linsen etter fokus, forgjeves. Så ble tapen gråhvit, den horisontale snøstormen på all uinnspilt videotape ...

«Bjørnar, ropte hun,» sa jeg. «Hanne, sa han. Hun fikk de opplysningene fra ham i sengen, det var derfor han ikke kunne – forsvare seg mot dem. Han var sin egen lekkasje, bokstavelig talt.» Jeg vendte meg mot Geir Glesvær. «Og du forstod det. Der oppe, på det åpne taket, gikk det plutselig opp for deg. Den plutselige intimiteten i navnebruken, det uuttalte, mellom linjene ...»

Atle Helleve bøyde seg fremover. «Mener du at hun, at hun gikk så langt som til å gå til sengs med ham, for noen lusne bakgrunnsopplysningers skyld?»

Jeg kikket på Leidulf Sørgrend. «Vanlig metode i TV 2?»

«Overhodet ikke,» sa Sørgrend stramt. «Det var – et tilfeldig møte, i en bar, et en-natts-bekjentskap, med en uventet ekstragevinst, informasjonsmessig.»

«Du ... Du visste det?» mumlet Geir Glesvær.

«Så da var det kanskje ikke noen trusler på livet heller da?» brøt jeg inn igjen. «Det var ikke først og fremst Bjørnar Holmestrand du hadde behov for å beskytte henne mot. Det var like mye mot Glesvær, hvis han skulle skjønne sammenhengen, før opptaket var i boks.»

«Mot Glesvær?»

«... meg?»

«Deg ja. *Du* skjøv henne utfor det taket, da du forstod sammenhengen. *Du* lot Bjørnar Holmestrand følge samme veien. To fluer i en smekk, for å si det slik – og litt av et scoop i tillegg. Kunne du be om noe mer?» Jeg flyttet blikket mot Leidulf Sørgrend og hørte avsmaken i min egen stemme da jeg la til: «En uventet ekstragevinst til, hva? Det store spranget – for seeroppslutningen, ikke sant? Bare så synd at hun landet litt forkjært.»

Leidulf Sørgrend sa ikke mer. Geir Glesvær så på Atle Helleve og senket blikket. Bård Nipedal og Atle Helleve målte hverandre profesjonelt, som om de allerede vurderte hverandres muligheter i retten. Utenfor vinduene lå Puddefjorden stadig like blank, som en tv-skjerm en eller annen hadde slått av, til velsignelse for oss alle.

DØDELIG KOLLEKT

Av Jørn Lier Horst

Politiførstebetjent William Wisting var fremdeles iført en gammel, blå anorakk og hadde den lille tursekken hengende på ryggen. Snø fra rillene i skiskoene smeltet og laget en fuktig flekk på den grønne løperen. Mannen ved siden av ham var iført en hvit prestekjole og bar et stort kors i kjede rundt halsen. Han himlet med øynene og snappet etter luft gjennom munnen som var snurpet sammen til en lang trakt. Antrekket og grimasene gjorde at han lignet mer en klovn enn en prest, men det var ingen i nærheten til å le.

De stirret på den dresskledde mannen som lå foran alteret med hendene strukket ut foran seg. Fingrene på den høyre hånden krummet seg om den side alterduken, men grepet hadde ikke hatt kraft nok til å dra med seg duken eller velte de store hvite kubbelysene på sølvstaker.

Bare det ene alterlyset var tent og brant med stor flamme som om det lyste fred over den døde mannen på gulvet. En liten hudflenge med noe hårtjafs hang over det høyre øret og blottla et åpent kjøttsår med form og størrelse som en femkroning. Bløtdelene i den takkete kanten rundt såret hadde begynt å skorpe seg, men den lyserøde fargen i det underliggende kroppsvevet røpet at skaden var fersk. En liten rød dam av blod hadde bredt seg fra hodet og ut over gulvet. Midt i dammen lå små, løsrevne flak fra kraniet som hadde fulgt med strømmen av blod og slim fra hjernehinnen.

Resten av påsken var spolert. Kona og tvillingene var sendt av gårde til Blestølen for dagens økt i vinterfjellet, uten at Wisting brydde seg om det. Han likte verken ski eller snø, dessuten gjorde kriminalmysteriet som åpenbarte seg foran ham at han glemte alt annet.

Jakt på ranere, voldtektsmenn, mordere og andre forbrytere hadde vært hverdagen hans i mer enn 20 år, men han hadde aldri opplevd at Guds hus var åsted for en alvorlig forbrytelse. De spesielle omstendighetene pirret ham og fikk det til å krible i magen.

Den lille sidedøren ble slått opp med et smell og brakte Wisting ut av tankerekken. Trekken som fulgte blåste ut det siste alterlyset.

«Nei, så jævlig,» var det noen som utbrøt. William Wisting behøvde ikke snu seg for å vite at politibetjent Nils Hammer hadde trådt inn i kirkerommet. Han var likevel usikker på om kraftuttrykket var rettet mot liket foran ham, eller det faktum at påskehelgen var ødelagt.

«Hvem er det?» spurte Hammer og nikket mot den

døde menneskekroppen. En blanding av gammel fyll og fersk snus fulgte åndedraget.

«Klokkeren vår,» opplyste sognepresten. «Roald Bjerke. Han har vært her lenger enn meg. Gift, tre barn. Den eldste er konfirmant dette året.»

William Wisting hadde ikke vært i kirken siden hans egne barn stod til konfirmasjon for fire eller fem år siden. Han mente å huske at det var siste våren gamlepresten hadde sitt virke. Denne nye presten var ung, men gav inntrykk av å være like distré som sin forgjenger der han stod med prestekjolen skjevt kneppet og fortalte om klokkeren Roald Bjerke som så altfor tidlig hadde gått bort.

«Men hvorfor har noen tatt livet av mannen?» fortsatte Nils Hammer.

«Han må ha overrasket tyven,» mente sognepresten og pekte mot kollektbøssa som lå knust mot første benkerad.

William Wisting tok noen skritt bort fra de andre for å studere de blodige treflisene nøyere. Under konfirmasjonsgudstjenesten til tvillingene hadde han puttet alt han hadde i lommene i den bøssa. Han antok at det dreide seg om seks–syv kroner, men hadde kamuflert det så godt at han håpet gamlepresten som stod smilende og nikkende ved siden av trodde det dreide seg om tyve-kroninger.

«Det er en tragedie,» sukket presten. «Han var så godt likt av alle. Hjelpsom, ivrig og engasjert i menigheten. Spesielt i ungdomsarbeidet,» la han til og nikket mot en kvinne i slutten av tyveårene som satt sammen med organisten litt nede i benkeradene. Selv på avstand kunne Wisting se hvor tårevåte øynene hennes var og hvordan knokene hennes hvitnet mens hun tviholdt på en liten håndveske, som for å ha noe å klamre seg til.

Kvinnen var kledd i en gul drakt som sikkert passet godt til anledningen og høytiden, men som selv Wisting oppfattet som håpløst umoderne. Likevel var det et eller annet tiltrekkende ved henne som gav Wisting inntrykk av at dette var en kvinne som hadde et ønske om å pynte seg og vise seg frem, men som ikke hadde anledning så ofte.

Wisting trakk blikket til seg og gikk bort til alteret hvor øynene falt på det rektangulære feltet på duken hvor kollektbøssa hadde stått og tatt av for blodspruten. Et forsiktig smil kruset munnviken hans da et bilde av hva som hadde foregått i kirken denne påskemorgenen begynte å tegne seg.

«Stakkars Judith,» fortsatte sognepresten. «Det var hun som fant ham. Hun tar det svært hardt.»

«Hadde Roald Bjerke noen uvenner?» spurte Wisting og lette rundt i den slitte anorakken etter penn og papir.

«Nei, ingen uvenner. I alle fall ikke her i menigheten, men engasjementet hans kunne nok oppleves som vel intenst av og til.»

Wisting kikket skrått bort på sognepresten uten å si noe og ventet på at tausheten skulle gjøre ham forpliktet til å utdype utsagnet.

«Vi hadde en kjedelig episode for en måneds tid siden,» fortsatte presten. «Gudrun Thommesen, en av de eldste i menigheten, døde første søndagen i faste. Før hun gikk bort, fortalte hun Bjerke og flere med ham at hun hadde lagt til side penger som hun ville skulle komme ungdomsarbeidet vårt til gode, men da hun døde, fantes det ikke noe slikt.»

«Ble det undersøkt ordentlig?» spurte Hammer.

«Bjerke ville at menighetsrådet skulle politianmelde saken, men jeg så ingen grunn til det. Jeg er redd de forsvunnede pengene er et mysterium som må tilskrives fru Thommesens høye alder og de forstyrrelser det av og til kan gi på sinnet. Hun bodde i en liten, kommunal leilighet, og jeg ser ikke hvordan hun kan ha klart å legge til side penger i det hele tatt. Faktisk måtte det offentlige bekoste gravferden hennes.»

«Men Roald Bjerke var ikke enig?» spurte Wisting videre. Han hadde endelig funnet en gråblyant og et gammelt sjokoladepapir i brystlomma.

«Nei, det ble en slags besettelse for ham.»

Wisting tegnet et dollartegn på papirlappen sin før han gikk videre i spørsmålsrekken.

«Hvem er vanligvis til stede i kirken forut for en gudstjeneste?»

«Kirketjeneren vår, Arne Olsen, kommer først,» svarte sognepresten. «Deretter kommer Fritz, Fritz Askeland. Han er organist og liker å sitte og spille seg varm før gudstjenesten. Så kommer vel Bjerke og jeg.»

«Hva gjør Judith her?» spurte Wisting.

Sognepresten flakket med blikket før han ropte den unge kvinnen til seg. Han virket nesten forlegen over spørsmålet.

«Judith Isaksen er leder i ungdomsgruppa vår, men hjelper meg med å lede salmesangen,» forklarte sognepresten og la en arm rundt den unge kvinnen. «Jeg er ikke så flink til å synge, og så stepper hun inn for Bjerke når han er forhindret fra å fungere som klokker.»

«Forhindret?»

«Ja, normal virketid for ham er jo søndag formiddag. Det er ikke alltid han kan stille opp på kveldsgudstjenester eller kirkelige høytider som faller på andre dager.»

«Det er så fælt,» utbrøt Judith og lot hodet falle mot brystet til sognepresten.

«Kan du fortelle hva du så og gjorde da du kom til kirken i dag?» spurte Wisting og oppfordret den unge kvinnen til å være så detaljert og nøyaktig som mulig. Det var i løpet av de første timene etter en forbrytelse at det var lettest å få en så fullstendig vitneforklaring som mulig.

«Jeg kom rett etter klokken ti en gang,» snufset kvinnen. Hun festet blikket på et gudebilde på veggen og ble stående og tenke etter, som for å tilfredsstille Wistings krav til detaljer. «Jeg tror Fritz var midt i 'Påskemorgen slukker sorgen'. Det var så vakkert.»

Wisting ventet på at hun skulle fortsette.

«Bortsett fra det verken så eller hørte jeg noe annet, før jeg fant ham.»

Judith kastet på nytt hodet mot brystet til sognepresten og gav fra seg noen høye hulk.

«Det har skjedd så mye i det siste,» forklarte presten mens han klappet henne trøstende på skulderen. «Judith hadde innbrudd på hybelen under langfredagsgudstjenesten. Påsken er jo høysesong for slikt, og uansett blir det for bagateller å regne i forhold til dette, men alt i alt kan det likevel bli for mye.»

Presten strøk den unge kvinnen som lente seg mot ham over ryggen på en omsorgsfull måte som fikk Wisting til å lure på om det var slik moderne prester ble opplært i sjelesorg.

«Er vi ferdige?»

Wisting nikket og fulgte de to med blikket mens de gikk ut i sakristiet bak altertavlen, samtidig som Finn Haber steg inn sidedøren på en litt mer stillferdig måte enn Hammer. Kriminalteknikeren kikket seg nysgjerrig rundt med hevet hode, og Wisting tolket uttrykket i de store øynene dithen at han aldri hadde satt sine ben i den praktfulle kirken tidligere.

Nils Hammer fikk i oppgave å sette Haber inn i saken mens Wisting selv hektet av seg den lille ryggsekken og tok plass på kirkebenken ved siden av organisten.

«Når kom du?» spurte han og gjentok vitneformaningen om å forklare seg med nøyaktighet.

«Fem minutter på ti.»

«Presis?»

Wisting glattet ut sjokoladepapiret for å gjøre klar til nye notater.

«Ja, jeg satte meg på orgelkrakken da kirkeklokkene begynte å ringe.»

Wisting kikket spørrende på den gråhårete mannen ved siden av seg.

«Det ringes inn til gudstjeneste fem på ti, fem på halv elleve og fem på elleve,» forklarte Fritz Askeland. «Klokkene ringer i fem minutter hver gang.»

Wisting kontrollerte med armbåndsuret som viste to minutter på elleve.

«De ringer ikke nå?»

«Det blir vel heller ingen gudstjeneste i dag,» svarte organisten med et nikk opp mot alteret. «Skjønt vi kunne trenge det.»

«Snakket du med noen?»

«Nei, jeg så ingen før jeg hørte Judith skrike. Da løp jeg ned hit. Kirketjeneren stormet inn samtidig med meg.»

«Når var det?»

«Syv minutter over ti.»

Organisten var like skråsikker denne gang, og Wisting lot ham begrunne svaret.

«Jeg spilte først 'Preludium & Fuge i Ciss-moll' av Johann Sebastian Bach. Den varer i åtte minutter. Deretter 'Påskemorgen slukker sorgen', som varer i fire. Jeg skulle akkurat til å spille 'Deg være ære' da Judith skrek.»

Wisting smilte og noterte *10.07* på sjokoladepapiret. Han satte pris på slike vitner som kom med klare utsagn hvor detaljene var forankret i objektive hendelser.

«Han lå ikke der da jeg kom, så han må ha blitt drept mellom fem på og syv over ti,» slo organisten fast og nikket fornøyd for seg selv da Wisting noterte opplysningen. «Kan jeg gå?»

«Foreløpig,» svarte Wisting. «Du kan kanskje vente på bakrommet sammen med de andre?»

Organisten gav ham et kort nikk og skyndte seg inn døren til sakristiet, som om han var glad for å slippe unna – eller for å slippe inn til de andre.

William Wisting trakk opp et kilosnett med appelsiner fra tursekken og la det på benken ved siden av seg for å få tak i det han egentlig hadde lyst på; kvikklunsj og termos med varm kaffe.

«Hva tror du?» Nils Hammer dumpet ned ved siden av ham og forsynte seg selv med sjokolade.

«Det er noe som ikke stemmer,» svarte Wisting. «Det er blod på kollektbøssa.»

«Det er blod stort sett over alt der oppe,» mente Hammer.

«Ja, men hvis klokkeren tok en tyv på fersken, skulle det ikke vært blod på bøssa.»

«Hva mener du?»

«Blodet tilsier at kollektbøssa er fjernet etter at klokkeren ble slått i hjel. Det svekker teorien om en innbruddstyv.»

«Du mener at tyveriet er fingert for å skjule det egentlige motivet?»

«Vi får se,» smilte Wisting. «Vi får se.»

«Da må det i så fall være en av de fire,» mumlet Hammer med munnen full av sjokolade. «Presten, organisten, kirketjeneren eller lille frøken bibelstripp.»

Politiførstebetjenten nikket og supet ettertenksomt i seg kaffen. Det kunne selvsagt være en annen person som hadde oppsøkt Roald Bjerke i kirken denne påskemorgenen, men enn så lenge kunne de i hvert fall se nærmere på disse fire.

Kriminalteknikeren satte seg sammen med dem, ikke for å smake på verken kaffe eller sjokolade, men for å avgi en muntlig rapport.

«Her har vi nok drapsvåpenet,» sa Haber og holdt frem en stor mugge i sølv som hørte hjemme ved døpefonten.

«Stump gjenstand,» kommenterte Nils Hammer, fortsatt med munnen full av sjokolade.

«Ikke helt riktig,» svarte Haber. «Denne mugga har fire føtter. Den ene har truffet klokkeren på høyre side og trengt seg inn i skallen gjennom tinningen. En temmelig momentan død.»

«Virker som et tilfeldig valgt drapsvåpen,» mente Wisting. «Som om drapsmannen har grepet det som var nærmest. En handling i affekt.»

Haber sa seg enig, men kom ikke lenger i sin foreløpige rapport før kirkedøren gikk opp og en kraftig mann kom mot dem.

«Når blir dere ferdig her inne?» spurte mannen før han var fremme.

«Hvem er det som spør?»

Mannen rakte frem en iskald hånd og presenterte seg som Arne Olsen, kirketjeneren.

«Jeg har stått på trappa og sendt folk hjem,» forklarte den grovbygde mannen og gned seg i hendene for å få varmen tilbake. «Men nå begynner journalistene å komme, så da lukket og låste jeg døra.»

«Det vil nok ta et par dager før du kan åpne igjen,» forklarte Wisting som svar på kirketjenerens spørsmål. «Vi vil gjøre dette så grundig som mulig.»

«Ja, ja,» sa kirketjeneren. «Jeg spør fordi det vel er jeg som blir gående her og rydde.»

«Hva er egentlig din oppgave i forbindelse med gudstjenesten?» spurte Wisting.

«Jeg rigger til og rydder sammen,» forklarte mannen. «Først åpner jeg kirkedørene, så setter jeg frem kirkesølvet, setter opp oversikt over salmene som skal synges, ringer i klokkene ...»

«Jeg trodde det var klokkeren som ringte i klokkene,» avbrøt Hammer.

«Nei,» fnøs kirketjeneren og kikket oppgitt på ham. «Det er en allmenn misforståelse, men klokkeren har bare enkle oppgaver. Han leser dagens tekst og gir presten et tørt håndkle hvis det er barnedåp, og det er det. Jeg gjør alt annet.»

William Wisting følte behov for å tenke og hadde ingenting imot at kirketjeneren forsvant ut på bakrommet. Han tok en bit sjokolade og lot den lunkne kaffen smelte den i munnen mens han satt tilbakelent og lot hjernen selv få hoppe frem og tilbake blant alle opplysningene han hadde samlet.

Nils Hammer var i ferd med å skrelle en appelsin da Wisting åpnet øynene og reiste seg fra kirkebenken.

«Lysene,» sa han og skrittet opp mot alteret. «Hvem tente alterlysene?»

«Du hørte ham jo selv,» svarte Haber. «Kirketjeneren gjør alt.»

«Hva med klokkeren,» spurte Hammer og pekte i retning liket med en halvskrelt appelsin. «Tror du det var en av de enkle oppgavene han var satt til?»

«Nei,» konstaterte Finn Haber. «Lommene hans er tomme, og det ligger ikke noen fyrstikker eller lighter der.»

«Men hvis ikke klokkeren overrasket en tyv, og han ikke tente lysene,» tenkte Wisting høyt. «Hva gjorde han da foran alteret.»

«Kanskje han ba til Vår Herre,» gliste Hammer.

«Kanskje,» mumlet Wisting. «Kanskje det. Men hvorfor bli stående med ryggen mot morderen?»

Han fikk ikke noe svar og ble stående og stirre på det hvite kubbelyset. Han fulgte strømmen av størknet stearin nedover staken med blikket og så hvordan den flytende massen hadde blandet seg med blodsprut på alterduken. En klump med levret blod hadde havnet på den oppslåtte bibelen og laget en rød strek under en verselinje; *Å se, synderen bøyer hodet i bønn og ber om tilgivelse.* Wisting kikket ned på den døde som lå med bøyd nakke. Synet gjorde ham tanketung.

«Hva tror du om fingeravtrykk?»

Wisting snudde seg rundt og henvendte seg til kriminalteknikeren mens han pekte på den ødelagte kollektbøssa i første benkerad.

«Hvis drapsmannen ikke hadde hansker, kan jeg nesten garantere deg at han har satt igjen avtrykk både på kollektbøssa og sølvmugga,» svarte Haber. «Men jeg må selvsagt ha en mistenkt å sammenligne avtrykkene med.»

«Det skal du få,» svarte Wisting lurt. «Har du en røyk?»

Finn Haber stirret forundret på etterforskningslederen før han dro en sigarettpakke opp av bukselomma og bød den frem. Wisting grep hele pakken og gikk med bestemte skritt mot døren til sakristiet.

«Hva skal du?» spurte Haber.

«Noe jeg alltid har hatt lyst til.»

Wisting lot blikket gli fra kirketjeneren til organisten og videre til presten og den unge kvinnen som fremdeles hvilte hodet mot brystkassen hans. Han følte seg som detektiven i en klassisk kriminalroman, som en slags Sherlock Holmes. Han likte det, og visste med seg selv at dette kom til å bli en sak og en dag han kom til å se tilbake på med begeistring. Etterforskningen hadde utviklet seg i en retning som gjorde at han kunne legge politaktiske hensyn til side og tillate seg å tre inn i rollen som en av sine litterære kriminalhelter. Han måtte kamuflere et fornøyd smil med en kunstig tørrhoste før han i beste Agatha Christie-stil gjorde seg klar til å avsløre morderen i alles påhør.

«Morderen befinner seg i dette rommet,» begynte Wisting og frydet seg. Spillet i solstrålene som trengte gjennom blyglassvinduet gav en perfekt lyssetting for forestillingen han var i ferd med å innlede.

«Hva?» utbrøt sognepresten og spratt opp fra stolen som om det skulle være i regi av en britisk fjernsynsregissør. «Dette kan du ikke mene! Hvorfor skulle noen av oss gjøre det?»

«Ti stille og sett deg ned,» ba kirketjeneren. «La ham få si hvem av oss det er han mistenker.»

Men Wisting sa ikke noe mer. Han ble stående og nappe i en av sigarettene i pakken til Haber mens han nøt den endrede stemningen i rommet som var til å ta og føle på.

«Jeg har i alle fall alibi,» kom det fra organisten som la hendene bak hodet. «Jeg kan ikke spille orgel og drepe et menneske samtidig.»

«Har du noen som hørte deg da? Som kan bekrefte alibiet ditt?» spurte kirketjeneren. «Jeg stod med hørselsvern og dro i kirkeklokkene, så jeg kan ikke gå god for at du virkelig satt på krakken din hele tiden.»

«Sånn sett har du hatt like mye tid og anledning som jeg. Du kunne rukket å slå ham i hjel etter kimingen, men før Judith kom.»

«Da strødde jeg sand på kirketrappen,» forsvarte kirketjeneren seg. «Det er bare å gå ut og se.»

«Jeg var ikke engang her og kan i alle fall ikke ha gjort det,» kommenterte presten.

«Hvem kan bekrefte det, da?» spurte kirketjeneren. «Hvem kan gå god for at du ikke kom tidlig, drepte klokkeren, forsvant og gjorde en sen entré?»

Presten ble rød i ansiktet, men sa ikke noe.

«Han var i alle fall død da jeg kom,» hvisket den unge kvinnen og brakte taushet i rommet. Judith Isaksen hadde funnet frem en eske med Dent fra håndvesken og forsøkte å forsyne seg med skjelvende hender. Lyden av pastiller som ristet inne i esken understreket hvilken påkjenning oppdagelsen hadde vært for henne.

«Har du fyr?» Wisting hadde plassert en av Habers Marlboro light mellom leppene og henvendte seg til kirketjeneren.

Den kraftige arbeidsmannen ristet på hodet, og Wisting lot det spørrende blikket gli videre til organisten.

«Beklager,» svarte Fritz Askeland.

«Jeg har,» kom det uoppfordret fra nestemann i rekken som allerede rotet rundt i lommen på innsiden av prestekjolen.

«Takk,» nikket Wisting da sognepresten omsider fant frem en lighter og bød ham en åpen flamme.

«Jeg kunne trenge en selv også,» mumlet presten og lette videre under prestekjolen etter sin egen sigarettpakke. Wisting nikket smilende mens han kjempet mot en hostekule som bygde seg opp fra lungene.

«Før morderen avsløres, har jeg lyst til å oppsummere saken for dere,» sa Wisting og sendte en røyksky opp mot taket slik han hadde sett Sherlock Holmes gjøre det på fjernsyn.

Alle stirret på ham, og Wisting tok et nytt trekk av sigaretten for liksom å hale ut spenningen. Selv om det sved i halsen, visste han at det så ut som han nøt den kvelende røyken. Det var en del av skuespillet han hadde dratt i gang. I virkeligheten var det den anspente stemningen han gledet seg over.

«Dere har alle avgitt detaljerte forklaringer om hva dere har gjort i kirken i dag,» fortsatte Wisting og holdt sigaretten opp foran seg mens han stirret på gloen som gnistret svakt. «Men en av dere har unnlatt en viktig detalj for å plassere seg selv med avstand i tid og sted fra det som har skjedd her i dag.»

Stillheten i sakristiet ble trykkende, men Wisting visste at den bare lå utenpå de fire menneskene som satt på hver sin pinnestol foran ham. Innvendig opplevde de kaos og forvirring i tanker og følelser, og hos den av dem som var en drapsmann måtte de få minuttene som var igjen til den varslede avsløringen oppleves som ulidelige.

«Ingen har fortalt meg hvem som tente alterlysene,» sa Wisting til slutt. Samtidig sneipet han sigaretten mellom fingrene og satte øynene i sognepresten.

Presten vek blikket og kikket i stedet bort på Judith Isaksen som satt urørlig inntil hun gav ham et lite nikk.

«Jeg tror jeg skal komme med en tilføyelse som kan oppklare den misforståelsen,» sa sognepresten. «Og jeg må beklage på det sterkeste dersom det har komplisert politiarbeidet.»

Wisting svarte ikke, men holdt den unge presten fast med et par strenge øyne.

«Det var jeg som tente lysene,» fortsatte sognepresten. «Judith og jeg kom hit tidlig i dag. Vi hadde behov for en felles bønnestund foran alteret. Foran Gud.»

Wistings blikk sendte krav om utdyping og detaljer.

«Jeg overnattet hos Judith i natt,» forklarte presten videre.

«Hun var fremdeles urolig etter innbruddet og ringte meg i går kveld. Jeg dro over en tur, men det ble sent og vi fant ut at det var like greit at jeg ble der til i dag.»

«Så dere kom sammen til kirken?» oppsummerte Wisting.

Det unge paret nikket i kor.

«Vi kom ved halv titiden,» fortsatte presten. «Men jeg dro igjen litt før ti. Jeg måtte hjem for å hente prestekjolen og notatene mine. Da jeg kom tilbake, var det fullt oppstyr her.»

«Hva med deg?» spurte Wisting og henvendte seg til Judith Isaksen. «Hva gjorde du da du ble alene her?»

Den unge kvinnen kremtet og nikket mot en dør merket *kontor* før hun svarte: «Jeg satte meg der inne og leste noen bibelvers. Jeg hørte at Fritz begynte å spille og gikk etter hvert inn i kirken igjen. Da lå han der.»

«Vel, la oss gå videre,» sa Wisting raskt i håp om å unngå enda et gråteanfall. «Vi kan nemlig slå fast at klokkeren Roald Bjerke var en tyv.»

«Nå forstår jeg ingenting,» sukket sognepresten og ristet på hodet. «Var det han som stjal kollekten?»

«Nei. Det han hadde stjålet la han tilbake i kollektbøssa,» forklarte Nils Hammer som hadde stilt seg opp bak Wisting i et ubevisst forsøk på å kle rollen som doktor Watson.

«Hva hadde han stjålet?» spurte organisten.

«Pengene som Gudrun Thommesen ville donere til ungdomsarbeidet,» forklarte Wisting.

«Var det han som tok dem!» utbrøt kirketjeneren. «Og han som har laget så mye bråk ut av det.»

«Nei,» sa presten og ristet på hodet. «Ereptor oriundo ereptorius.»

«Hva mener du?»

«Tyv stjeler fra tyven,» oversatte presten.

«Riktig,» svarte Wisting. «Klokkeren stjal pengene fra den som tok dem fra Gudrun Thommesen. Det var bare ett problem. Dersom han gikk til menigheten med dem, ville han samtidig avsløre at han selv hadde begått lovbrudd.»

Nils Hammer tok ordet på nytt med perfekt timing: «Det første Bjerke gjorde da han kom til kirken i dag, var å konfrontere gjerningsmannen, i håp om at denne selv skulle innrømme sin skyld og velge å stå frem.»

Wisting fulgte opp: «Men gjerningsmannen var steil og ikke til å snakke til. Roald Bjerke forstod at han ikke kom noen vei, og valgte derfor å legge pengene han hadde funnet i kollektbøssa. På den måten ville pengene bli tilbakeført dit de var tenkt.»

«Og da slo drapsmannen til, og stjal pengene på nytt,» avsluttet Hammer.

Stillheten la seg på nytt i det lille rommet.

«Da blir ikke dette lenger bare et spørsmål om hvem som drepte Roald Bjerke,» sa Wisting etter en stund. «Men også hvem han brøt seg inn hos fredag kveld.»

Den spede kvinnen i rommet mistet først grepet om pastillesken. Deretter gled den lille håndvesken ned fra

skulderen og fulgte etter ned på gulvet. En tykk seddel-
bunke skled ut. Hun gjorde ikke noe forsøk på å plukke
den opp, men kastet et hastig blikk bort på sognepresten
samtidig som en tåre dukket opp på kinnet hennes. Som
om håpet om å begynne et liv som aktet prestefrue rant ut
av henne sammen med startkapitalen, tenkte Wisting idet
Judith Isaksen slo blikket ned, foldet hendene og hvisket
med bøyd hode: *«Tilgi meg!»*

DØDEN PÅ DIREKTEN

Av Tom Egeland

Onsdag klokken 18.20

Jeg har nettopp drept min kone.

Hun døde momentant. Med et forbløffet blikk og et halvkvalt stønn skled hun ned fra stolen og ble liggende på gulvet med åpen munn.

Jeg har fulgt min nitide plan til minste detalj. Nå gjenstår bare alibiet. Det perfekte alibi.

Alibiet til en kaldblodig drapsmann som har skutt sin egen hustru.

For to uker siden ville tanken på at *jeg* skulle bli en morder – en slik galning som du bare leser om i avisen – være utenkelig.

Men for to uker siden skjedde det noe som snudde livet mitt opp ned.

Min hustru – min søte, elskelige, morsomme, trofaste lille

lerkefugl – begynte brått å forandre seg. Tankene hennes var helt andre steder. Blikket ble unnvikende. Hun måtte stadig av gårde for å møte venninner. Hun fikk telefonoppringninger hun ikke ville svare på når jeg var til stede.

Jeg er ikke dum. Selvsagt forsto jeg.

Dette er min historie.

To uker før drapet

– Nei da. Han aner ingenting.

Victorias stemme lød leken og kokett. Hun sto på kjøkkenet med mobilen presset mellom øret og skulderen. Hun trodde vel jeg fortsatt var ute i garasjen.

– Slapp helt av, kniste hun. – Dette er min lille hemmelighet. Han kommer aldri til å finne ut av det. Ikke før det er for sent.

En klang av noe fremmed og forbudt hadde sneket seg inn i stemmen hennes.

– Du, hvisket hun plutselig, jeg må legge på. Jeg tror han er tilbake.

*

Du vet hva jeg heter. Du vet hvem jeg er. Du kjenner meg fra fjernsyn og kino og ukebladenes forsider. Noen av dere – ikke så rent få, når jeg tenker etter – har sett meg i rollen som Hamlet eller Peer Gynt på teaterscenen. Jeg avskyr betegnelsen kjendis, men de som har greie på slikt, sier jeg er blant de fremste. Vel. Dem om det. Personlig foretrekker jeg klangen i ordet celebritet.

Jeg traff Victoria for ti år siden. Hun var noen og tjue, jeg et par og femti. Sett på maken? Det ble selvsagt en del skriverier. Vi var et umake par, Victoria og jeg. Hun med sin ungdom og skjønnhet og sprudlende spontanitet, jeg med min berømmelse og verdensvanthet. Se og Hør omtalte oss spøkefullt som *skjønnheten og udyret*.

Jeg vil ikke utelukke at forholdet vårt har bidratt til Victorias suksess som samlivsrådgiver. Hver tirsdag ser du henne på *God morgen, Norge*. Nettstedet hennes – VictoriasVerden.com – har titusenvis av treff hver eneste dag. Her svarer hun på spørsmål om sex og samliv, hun blogger og har en fast webvideospalte med gode råd for parforholdet.

Jeg ante ikke at jeg var sjalu av natur. Ikke før nå. Jeg har alltid vært trygg på meg selv. Men Victorias sidesprang ble en besettelse.

Hvem var min rival? Hva betydde han for henne? Var han en bedre elsker enn meg? Hvorfor ham fremfor meg?

Jeg ble en patetisk, ynkelig stakkar.

Hver kveld, når jeg kom hjem fra teateret, så jeg tegn på at han hadde vært hos henne. Bilspor i oppkjørselen. Fotavtrykk i entreen. Ting som var flyttet på. Tro meg: Ingenting skjerper oppmerksomheten mer enn sjalusi. Vi har aldri brydd oss med å re opp dobbeltsengen, men nå var den strøken hver eneste dag. En kveld fant jeg en skralleskrutrekker – av alle ting – i bokhyllen. En skralleskrutrekker? At min kones elsker brukte verktøy i mitt eget hjem – at han hjalp Victoria med småting som hun burde ha bedt meg om å fikse – bare forsterket følelsen av å bli invadert, fortrengt, utstøtt.

Selvsagt sjekket jeg sms-ene hennes.

Alt klart ☺ bare kom! leste jeg.

Noen dager senere:

Kysten er klar, han er på teateret.

Og den som gjorde mest vondt:

Slapp av, gamlefar aner ingenting! ☺

Gamlefar ...

En formiddag forfulgte jeg henne, lik en agent i en spionfilm, hjemmefra og til sentrum.

Hun møtte ham på Theatercafeen. Så originalt. Jeg betraktet dem, stjålent, gjennom de store vinduene.

Han var en kjekk mann på hennes egen alder. Muskuløs, med halvlangt hår og tredagersskjegg.

Gjennom vinduet stirret jeg, tungpustet og vantro, på mannen som hadde stjålet min hustru fra meg.

Han virket så selvsikker og nonchalant.

Så ung og kjekk.

Victoria blusset og lo.

Der og da skjønte jeg at jeg måtte drepe henne.

En uavvendelig konsekvens av hennes svik og mitt indre, lydløse skrik.

Misforstå meg ikke: Jeg verken kan eller vil rettferdiggjøre drap. Innerst inne er jeg ikke et samvittighetsløst monster. Tross alt har jeg elsket henne, oppriktig og inderlig, siden den dagen vi traff hverandre.

Men nettopp derfor var tanken på å miste henne – miste henne til en annen mann – uutholdelig.

Jeg hadde ikke noe valg.

Kan du forestille deg følelsen? Sjalusien. Hatet. Sorgen. Fornedrelsen. Ydmykelsen. Bitterheten. Sinnet.

Når en kvinne myrdes – ikke minst en gift kvinne som har en affære – er ektemannen den første politiet mistenker.

Selvsagt. Såpass skjønner jeg.

Men jeg visste utmerket godt hvordan jeg kunne ta Victoria av dage – mens jeg selv sto på scenen.

Onsdag klokken 13.00

Kom hit kl. 19 presis!

Victorias sms til elskeren levner lite rom for misforståelser. Tidspunktet er ikke tilfeldig.

Klokken 19 starter nemlig teaterforestillingen min.

Ser man det ...

Klokken 19 presis. Stevnemøtet passer perfekt. Med litt hell vil elskeren hennes få skylden for drapet.

– Skatt? roper Victoria fra entreen. – Jeg må ut en tur. Jeg skal møte Eirill og jentene. Jeg er hjemme før du drar i teateret!

Hun har aldri vært flink til å lyve, Victoria.

Onsdag klokken 18.15

Hun kommer hjem fra møtet med «venninnene» kvart over seks. Hun ser glad og nyelsket ut. Hun er rød i kinnene og våger ikke riktig å møte blikket mitt.

– Hei vennen, alt vel? spør hun. Stemmen hennes er fremmed og full av hakk.

Pistolen, som far en gang overtok etter en jaktkamerat, er ladd og klar. Den ligger, tung og kald, i lommen på blazeren min.

Hun gir meg et fort kyss og går inn i stuen, der hun setter seg ved pc-en. Akkurat slik jeg har forutsatt. Hver kveld rundt disse tider spiller hun inn web-tv-sekvensen som legges ut på hjemmesiden hennes tidlig morgenen etter.

– Gud så varmt det er! roper hun.

Jeg har skrudd termostaten i huset på maks for å forsinke temperaturfallet i liket. På den måten blir det vanskeligere for rettsmedisineren å fastslå et nøyaktig dødstidspunkt.

Jeg hører den profesjonelle stemmen hennes:

– Hei, alle sammen, velkommen til en ny dag her på Victorias Verden. Og i dag skal jeg snakke om hvordan du og partneren din får mer spenning i hverdagen ...

Den store bestefarsklokken bak henne viser 18.59. Den går tre kvarter for fort. Det samme gjør pc-uret.

– Har kjærlighetslivet ditt nok krydder? spør Victoria og stirrer inn i webkameraet.

Jeg kommer inn i stuen ute av syne for kameraet. Kanskje synes skyggen min, men det spiller ingen rolle.

Blid og fornøyd snakker Victoria rett i kamera og sier noe om at par må dyrke hverandre og kjærligheten.

Søtt.

Jeg trekker pusten dypt og tar pistolen opp av lommen.

Med fjernkontrollen setter jeg i gang opptaket av Dagsrevyens kjenningsvignett. Irritert snur Victoria seg mot meg.

Bestefarsklokken begynner å slå sine syv tunge slag.

I samme øyeblikk skyter jeg henne.

Jeg treffer henne i brystet. I et tidels sekund ser hun på meg, forbløffet, som om hun lurer på hva i all verdens land og rike jeg driver med. En rød rose sprer seg på den hvite blusen hennes.

Så stønner hun og faller ned på gulvet.

Jeg er skremmende rolig og oppfører meg mekanisk: Jeg slår av Dagsrevy-opptaket før de begynner å lese gårsdagens overskrifter. Jeg dekker til webkameraet, lagrer opptaket og stiller pc-uret tilbake til riktig tid. Jeg åpner bestefarsklokken og snurrer storeviseren tilbake med pekefingeren.

Når politiet sjekker opptaket på Victorias pc, vil alt tyde på at drapet skjedde presis klokken 19.

Hvis elskeren hennes varsler politiet, vil han automatisk bli mistenkt. Hvis han stikker av, vil noen i nabolaget helt sikkert observere ham og rapportere det til politiet.

Naturligvis vil jeg bli mistenkt, jeg også. Men klokken

19 går teppet opp for kveldens forestilling. Da vil jeg stå på teaterscenen. Publikum er mitt alibi.

Innen kriminalteknikerne er på plass, vil alle kroppsfunksjonene som kan avsløre dødstidspunktet, etter all sannsynlighet være innenfor rettsmedisinens vide feilmarginer. Tross alt tar det ofte et par timer før *rigor mortis*, dødsstivheten, setter inn.

Grundig tørker jeg fingeravtrykkene av pistolen og legger den på stuebordet. Kanskje elskeren tar i den i vanvare. Hvis han lar den ligge, vil det være nærliggende for politiet å mistenke ham for å ha fjernet *sine* avtrykk.

På bordet i entreen legger jeg en beskjed jeg allerede har håndskrevet:

Hei skatt. Du ble visst forsinket. Jeg stikker innom Busy Bar etter forestillingen, ser deg senere.

Jeg lar døren stå på gløtt da jeg går.

Klokken er 18.23.

Onsdag klokken 19.03

På scenen spiller jeg overraskende bra. Fra salen fornemmer jeg publikums beundrende engasjement og innlevelse. Noen forestillinger er magiske.

Jeg ankom teateret tjuefem minutter før jeg skulle på scenen. Fem minutter for sent ute, men jeg varslet både inspisienten og sminkøren om at jeg var på vei, og i denne rollen trenger jeg bare ti minutter i sminken.

En halv time ut i forestillingen legger jeg merke til en mann som smyger seg inn gjennom forhenget ved døren inn til orkesterplass. Han setter seg i et ledig sete ytterst på raden.

Det er noe ved ham ... Han er spinkel som en vadefugl og slipper meg ikke med blikket. Så pussig, tenker jeg, å komme en halv time for sent.

Da forestillingen er ferdig, og ensemblet får stående applaus, er han borte.

Etter forestillingen skynder jeg meg over gaten og rundt hjørnet til *Busy Bar*.

Onsdag klokken 21.02

Mannen fra teateret sitter på en barkrakk og venter på meg.

Jeg kaster et spørrende blikk på ham mens jeg bestiller en pils. Han vagler seg bedre til rette på barkrakken. Omsider møter han blikket mitt.

– Kondolerer, sier han. Han viser frem sitt identitetskort. – Ulrichsen. Oslo politidistrikt.

– Har det skjedd noe?

Stemmen min er overraskende stø og sonor. En skuespillers stemme. Det er ikke engang mulig å høre hjerteslagene mine eller panikken som jager gjennom meg.

– Trodde du oppriktig du kunne slippe unna?

Han konstaterer mer enn han spør.

Teppefall ...

Jeg putter en peanøtt i munnen og suger. Jeg liker smaken av salt. Bartenderen setter glasset med pils foran meg. Jeg drikker to dype slurker og svelger peanøtten i farten.

– Det er ikke ofte vi ser slik oppfinnsomhet, sier han. – De fleste drap begås i affekt. Skjødesløst, tankeløst. Dette var annerledes. Utstudert. Utspekulert.

Han vinker på bartenderen og bestiller en Farris. Jeg venter på fortsettelsen.

– Vi ville nok ha stusset på blindsporene du la ut. Den åpne døren. Den håndskrevne beskjeden. Opptaket fra webkameraet. De forvirrende klokkeslettene. Dagsrevyvignetten. Den høye innetemperaturen. Dødstidspunktet ville skapt en smule undring. Rettsmedisineren ville ant at dødstidspunktet ikke kunne stemme med klokkeslettet på webopptaket. Riktignok er ikke kroppens fysiologiske reaksjoner på brå død alltid like eksakt. Obdusenten kan ikke bestandig fastslå dødstidspunktet et hundre prosent presist.

Bartenderen kommer med en Farris til politimannen. Isbitene klirrer mot glasset.

– På den annen side har rettsmedisinerne ganske mange holdepunkter når de skal fastsette et sannsynlig dødstidspunkt. *Rigor mortis* – dødsstivheten. *Pallor mortis* – likblekheten. *Algor mortis* – kroppstemperaturen. *Livor mortis* – likflekkene. For å nevne noe. Paradoksalt nok kan det være lettere å fastslå dødstidspunktet etter noen timer. Men rettsmedisinere er flinke folk, vet du. De beste. Og som regel er de bedre enn amatørene som forsøker å lure dem.

Jeg følger sekundviseren som svever rundt urskiven på klokken på veggen. Bartenderen mikser en *Singapore Sling*. Et sted i baren ler en kvinne.

– Samtidig har vi den taktiske etterforskningen. Vi er ikke helt talentløse, vi etterforskere heller. Vi stiller oss selv spørsmål. Jo, selvsagt ville vi funnet frem til webopptaket på pc-en. Men hvorfor lagret drapsmannen opptaket? En pussig handling i en så dramatisk og stressende situasjon. Vi ville nok ha spurt oss selv om det var noe han *ville* vi skulle se. Som for eksempel klokkeslettene på webopptaket og klokken i bakgrunnen? Ville han vi skulle høre Dagsrevy-vignetten?

Han smiler for seg selv. – Litt overtydelig, det hele? Han skakker på hodet og tar en slurk av mineralvannet.

Utenfor baren, nesten ikke synlig gjennom refleksene i de store vinduene, skimter jeg flere politibiler.

– Men ingenting av dette spiller noen som helst rolle, sier han.

Pause.

– Vil du ikke vite hvorfor? Lurer du ikke på hvorfor ingen av disse momentene betyr noen verdens ting?

Jeg sleper blikket i hans retning.

– Du var flink, sier han. – Det skal du ha. Oppfinnsom. Men for å være ærlig, tror jeg vi i politiet ville ha vært flinkere. Vi ville nok ha avslørt deg. Men hvem vet? Som sagt har det ingen betydning.

Han nikker til noen utenfor baren. To uniformerte politimenn kommer inn og stiller seg rett innenfor døren.

– Saken er den, sier han, at din kone i to ukers tid har samarbeidet med TV 2 om en ny underholdningsserie – *Hjemme hos oss* – som skal sendes på lørdager. En slags mellomting av *Skjult kamera* og *Komplottet*. Og du var førstemann ut. TV 2 skulle lage et times program for å hedre deg og dine over 30 år som skuespiller. Tanken var at deltagerne i *Hjemme hos oss* skulle utsettes for den ene episoden merkeligere enn den andre – i sitt eget hjem. Du kan tenke deg selv. *Practical jokes*. Hundre pizzaer levert på døren. Tulleoppringninger. En struts på badet. Slike ting. Nå i kveld – ja, faktisk rundt disse tider – skulle din kone og en rekke kolleger av deg vente med et helt batteri av morsomme overraskelser. Din kone har vært helt sentral i planleggingen, ifølge prosjektlederen i TV 2.

Fra innerlommen henter han frem en videokassett.

– Med god hjelp fra din kone har TV 2 de siste to ukene forberedt kveldens opptak. Blant annet har de installert ti skjulte kameraer rundt om i huset ditt. De startet prøveopptakene da din kone kom hjem tidligere i kveld. Stakkarene i regibussen, som står parkert i en sidegate nær huset ditt, skjønte selvsagt ingenting av det de så. Og da den grusomme sannheten gikk opp for dem, var det for sent. Til gjengjeld har vi glimrende opptak, fra ulike kameravinkler, av alt du foretok deg fra din kone kom hjem klokken kvart over seks – og du drepte henne – til du dro ned i teateret åtte minutter senere. Ja, ja. Skal vi gå?

HØY INNSATS

Av Erik Meling Sele

Isbitene klunket mot bunnen av det tomme glasset idet Reid senket armen og satte det fra seg på bardisken. Whiskyen varmet godt i brystet. Han hadde allerede kommet ut av tellingen, men antok at det måtte være den femte eller sjette drinken den kvelden. Dyrt var det også, han hadde på ingen måte råd til det slik som situasjonen var. Men det fikk ikke hjelpe. Polet var stengt, og akkurat nå trengte han disse glassene mer enn noen gang.

Han løsnet på uniformsslipset, og dro hånden gjennom det lille han hadde igjen av hårmanken. Deretter sukket han tungt mens han stirret på speilbildet sitt på veggen bak spritflaskene. Det var et tragisk syn. Hvem skulle trodd at det kunne gå så galt med orlogskaptein Reid Hogstad?

Han følte seg på ingen måte syk. Likevel hadde kompisen Karsten, som var lege, antydet at Reids spilleavhengighet, eller *ludomani* som det het på fagspråket, var en psykisk lidelse. Ifølge Karsten var det derfor Reid aldri greide å reise seg og gå fra pokerbordet, uansett hvor dårlig det gikk. Inne i hodet hans fantes det nemlig en irrasjonell tro på at lykken ville snu. Spilleavhengigheten var også grunnen til at Reid fortsatte å gamble etter at han en sjelden gang vant en stor gevinst. Den ga ham angivelig et falskt bevis på vinnerlykke, om man skulle tro legen.

Selv om det hørtes tåpelig ut, så ga det mening når Karsten pratet om dette. Reid hadde mang en gang tenkt over vennens ord, og forsøkt å bruke dem som en påminnelse om å holde seg langt borte fra hasardspillene. Reids viljestyrke var imidlertid ikke av det beste kaliberet. For ham fantes det nemlig ingen rus i hele verden som kunne måle seg med den han fikk når han skjøv sjetongene utover filtduken, og selv om han virkelig hadde forsøkt, endte han gang på gang opp i kjelleren med tyrkerne på Sjøhuset bar. Reid fikk under disse kveldene et spesielt drag over ansiktet. Øynene hans glitret, og adrenalinet strømmet som et fossefall gjennom kroppen. Det kunne rett og slett virke som om noen hadde forhekset den ellers så trivelige orlogskapteinen, mannen var nesten ikke til å kjenne igjen. Likevel; det var da, mens han satt der fullstendig oppslukt av spillet, at han *virkelig* følte seg levende.

Å skylde på sykdom som forklaring på den gigantiske gjelden han nå hadde pådratt seg hos tyrkerne, ble imidlertid for lettvint. Ikke ga det noen trøst heller. Det ga i hvert fall ingen hjelp. Ingen diagnose eller medisin i hele verden kunne trylle frem de svimlende summene russerne skulle ha tilbake innen fredag. Det var absolutt siste frist, noe den gipsede lillefingeren på venstrehånden hans var en brutal påminnelse om.

Reid la hodet i hendene. Rusen hadde begynt å virke, men den var ikke sterk nok til å få de vonde tankene på avstand. Bildene inne i hodet hans av Ellen som smalt igjen døra før hun forsvant, var like tydelige som de hadde vært før han slo seg ned her i baren. Ta deg sammen nå, tenkte han for seg selv. Han måtte tenke konstruktivt. Tiden var i ferd med å løpe ut.

Nok en gang gikk han igjennom mulighetene sine. Han kunne ikke gå til politiet; den brukne lillefingeren ville bli ubetydelig i forhold til behandlingen han da ville få av tyrkerne. Å låne penger av bekjente var ikke lenger noen mulighet. De broene hadde han brent for lengst. Det fantes ingenting av verdi å selge lenger heller, leilighet og bil hadde allerede blitt ofret for å nedbetale tidligere gjeld. Det var ikke godt å si hvor han ville holdt til nå om han ikke hadde hatt rommet i leiren.

Han visste at de kom til å tilby ham muligheten til å arbeide seg ut av gjelden ved å levere narkotika og lignende for dem. Men det var det siste han kunne tenke seg. For det første ville det ta altfor lang tid, om han da i det hele tatt kunne komme seg helskinnet ut av den jobben. Nei, det var umulig. Han hadde naturligvis vurdert å bare stikke av, men av erfaring visste han at tyrkerne aldri ville gi seg. Enten kom de til å jakte ham ned, eller så ville det ende slik det gjorde med Sven Teige: De hadde oppsøkt familien hans, og de hadde ikke vært mye fintfølende. Reid grøsset.

Hva med å stjele pengene et sted, da? Rane noen? Kidnappe et barn og kreve løsepenger? Reid sukket tungt. Han hadde ikke fått det til uansett hvor sterkt han hadde ønsket det. Han var ikke typen. Nok en gang fikk han en kvelende følelse av å ha malt seg inn i et hjørne. Hva faen skulle han gjøre?

En stemme røsket ham ut av den dype konsentrasjonen. Han snudde hodet i retningen den hadde kommet fra, og ble først da oppmerksom på en tykk, liten mann med velstelt bart som satt på barkrakken like bortenfor ham.

«Unnskyld?» sa Reid.

«Jeg spurte om du hadde hatt en lang dag,» sa mannen.

«Du kan godt si det slik, ja.» Reid smilte høflig.

«Du er ikke alene.» Mannen hevet ølglasset sitt til en forsiktig skål. «Bartender, vær vennlig å gi denne mannen en ny whisky,» la han til da han oppdaget at Reids glass var tomt.

Det tok ikke lange tiden etter at de to mennene hadde hilst på hverandre, før praten fløt. Til å begynne med snakket de overfladisk om god whisky og de drapstiltalte nordmennene i Kongo. Etter hvert som de pløyde seg gjennom flere drinker, beveget de seg over på mer personlige emner, som for eksempel kvinneproblemer. Bob, som den fremmede het, var bakermester av yrke. Han befant seg midt i en brutal skilsmisse, også han hadde blitt forlatt.

Orlogskapteinen opplevde at det var forbløffende enkelt

å prate med Bob. Han følte at her satt en mann han kunne betro seg til om hva som helst. Og det var nettopp det han plutselig tok seg i å gjøre: Reid fortalte alt. Han snakket om spilleavhengigheten, den vanvittige gjelden hos tyrkerne, truslene, den brukne fingeren, Ellen som hadde forlatt ham, og de uhyggelige redningsmulighetene. Han følte en frihet ved å kunne fortelle om dette til en utenforstående, og Bob lyttet engasjert gjennom hele beretningen. Han avbrøt ikke Reid en eneste gang.

Da Reid var ferdig, dro Bob ettertenksomt en finger gjennom barten.

«Hmmm... Det er utvilsomt en vanskelig situasjon du befinner deg i, min venn. Dessverre har jeg ikke den slags summer å avse. Ellers skulle jeg med glede ha lånt deg pengene.»

Reid nikket. Han trodde ikke et sekund på at denne Bob ville ha lånt ham pengene om han hadde hatt dem, men han satte likevel pris på mannens vennlige ord.

«Huff,» sukket han og lente seg over bardisken, «det kan virke som om løpet er kjørt uansett hva jeg velger å gjøre. Jeg kunne likeså greit ha skutt meg selv.»

Akkurat idet han sa disse ordene, hendte det noe underlig: Bob, som var i ferd med å ta en slurk av glasset sitt, stoppet midt i bevegelsen. Deretter satte han det rolig fra seg på bardisken. Han åpnet munnen for å si noe, men så virket det som om han ombestemte seg. I stedet slikket han seg raskt rundt leppene og snudde seg rolig mot Reid. Før han åpnet munnen igjen, lente han seg en anelse nærmere.

«Mener du altså at du ikke lenger har noe å tape? At du virkelig er villig til å risikere livet ditt for disse pengene?» Blikket hans var lysende klart, det virket nesten som om den fremmede var blitt edru ved et trylleslag.

«Tja, jeg mener vel egentlig det, ja. Hvordan det?» sa Reid.

«Du er altså helt desperat?»

«Vel ... Ja.»

Bob kastet et raskt blikk på armbåndsuret. «Dette er første tirsdag i måneden, er det ikke?» spurte han.

Reid bekreftet mannens antagelse. Så tømte Bob glasset sitt, grep frakken og reiste seg fra barkrakken. Ansiktsuttrykket var alvorlig: «Kom!»

*

Noe som ga Reid grunn til å være skeptisk, var at han hadde måttet ha bind for øynene det kvarteret kjøreturen varte. Det var av hensyn til hans egen sikkerhet, hadde Bob forklart. En annen sak var at han absolutt ikke ante hvor de hadde vært på vei, Bob hadde bare ignorert Reid hver gang han hadde spurt om dette. Men det at huset som de nå stod foran, med sine knuste ruter og sin generelt vanskjøttede fasade, så ut som om det var tatt rett ut fra en grøsser, det gjorde ham *virkelig* skeptisk.

Bob ba ham om å vente, og gikk opp det som en gang i tiden hadde vært en trapp til inngangsdøra. Så banket han på døra, men det var ikke ordinær banking: Det var en bestemt takt over det hele, som om det var en slags hemmelig inngangskode.

Omsider kom et lys på innenfor, og døra ble åpnet. I åpningen kunne Reid se en spinkel kar med briller og ullgenser. De to mennene utvekslet lavt noen ord før de snudde seg og så på Reid der nede i oppkjørselen. Den spinkle karen ble stående og betrakte Reid en stund, før han henvendte seg til Bob igjen. Så ble Reid vinket inn. Han svelget. Det var definitivt noe som ikke stemte her. Hadde det ikke vært for drinkene i baren, hadde han sannsynligvis snudd på hælen. Men siden dette var rent hypotetisk, fulgte han etter de to mennene inn i huset.

Rommet de kom inn i, så ut til å ha vært en trivelig stue en gang i tiden. For lenge siden. Maleriene hang skjevt, gulvet var dekket av støvete tomflasker, glasskår og gammel matvareemballasje, og det meste av møblementet var mer eller mindre ødelagt.

«Vær så god og sitt.» Mannen med brillene hadde lukket døra bak dem. Han nikket mot en skitten sofa som stod ved siden av et piano. Reid gjorde som han ble oppfordret til, og motstod fristelsen til å børste sofaen lett før han satte seg. Det knirket godt idet han lente seg bakover, og han kjente at han ble klisset på hånden da han la den på armlenet. Bob lente seg inntil peisen og tente en sigarett med en fyrstikk.

«Skal det være en drink?» Mannen med brillene fant frem en plastflaske fra et skap. Flasken manglet etikett.

«Ellers takk.» svarte Reid.

Mannen nikket kort, skrudde opp korken, og tok seg en god slurk før han rakte flasken videre til Bob. Deretter dumpet han ned i en gyngestol på andre siden av salongbordet. Det var definitivt noe vemmelig over denne mannen.

«Ok,» sa han og rettet på brillene. «Jeg tillater meg å gå rett på sak: Så vidt jeg forstår, har spilleavhengigheten din fått deg inn i en økonomisk knipe. Du er rett og slett desperat. Stemmer dette?»

«Vel ...» begynte Reid, og gikk nok en gang kjapt igjennom de ulike mulighetene han hadde tenkt på tidligere. Ingen av dem så ut til å ha blitt mer attraktive siden sist.

«Ja, jeg er vel egentlig det,» innrømmet han omsider. Han svelget, og kjente at pulsen var litt høyere enn den burde.

«Jeg forstår. Og Bob har ikke fortalt deg hvor du er hen nå, ikke sant?»

Reid skulle akkurat til å bekrefte mannens antagelse da et dempet, men tydelig smell fikk ham til å bråstoppe.

«Hva i helvete var det der?»

Bob og mannen kikket på hverandre, begge smilte lurt.

«Det der,» sa mannen med brillene, «er grunnen til at du er her.» Han hadde fortsatt dette tåpelige fliret om munnen. Reid svelget.

Bob stumpet sigaretten. «Kanskje vi like gjerne skal gå ned og vise ham det med en gang?»

*

Orlogskapteinens første innskytelse på vei ned den smale kjellertrappa, var at den førte til et utested, for han kunne skimte en hel haug med mennesker, alle med en øl eller en stivere drink i hånden, mens de virret frem og tilbake over betonggulvet. Det var først da han var kommet helt ned, at Reid ble oppmerksom på at samtlige av personene lot til å være menn. Noen av dem så praktisk talt ut som bomser med sine fillete frakker og ustelte skjegg, mens andre var dresskledde og nybarberte. De fleste av dem diskuterte høylytt, og mange av dem hadde sedler i hendene. Han antok at det måtte være et sted mellom femti og sytti personer der nede. Blant alle mennene kunne han skimte en større bar på høyre siden av rommet, og over høyttaleranlegget lød dempet, klassisk musikk.

Det første han stusset over, var at flere av mennene der nede, i tillegg til drinkene sine, hadde hørselsvern i nevene. En annen ting som skurret litt, var at både vegger og tak så ut til å være lydisolert. Men så fikk han øye på det runde bordet midt på gulvet, og angsten rammet ham som et slag i magen: Det lå en revolver på bordet, og en liten, skallet mann tørket blod av en krakk.

Reids første reaksjon var å rykke noen skritt bakover. Han kom riktignok ikke særlig langt før en arm på skulderen stanset ham.

«Ta det bare helt rolig nå, Reid.» sa Bob og blunket. «Nå skal vi ta oss en drink og observere litt. Høres det greit ut?»

Reids lepper var som limt igjen. Panikken rev i ham. Hva

i helvete var det som foregikk her? Før han visste ordet av det, hadde noen imidlertid stukket til ham en dobbel whisky. Han tømte den i én slurk.

«Ok, da fortsetter vi!» hørte han en mann rope fra et eller annet sted i rommet, og i samme øyeblikk begynte samtlige av mennene å trekke mot det runde bordet. Bob signaliserte med et lite nikk til Reid og den bebrillede mannen at de skulle følge etter. Mens de presset seg inn i folkemengden, kastet Reid et blikk over skulderen mot trappa de hadde kommet ned. Han tvilte ikke et sekund på at døra der oppe nå var låst.

«Greit, mine herrer. Da er vi i gang igjen,» fortsatte mannsstemmen fra i sted, og i samme øyeblikk opphørte all summingen i rommet. Reid strakte hals, og fikk øye på en tykk, blek mann med røde krøller. Ansiktet hans var pløsete og sløvt, sannsynligvis et resultat av flere års iherdig alkoholkonsumering. Han stod på krakken som et par minutter tidligere hadde vært dekket av blod. Ved siden av ham satt den skallede mannen og vippet i en kontorstol. Han hadde en laptop i fanget og en sigarett i munnviken. Rundt bordet satt også tre andre menn. En traurigere samling individer var det lenge siden Reid hadde sett. Samtlige var bleke, ubarberte, mørke under øynene og tydelig beruset. Det så rett og slett ut som om de hadde rømt fra en konsentrasjonsleir.

Den rødhårede mannen la en tom vinflaske midt på bordet. Med en enkel håndbevegelse fikk han den til å spinne. Den klassiske musikken var forstummet, og i løpet av de sekundene flasken spant, var det absolutt tyst der inne. De tre mennenes adamsepler og kjevemuskulatur jobbet på høygir: De var nervøse som fanger på vei mot giljotinen.

Flaskehalsen stoppet omsider og pekte på den tykkeste av dem. I samme øyeblikk oppstod det et vanvittig rabalder der inne; så å si alle tilskuerne begynte å brøle i munnen på hverandre og dra frem sedler før de flokket seg rundt den skallede mannen. *Fem tusen på at nummer tre ryker først!* hørte han en av dem utbryte. *Ni tusen på rekkefølgen tre, fire, to!* skrek en annen. Den skallede grafset til seg sedlene samtidig som han hurtig klikket ned meldingene på laptopen sin.

Borte ved bordet var det en tydelig trykket stemning. Mannen som hadde blitt utpekt, satt og skalv mens han mumlet noe for seg selv. Det så ut som om han kunne finne på å skrike når som helst. Noen av tilskuerne klappet ham på skulderen og hvisket noe som sannsynligvis var oppmuntrende ord i øret hans. De to andre satt bare og stirret tomt ned i bordplata.

«Begynner vi å bli klare igjen?» brølte den rødhårede etter en stund. Den skallede holdt opp tre fingrer før han henvendte seg til den høylytte folkemengden igjen. «Vel, vel,» fortsatte han og grep revolveren som lå på bordet. Så rotet han frem ei kule fra bukselommen og puttet den møysommelig inn i magasinet før han spant det rundt av full kraft. Til slutt klikket han det tilbake og la revolveren varsomt fra seg foran den tykke mannen. Reid kunne lese av leppene hans at han ønsket den andre lykke til.

Den tykke mannen lot nå til å være så nervøs at orlogskapteinen ikke ville ha blitt overrasket om han plutselig besvimte eller kastet opp av redsel. Han følte seg ikke stort bedre selv. Nå fantes det nemlig ikke lenger snev av tvil om hva som foregikk her nede: Han var kommet til helvete. Og akkurat nå hadde han vansker med å finne returbilletten sin.

«Da er vi i gang, mine herrer. Jeg oppfordrer dere nok en gang til å ta på dere hørselsvernet, og så er vi vennlige og trekker oss litt bortover her,» sa den rødhårede og pekte i en retning som, gitt at den tykke mannen var høyrehendt, ville være utenfor skuddhold. Folk gjorde som de ble oppfordret til, og Bob stakk til Reid et hørselsvern før han tok på sitt eget. I løpet av få sekunder var det atter en gang dødsens stille nede i kjelleren.

«Vær så god, Roger,» sa den rødhårede ærbødig og nikket til den tykke mannen, som skalv så kraftig at Reid begynte å tvile på at mannen ville greie å holde revolveren i ro mot tinningen. Pannen hans glinset av svette, og fuktige flekker fulgte knappene nedover langs skjorta.

Plutselig rettet mannen seg opp. Med en målbevisst bevegelse grep han revolveren og plasserte den hurtig mot sin egen tinning. Så pustet han hardt og rytmisk, som en vektløfter like før han skal prestere. Bortsett fra dette var det som om et vakuum hersket der nede.

Før Reid visste ordet av det, hadde mannen allerede trukket av. Men det komme ikke noe smell, bare et metallisk klikk.

I samme øyeblikk var det som om en flokk brølende løver hev seg over det forsvarsløse rommet. Noen jublet og applauderte, noen klappet den tydelig lettede mannen på skuldrene, mens andre bannet eller ristet på hodet. Reid dro en hånd over den svette pannen og pustet lettet ut. Herregud i himmelen, tenkte han for seg selv.

Mer rakk han ikke å tenke før en hånd grep rundt armen hans. Hånden tilhørte Bob, som eskorterte ham lett, men bestemt, inn på et lite rom bak baren. Så ble døra lukket.

«Du ser en anelse blek ut, Reid.» Bob gliste, som om det de nettopp hadde vært vitne til, hadde vært en barneforestilling på teateret. Reid sank ned på en av pinnestolene i rommet og stirret tomt fremfor seg.

«Hva faen er det som feiler dere, egentlig?» sa han uten å flytte blikket.

«Hør her,» begynte Bob, og plasserte en ny sigarett i munnviken. «Jeg skjønner hva du tenker. Men bare hør etter nå, og vær snill å ikke avbryte meg, så skal jeg fortelle deg hvordan dette fungerer.» Han grep en av stolene og satte seg rett overfor Reid.

«Vi har to varianter av russisk rulett her på huset. I den ene varianten spiller utøverne om det de har, og da mener jeg *alt* de har. Hver smitt og smule. *Last man standing* tar alt. I tillegg får han en fast prosent av tilskuernes innsats. Forutsetningen er imidlertid at alle involverte har tilnærmet samme formue og så videre, men det har vi spesielle måter å håndtere på. Dette er uansett ikke interessant for deg; du har jo ingenting å satse. At folk i det hele tatt spiller denne varianten, synes jeg personlig er helt vanvittig. For noen år siden var det en galning som brukte alle pengene han vant her, på å starte opp en liten sportsforretning. Siden den gang har forretningen ekspandert til en landsdekkende sportskjede. Fyren er stadig å se i sladderbladene, siden han titt og ofte arrangerer svære hageselskaper hvor store deler av kjendis-Norge raver rundt i champagnerus. Stilig, synes du ikke?» Han så forventningsfullt på Reid. Da han innså at han ikke ville få noen respons, fortsatte han: «Vel, nok om det. Den andre varianten er den vi var vitne til nå nettopp. Her er utøverne i nøyaktig samme situasjon som deg: De har ingenting å tape, men alt å vinne. *Last man standing* mottar en svært pen, fast sum, i tillegg til femten prosent av tilskuernes samlede innsats.» Bob tok et dypt drag av sigaretten, og blåste noen ringer ut i luften.

Reid kunne knapt tro det han hørte; dette var rett og slett for absurd. Bare tanken på å sette den revolveren mot tinningen fikk kvalmen til å velte seg over ham.

«Bob,» han hørte at hans egen røst var spak. «Dette er fullstendig uaktuelt for meg. Om du ikke har noe imot det, så vil jeg veldig, veldig gjerne gå nå. Jeg sverger ved min mors liv at jeg ikke skal fortelle noen om hva jeg har sett her i kveld. Jeg lover! Kan jeg få gå nå?»

Bob ble sittende noen sekunder og granske sigaretten sin. Deretter fjernet han et usynlig støvkorn fra filteret.

«Naturligvis kan du få lov til å gå, Reid,» sa han vennlig. «Siden du tydeligvis har kommet på en smartere løsning på hvordan du skal bli gjeldfri hos tyrkerne, så er vel alt i skjønneste orden.»

Faen, tenkte Reid. Han hadde faktisk glemt hele gjelden sin. Uansett; det måtte da finnes bedre utveier enn dette. Det *måtte* det bare.

«Tiden flyr, vet du,» fortsatte Bob. «Nå er tirsdagen snart over, fredagen er her fortere enn du aner.»

Reid svarte ikke.

«Men jo da, Reid, det er bare å gå. Du vet jo hvor døren er.» Bob lente seg en anelse nærmere orlogskapteinen. «Bare en liten ting før du stikker: Er du ikke interessert i å høre hvor mye den faste summen vinneren får, er på? For ikke å nevne hvor mye de femten prosentene pleier å være?»

Reid sukket tungt og gned seg i øynene.

«Det forandrer ingenting, Bob, men greit, få høre da.» sa han.

Bob fortalte om betingelsene. Reid kunne ikke tro at han hadde hørt riktig. «Kan du gjenta det der?»

Bob gjentok.

Reid lente seg tilbake i stolen.

«Er du seriøs nå?»

«Ja.»

«Fy faen.» hvisket Reid.

«Nettopp. Du kan altså bli gjeldfri og vel så det, i kveld. Og du har sagt det selv, du har faktisk ingenting å tape.»

Reid svarte ikke. Han ble bare sittende der i stolen, med dype rynker i pannen, begynte også å bite negler, uten å være klare over det. Bob lot ham sitte slik i noen minutter.

«Nå,» sa han til slutt, «hva sier du?»

*

Reid hadde opplevd redsel tidligere i livet, hvor han hadde både svettet, vært kvalm og hatt skjelvinger, men det var ingenting mot det han følte akkurat nå mens den tomme vinflasken spant hurtig rundt på bordplata foran ham.

Angsten burde vel ha løsnet litt på grepet i det øyeblikket flasken stanset i retning av den skjeggete mannen som satt overfor ham. Men det gjorde den absolutt ikke.

«Da er vi klare for nye innsatser, mine herrer!» annonserte den rødhårede mannen, og folk flokket seg som villmenn rundt den skallede karen med laptopen. Det var som å få et nådesløst slag i magen da han hørte en eller annen brøle *to tusen på at han med det tynne håret ryker først!*

Reid hevet blikket og kikket på de tre andre mennene rundt bordet. Ingen av dem så ut til å være mors beste barn. Hva var historien deres, mon tro? Hvordan hadde de havnet her? Trolig var de narkomane og trengte penger til stoff. Eller kanskje de bare var klin kokos? Kunne det til og med tenkes at de var spilleavhengige og hadde pådratt seg uvirkelig høye gjeldssummer hos kriminelle?

Da villmennene hadde annonsert innsatsene sine, ble det igjen stille i kjelleren. Den rødhårede ga klarsignal om å ta på hørselsvern, og mannen overfor Reid løftet forsiktig opp revolveren. Han veide den i hånden noen sekunder. Det var lett å se at tankene som gikk igjennom hodet hans, ikke var av den behagelige sorten. Han svelget før han rettet våpenet mot tinningen. Reid knep øynene sammen. I tillegg trykket han hørselsvernet inntil ørene av full kraft. Det eneste han kunne høre, var lyden av sin egen dirrende pust og galopperende puls. Han forsøkte å se for seg at han satt på en strand i Hellas og så på solnedgangen, hånd i hånd med Ellen. Den svale brisen fikk det til å rasle i palmetoppene, og midt i det solbrune ansiktet hennes satt det et stort smil. Han strøk henne gjennom det bølgende håret og hvisket fine ting i øret hennes.

Et dempet smell som fikk hele rommet til å dirre, rev i stykker fantasien, og dro ham hensynsløst tilbake til virkeligheten. Hørselsvernet greide ikke å stenge ute lyden av folk som jublet og skrek i munnen på hverandre. Det greide heller ikke å hindre lyden av en livløs kropp som traff gulvet, i å trenge seg inn i øregangene hans. Han prøvde å puste dypt mens angsten og kvalmen veltet over ham igjen. Øynene hans var fortsatt knepet igjen. Ikke faen om han skulle åpne dem noensinne.

Noen la en hånd på skulderen hans og ristet lett i ham. «Fantastisk!» lød en stemme. Det var Bobs. «Nå har du en tredjedels sjanse til å vinne! Kom, så tar vi en drink mens de rydder opp her.» Reid snudde seg hundre og åtti grader rundt før han åpnet øynene.

«Ellers takk,» sa han. Så reiste han seg, gikk inn på toalettet, låste døra og spydde som en gris. Oppkastet smakte whisky og pommes frites.

Da han så seg i speilet, greide han ikke å avgjøre om tårene som rant nedover kinnene hans, skyldtes vrengingen av magesekken eller helt andre ting. Han spylte ansiktet og drakk grådig fra springen. Så tok han noen dype drag med luft. Etterpå lente han seg mot speilet med hendene på vasken, hodet senket. Ble stående slik en god stund, før han hevet blikket og stirret seg selv dypt inn i øynene.

«Skjerp deg nå, Reid. Ta deg sammen. Du fikser dette. Ikke bare det, du skal faen meg vinne denne jævla leken. Hører du? Du skal *vinne*. Du skal bli gjeldfri, du skal få orden på livet ditt, og du skal få Ellen tilbake. Det er en ordre! Er det oppfattet?»

Mannen i speilbildet stirret hardt tilbake på ham. Så nikket han. «Det er oppfattet, orlogskaptein.»

Hvis man var observant nok, så ville man ha lagt merke til at noe var annerledes ved Reid da han satte seg ned ved bordet for andre gang. Skjelvingen var borte, han var ikke lenger anspent, og øynene hans var klare som dagen. Hvis man *virkelig* var observant, så ville man kanskje til og med ha oppdaget noe som kunne minne om et smil over leppene hans.

Da flasken igjen spant, satt de to andre mennene fremoverlent med hodene støttet i skjelvende never. Reid på sin side satt behagelig bakover i stolen med armene i kors.

Han snudde seg rolig mot Bob.

«Unnskyld, men kunne jeg vært så frekk å spørre om å få bomme en sigarett?»

Bob stirret litt skeptisk på ham i noen sekunder før han reagerte.

«Naturligvis,» svarte han, og rakte den nye vennen både røykpakke og tenner. I samme øyeblikk stanset flasken. Denne gang pekte den på Reid.

«Ypperlig» utbrøt Reid, og tente sigaretten.

I stedet for å storme mot den skallede med laptopen, ble mennene i kjelleren stående og se uforstående på orlogskapteinen. Ingen av dem sa noe.

«Ja, hva er det dere venter på, folkens?» utbrøt Reid og slo ut med armene. «Kom med innsatsene deres nå, så vi kan sette i gang med spillet!»

Selv om de var opptatt med sine sedler og veddemål, så var det flere av dem som ikke greide å la være å sende noen nysgjerrige blikk i Reids retning. De lurte nok på hva som gikk av den tynnhårede mannen som satt behagelig tilbakelent i stolen og blåste røykringer opp mot taket. Det de ikke visste, var at Reid hadde tenkt litt. Nå ville han enten vinne denne syke leken og være back in business. Alternativt ville dette være det avsluttende verset på visa om orlogskaptein Reid Hogstad. Og hvis dette faktisk skulle vise seg å være hans siste minutter her på planeten, så skulle han for faen ikke bruke dem på å sitte her og sippe. Da skulle han utnytte dem til det maksimale, han skulle ha det så gøy som overhodet mulig. Han skulle rett og slett gå ut med et fyrverkeri, og det optimale akkurat nå var å bare kaste seg ut i spillet med åpne armer. Til syvende og sist hadde han jo alt å vinne. Hadde han ikke?

«Da fortsetter vi!» erklærte den rødhårede.

«Ja, det er jammen på tide. Sleng over revolveren!» oppfordret Reid muntert, og høstet en del latter fra tilskuerne. Den rødhårede ristet på hodet og fant frem ei kule.

«Bob, nå tar jeg gjerne den whiskyen du ville spandere!» fortsatte Reid. Før Bob rakk å reagere, stod det et glass foran orlogskapteinen.

«Vær så god, kompis, denne spanderer jeg,» sa den fremmede mannen som hadde plassert det der.

«Fantastisk!» svarte Reid. Den rødhårede oppfordret deretter folk til å ta på seg hørselsvernet. Så rakte han Reid den ladde revolveren.

«Lykke til.» Han blunket. «Du starter når du er klar.»

«Nydelig. Da vil jeg først få utbringe en skål!» Reid løftet glasset sitt. Overraskende nok gjorde så å si alle som hadde noe å skåle med, det samme.

«Skål for livet!» sa Reid og gliste bredt.

«Skål!» brølte folkemengden. Folk hadde knapt rukket å løfte glasset til munnen før Reid grep revolveren og satte den mot tinningen sin.

«Ses i helvete, gutter!» sa han, og trakk av. Et metallisk klikk var alt han hørte før en ekstatisk gledesbølge skylte over rommet.

«Ja, ja, folkens, da rekker vi vel en drink til,» sa Reid, og han greide ikke å oppdage en eneste person der inne som ikke lo. Selv de to nervevrakene rundt bordet måtte trekke på smilebåndet.

Selv var Reid like overrasket som de andre over at han

greide å holde seg positiv i denne morbide situasjonen.
Likevel, alt gikk plutselig så utrolig greit. Det var som
om han hadde hypnotisert seg selv til dette, og ingenting
kunne ødelegge det. De vittige kommentarene trillet ut av
ham som perler. Han var rett og slett i storform.

Det var først da blodet fra stakkaren til høyre for ham
ble sprutet ut over orlogskapteinens skjorte, at det hele
med ett ble verre. Det eneste som hørtes i de påfølgende
sekundene, var lyden av en spinkel mannskropp som
ség ned fra pinnestolen og traff gulvet med et mykt støt
omtrent samtidig som den rykende revolveren klirret mot
betongen. Tidligere hadde det brutt ut jubel og banning
når noen forlot spillet. Nå hersket det total stillhet i rom-
met. Alle holdt pusten i spenning over hvordan den lys-
tige offiseren nå ville reagere.

Reid satt fullstendig i ro. Det stod ikke til å nekte at
angsten klatret opp gjennom ryggraden hans. Han svel-
get. Han kunne ikke knekke sammen nå, han måtte fort-
sette å holde fast ved tankegangen han hadde fulgt tidli-
gere. Så tok han av seg hørselsvernet.

«Har noen en serviett, eller?»

Folk brølte av latter, og Reid tenkte for seg selv at han
aldri i sitt lange liv hadde møtt mer avskyelige mennesker.

*

Det ble igjen helt stille da Reid for tredje gang slo seg ned
ved bordet. Mannen ovenfor ham hadde et pjuskete, fyl-

dig skjegg og var iført en flekkete frakk. Under neglene hans var det sorte render av skitt. Han stirret nervøst på Reid. Begge tenkte på den skjebnesvangre flasken som snart skulle peke på en av dem.

Den rødhårede strakte seg over bordet og lot flasken spinne. I ventetiden som fulgte, sendte Reid motstanderen sin et lite blunk. Det ble på ingen måte tatt godt imot.

Så stoppet flasken. Reid holdt hele tiden blikket på motstanderen. Han trengte ikke å se ned for å vite hvor flasken pekte; den andres lettelse sa alt. Det at tilskuerne bannet, ristet på hodet og klappet ham på skuldrene bekreftet også antagelsen hans. De hadde nemlig begynte å like ham nå, og de ville at han skulle vinne dette syke spillet.

«Endelig,» utbrøt Reid. «Jeg begynte nesten å savne revolveren nå!» Folk lo og klappet.

«Det er gutten sin, det!» lød det fra en av dem.

«Stå på, kaptein!» kom det fra en annen. Reid brydde seg ikke med å korrigere ham når det gjaldt graden sin.

Da den skallede omsider ga signal om at innsatsene var ferdig bokført, rakte den rødhårede mannen revolveren til Reid. Mannen var alvorlig, og bøyde hodet respektfullt idet Reid tok imot. I løpet av pausen hadde hele syv personer vært borte hos orlogskapteinen og påspandert ham whisky og lykkeønskninger. Foreløpig hadde han bare drukket én av dem. Han hadde ingen ambisjon om å bli full nå, bare om å få en perfekt, avbalansert rus.

Merkelig nok var han ikke særlig nervøs da han satte revolveren mot tinningen denne gangen. Faktisk var det nesten så han begynte å bli vant til galskapen. Han ble sett på som en helt av tilskuerne, og han hadde alt å vinne, ingenting å tape. Om dette siste egentlig var tilfelle, var han naturligvis innerst inne litt i tvil om. Likevel; det var slik han måtte se det om han skulle ha en sjanse til å gjennomføre dette. Nå var det uansett for seint å snu.

«Det er ingen vits i å komme edru til helvete. Skål!» sa han. Så tømte han glasset og trakk av.

Nok en gang lød det bare et metallisk klikk, etterfulgt av stormende jubel.

Takk, Gud, tenkte han.

De hadde holdt på en stund nå. Reid hadde trukket av to ganger, og den skjeggete mannen overfor ham skulle etter pausen begi seg ut på sitt tredje forsøk i denne runden. Mannen var likblek. Munnen hans dirret som en vaskemaskin for å holde gråten inne, og skjorta var gjennomvåt av svette. Stakkars jævel, tenkte Reid. Det var direkte absurd å sitte her og ønske at mannen overfor ham nå skulle blåse hjernen sin utover betonggulvet. Men slik måtte det være – det var bare en av dem som kunne forlate bordet i live.

Den skjeggete mannen hadde etter hvert sittet så lenge og stirret på revolveren uten å gripe den, at folk nå begynte å bli utålmodige.

«Vær så god,» gjentok den rødhårede. Alle stirret på kandidaten. Det var nesten fascinerende at redsel kunne få en mann til å se så syk ut. Ansiktet hans var nærmest fordreid av angst, og slynger av spytt hadde rent ned i skjegget.

Så hendte det: Totalt uten forvarsel grep mannen revolveren, spratt opp av stolen så den veltet, og rettet pistolen mot den rødhårede mens han vaklet bakover.

«Faen, ikke rør dere, ellers så skyter jeg denne forpulte, satans jævelen! Jeg kødder faen meg ikke!» skrek han av full hals. Han var rabiat i blikket, og det lød små, paniske hvin hver gang han trakk pusten.

«Jeg fikser det faen ikke mer, jeg må ut. Hører dere? Jeg skal ut herfra *nå*! Dere er faen meg syke i hodet, hver eneste jævla en av dere!»

Den rødhårede mannen stod helt rolig med hendene avvergende opp foran seg. Sannsynligvis var han fra seg av skrekk, men utad bevarte han fatningen.

«Ta det bare helt rolig nå,» formante han. «Vi forstår deg veldig godt. Det er litt av en påkjenning dette her, og du har vært utrolig flink og utholdende. Men glem nå ikke hvorfor du er her: Du trenger å vinne dette spillet for å få kontroll på livet ditt igjen. Ikke sant? Du har gjerne glemt det, og det er helt greit. Nå kan du bare gi meg den revolveren og sette deg ned igjen, så glemmer vi dette. Alle har forståelse for hvordan du føler deg, men nå må du prøve å tenke litt over hvordan du oppfører deg. Pust rolig og ...»

«Lukk den jævla kjeften din, din satans, sleipe slange!» skrek den skjeggete mannen. «Du sitter faen meg her hver forbanna måned og tjener penger på at folk skyter seg selv. Aner du hvor syk i hodet du egentlig er? Hæ? Gjør du det?»

«Jeg gir folk som ikke har noe å leve for, en sjanse til å få livet sitt tilbake,» svarte den rødhårede stillferdig.

«Pisspreik! Du fortjener faen meg å dø her og nå, din ...»

Mer rakk ikke den skjeggete mannen å si. Et øredøvende smell sørget nemlig for å stanse kjeften hans for godt. Det ville kanskje vært riktigere å si at det var kula som traff ham midt mellom øynene som hadde æren for dette, men at mannen hadde sagt sine siste ord, var det i hvert fall ingen tvil om.

Det pep kraftig i Reids øre, og han snudde seg fortumlet i retningen smellet hadde kommet fra. Der røk det fortsatt fra munningen på Bobs revolver.

Med et «Takk, Bob!» lente den rødhårede seg over det blodige liket og plukket opp revolveren. Reid bare skimtet dette i øyekroken; han stirret bevisst i en annen retning for å unngå det groteske synet på gulvet. Han var blitt kvalm igjen.

«Hva skjer nå da?» var det en som spurte da det hadde gått noen sekunder i stillhet. Alle i kjelleren stirret avventende på den rødhårede som nå stod og tørket blod av revolveren med en klut.

«Vel,» han løftet blikket. «Er ikke det innlysende, da?»

Folk skottet litt usikkert på hverandre.

«Er det?» sa en av dem.

«Naturligvis!» Den rødhårede snudde seg smilende mot Reid. «Vi har en vinner!»

Det gikk noen sekunder før denne informasjonen sank inn hos tilskuerne, men så begynte majoriteten å juble. Ikke bare jublet de, de applauderte, skrek, og klappet Reid både på hodet og på skuldrene. «Jeg visste at du ville vinne! Du har absolutt fortjent dette, gratulerer så mye!» brølte Bob over all støyen, og blunket.

Det var først da Reid, som de siste minuttene hadde sittet fortumlet på plassen sin, begynte å innse både en, to og tre ting: Han hadde spilt, han hadde overlevd, og han hadde vunnet. Han hadde rett og slett greid det! Gjelden kunne betales nå i kveld, og så kunne han sporenstreks oppsøke Ellen, som nå bodde hos moren, og fortelle henne at han hadde ordnet opp i livet sitt, at han var ferdig med gamblingen for godt. Nå kunne han til og med kjøpe tilbake den gamle Forden han hadde måttet selge. Nei, hva var det han tenkte på? Naturligvis skulle de kjøpe en splitter ny bil! Ja, det var klart! Og så, hvis det var enda mer igjen etter det, skulle han ta Ellen med til Kreta igjen. Så kunne de sitte der, hånd i hånd, og nyte solnedgangen mens kveldsbrisen fikk det til å rasle i palmetoppene enda en gang. Herregud, for en lettelse denne seieren var, det kriblet allerede godt i magen. Han fattet ikke helt at det var sant.

*

«Du ser misfornøyd ut. Er noe galt?»

Det var mannen med brillene som spurte. Både han, Bob og den rødhårede satt rundt bordet med hver sin drink og studerte Reid mens han talte pengene. Kjelleren var fortsatt full av folk som drakk, pratet og lo, og bordet var fullt av ølglass betalt av Reids ivrige beundrere.

«Nei da ...» Reid la kveldens gevinst tilbake i den digre konvolutten. «Alt er for så vidt vel og bra.»

«Aner jeg et lite *men* her?» Bob tok en ørliten slurk av glasset sitt.

«Nja ...» Reid nølte. «Det var bare det at jeg så for meg at inntektene fra tilskuernes innsats skulle være litt større.»

«Større?» utbrøt mannen med brillene. «Vi har jo ikke fått inn mer penger her på flere år, og så sitter du her og klager? Dette dekker jo gjelden din hos de tyrkerne og vel så det!»

«Nei, altså, jeg er jo klar over det.» begynte Reid. «Saken er bare den at jeg så gjerne skulle hatt enda mer. Selv om jeg er gjeldfri, er det fortsatt en del ting jeg trenger.»

De tre mennene begynte å le, spesielt Bob. Han brølte av latter.

«Du er faen meg ikke sann! Vet du det?»

«Ja, ja,» flirte den rødhårede, «du får vel bare hive deg på en ny runde russisk rulett da, du som er så heldig!»

Like etter at disse ordene var uttalt, hendte det noe bak øynene til Reid. En tanke hadde plutselig oppstått, og den var såpass oppslukende at han stoppet opp akkurat idet han skulle til å ta seg en slurk øl. Han blunket et par ganger. Så satte han glasset rolig fra seg på bordet.

«Ok.» De tre mennene så uforstående på ham.

«Hva er ok?» spurte mannen med brillene.

«Vi kjører en ny runde.»

Mennene begynte å le igjen.

«Ta det rolig nå, Reid. Du må nok i så fall vente til

neste måned. Det finnes ingen flere spillere her nå, vet du. Fokuser nå heller på å få livet ditt på rett kjør i mellomtiden, du,» lød rådet fra Bob.

«Vi trenger ingen andre spillere.» Reid var bestemt. «Jeg kan spille alene. Jeg trekker av tre ganger. Jeg trenger ingen fast sum, vi deler heller overskuddet av tilskuernes innsats femti-femti. Jeg kan garantere at alle her nede i kjelleren vil være interessert, bare se på dem, de har begynt å kjede seg allerede. Det ville utvilsomt løftet stemningen opp i taket, og vi kommer til å *håve inn* penger.»

De tre mennene lo ikke lenger, det hadde begynt å gå opp for dem at den underlige mannen i uniformen mente alvor. De skottet usikkert på hverandre.

«Hør her, Reid,» sa Bob. «Jeg tror du har fått litt mye å drikke nå. Vær glad for det du har tjent i kveld, det er faktisk ganske mye penger.»

«Som raskt kan bli mer.» Reid hadde fått et underlig drag over ansiktet, øynene hans lyste.

Før de tre mennene rakk å si noe mer, stilte han seg opp på stolen og klappet hardt i hendene tre-fire ganger, til det hadde blitt noenlunde rolig i kjelleren.

«Folkens, kan jeg få oppmerksomheten deres i noen sekunder? Som en ekstra bonus skal vi arrangere en liten lek her nå straks.» Folk jublet og skålte med hverandre.

«Nå skal dere høre ...» begynte Reid.

De tre mennenes første reaksjon da Reid var ferdig med å prate, var sinne. De hadde skjelt ham ut, spurt hvem faen han trodde han var og hva han trodde han holdt på med.

Men da de så hvordan samtlige av kjellerens gjester flokket seg rundt mannen med laptopen og veivet med sedlene sine, snudde humøret. Det var nesten så Reid kunne se dollartegnene i øynene deres. Saken var klar: Det skulle spilles igjen.

Siden det aldri hadde blitt arrangert russisk rulett med kun én spiller tidligere, trengte de tre innehaverne litt tid for å bli enige om hvordan det hele skulle gjennomføres med tanke på innsatsene. Reid la seg ikke opp i dette. Han var ingen matematiker, men han visste at så lenge han bare satt igjen med en brøkdel av den gedigne haugen med sedler som nå lå på bordet til den skallede mannen, så ville han og Ellen sitte og skåle på flyet til Kreta allerede før helgen.

*

«Da er vi klare. Kan jeg be om total stillhet?» sa den rødhårede. Da summingen opphørte, fant han frem kula og plasserte den i magasinet. Så spant han det rundt.

«Vær så god, Reid,» sa han, og la igjen revolveren forsiktig fra seg på bordet. Reid løftet den opp og veide den i hånden. Våpenet skulle trekkes av tre ganger, og magasinet skulle spinnes rundt for hver gang. Det var plass til seks kuler i magasinet, men det befant seg bare én der. Sannsynligheten for at han skulle overleve første runde, var altså fem sjettedeler. Sannsynligheten for at han skulle overleve alle tre, måtte da være fem sjettedeler opphøyd i tredje, noe han kom frem til at måtte være nærmere seksti prosent. Seksti prosent? Det var jo rett og slett fabelaktig! Om noen minutter ville han være en rik mann. Sannsynligvis.

Det underlige draget over Reids ansikt var der fremdeles da han satte revolveren mot tinningen. Øynene hans glitret, og adrenalinet fosset på ny gjennom kroppen. Det var nesten som om han var blitt forhekset. Inne i hodet sitt så han nok en gang for seg Ellen og seg selv sittende hånd i hånd på en strand i solnedgangen under palmene. Han strøk henne gjennom det bølgete håret og hvisket fine ting i øret hennes. Det kom til å bli himmelsk. Han måtte smile. Ikke bare fordi han skulle få Ellen tilbake, men også fordi han kjente hvordan denne nervepirrende situasjonen virkelig fikk ham til å føle seg *levende*. Det gode liv, her kommer jeg, tenkte han for seg selv.

Så trakk han av.

RENSLIGHET ER EN DYD

Av Kim Småge

Hver gang min mann stuper, tenker jeg; nå skjer det. Nå glir han. Nå knases bakhodet hans mot de pastell-fargete, harde flisene 10 meter lenger nede. Men det skjer aldri. Min mann er en svært dyktig stuper. Medaljene hans fra yngre dager opptar en hel vegg i stua. Spensten har han ennå. Og teknikken. Samt denne maniske lysten til å ha et publikum. Et stort, applauderende publikum. *Vi* blir for få, jentungen, guttungen og jeg.

Mitt liv leves derfor i stor selskapelighet. Unntatt om vinteren da. Et evig selskap fra vår til høst sitter vi i peisestua eller sommerstua slik som andre folk. Våre selskaper foregår rundt svømmebassenget. Det store, dype bassenget han gravde midt i hagen. Først ødela han den vakre plenen, så plasserte han et 3 meter høyt stupebrett der. Sommeren etter kom et 5 meters. Og i fjor monterte han et forferdelig monstrum av et 10 meter høyt stupetårn.

Jeg tror ikke det er tillatt med 10 meter høye tårn i private hager. Iallfall var det ingen å få kjøpt. Min mann tegnet det selv, beregnet og konstruerte. Og fikk et lite, privat verksted til å lage det. Det er et monstrum. Det ødelegger hele den vakre hagen vår. Jeg protesterte heftig. Men hva hjelper vel det? Min mann gjør som han vil. Bygger sitt 10 meter høye stupetårn og ber sammen vennene til selskap. Hans venner. Ikke mine. Masse fremgangsrike mennesker som sitter lett henslengt i våre hagestoler, som drikker campari og soda av våre høye glass, mennesker som lyser av vellykkethet og sydenfarge. Eller er det solarium. Og alle beundrer de min mann. Han er alltid den som åpner selskapet. På sitt 10 meter høye stupebrett, ønsker han gjestene velkommen, holder en ekkel tale om ungdom og spenst, suksess og vakre kvinner.

Og så hopper han. Stuper, heter det visst. Han spjærer vannspeilet og kommer seiersstolt opp. Alle applauderer. Kvinnene er der og vil trekke han opp – med slanke, brune armer og lange faste lemmer. Han ler mot dem. Entrer opp – lar seg dyrke. Og først da kan de andre mennene bestige 10-meteren. Ikke alle tør, forresten.

Min mann stuper bare en gang hver kveld, han stuper aldri når han har drukket Og ingen kommer opp på verken 5- eller 10 meteren etter et par drinker. Han er streng slik.

Jentungen vår er lik sin far. Hun klatrer høyere og høyere opp. Men det er ikke av min mann hun lærer stuping, det må være av svømmelæreren. Min mann gidder ikke trene med henne, eller se på når hun viser sine kunststykker. Jeg har sluttet å være redd når hun faller med hodet først ned i vannet. Hun er robust, hun greier seg. Ingen presser henne, for henne er det lek.

Med guttungen er det verre. Han ligner meg, liker ikke vann. Og liker slett ikke høyder. Fortalte jeg at jeg har høydeskrekk? Jeg vasker alltid vinduene uten stige, jeg greier ikke å gå opp i en stige. Selv de vanskelige vinduene som ikke lar seg vippe rundt, vasker jeg uten stige. Jeg har utviklet min egen teknikk, for ingen makt kan få meg til å vaske vinduene i 2. etasje med stige. Og de må vaskes utenfra. Jeg velger meg en varm dag, monterer opp hageslangen. Setter på det høyeste trykket. Holder slangen i venstre hånd og en sprutflaske med flytende vaskemiddel i høyre hånd. Så trykker jeg på flasken og lar vanntrykket hive såpen mot vinduet. Såpestoffet kastes oppover og vasker vinduene mine gullende rene. Så setter jeg ned flasken og skyller godt til all såpe er borte. Da skinner vinduene som speil. Og den varme dagen tørker dem raskt. Slik omgår jeg min høydeskrekk.

Guttungen har arvet den. Det gjør min mann rasende Og det ender alltid med at guttungen gråter. Såre, dype hulk fordi han ikke gjør faren til lags. Jeg hater denne «treningen» på stupebrettet. Far og sønn. Opprivende scener minst et par ganger i uken.

En gang truet han meg opp på stupebrettet. Vi hadde selskap. Jeg var sliten, hadde flydd inn og ut med kalde drinker og lekre småretter. Men selv om jeg svettet, beholdt jeg kjolen på. Jeg går aldri i badedrakt i selskapene. Ikke det at jeg er tykk. Men sammen med de andre kvinnene er jeg ei bumse. Figuren min er «koneaktig» og preget av to harde svangerskap.

Jeg vet ikke hvorfor han presset meg opp. Det begynte som en spøk, han lo. De andre lo. Så ble det plutselig noe annet. Han truet meg opp, hvisket grusomme ting inn i øret mitt, hveste som et dyr mot meg. Jeg lukket øynene og klatret. Høyere. Høyere. Hele tiden med pusten hans i nakken. Så var det ikke flere trinn igjen, jeg kom ikke høyere. Da åpnet jeg øynene. Skriket ville ingen ende ta. Jeg skrek og skrek. Folk sluttet å le. Ansiktene langt der nede var så grusomme, de eide liksom ingen øyne. Jeg så ingen øyne, jeg så bare «speil». Et hardt, drepende vannspeil. Krøkt som et dyr klamret jeg meg til brettet og skrek meg vekk.

Hvordan jeg kom meg ned? Vet ikke. Men kjolen var like tørr da jeg våknet. Han gjorde aldri noe slikt siden. Aldri. Han nevnte det ikke.

Like etter sa han forresten opp Albert. Albert var den gamle mannen som vi hadde «arvet» fra mor og far, han fulgte liksom med på lasset. Et menneske blant alle millionene. Albert hadde blant annet vedlikehold og stell av bassenget. Min mann er nøye slik, flisene rundt må spyles. Han ba meg gjøre det. Barna var blitt så store at jeg hadde tid, sa han. Og Albert var dyr. Jeg tror ikke Albert var så dyr. Og uansett så hadde min mann hatt råd til å ha han. Jeg vet ikke hvorfor han sa opp Albert. Kanskje passet han ikke inn, han var blitt så gammel at han ikke brydde seg om å snakke min mann etter munnen.

Så måtte jeg spyle flisene. Rengjøre dem 3 ganger i uken. Da han så hvordan jeg gjorde det, ble han rasende. Jeg stilte meg trygt inne på gresset og spylte flisene mot bassenget. Alt vannet rant ned i bassenget. Jeg visste det var galt, men hatet tanken på å gå helt utpå den glatte, våte bassengkanten. Kanskje skled jeg og ramlet nedi. Og jeg kan ikke svømme.

Men han ble rasende. Sa jeg var ei sjuske som ødela bassenget, som spylte skitten ned i det. Han har vel rett. Men jeg er så redd for å gli og falle ned i vannet. Han vokter på meg nå. Hver gang det er tid for spyling av flisene, ser jeg skyggen av han bak gardinene. Kanskje er det noe jeg bare innbiller meg. For han vet at han ikke behøver å vokte på meg. Jeg tør ikke spyle mot bassenget lenger, jeg balanserer helt utpå kanten og spyler vannet mot sluket utenfor.

Gummiskoene hjelper litt. Det er som de suger seg fast til flisene og hvisker til meg at de ikke vil slippe taket. Jeg fant dem på salg i en skobutikk, det var et funn.

Fra vinduet i dag så jeg en silhuett som klatret opp på stupebrettet. Nei, ikke klatret. Klamret. En skjelvende silhuett som klamret seg oppover. Trinn for trinn. Guttungen. Jeg ville springe ut. Men føttene mine lystret ikke.

Jeg sto der, bak gardinet og skrek. Lydløst. Lenge lå han der oppe på brettet. En ihopkrøket bylt. Så løftet han seg opp med armene, kreket seg opp i sittende stilling, hele tiden med hendene festet rundt brettet. Så reiste han seg. Langsomt. Han sto. Lenge. Helt urørlig. Lenge. En spinkel guttekropp i badebukse. En sønn som ville stupe, som ville vise faren at han var *sønn*.

Det var jentungen som fikk han ned. Han spyttet på henne som takk. Etterpå gråt han. Lå på flisene og gråt seg inn i søvnen.

Jeg har ingen tårer lenger. Bare noe sammensnørt inne i brystet. Et hulk som aldri kommer ut, det har vært innestengt for lenge. Kanskje en dag vil det presse seg ut. Oftere og oftere føles det slik. Hvis ikke sprenges jeg. Og det vil jeg ikke. Jeg vil leve. Leve *utenfor* hvite celler, remmer og sløvende medisiner.

Jeg vil ikke tilbake dit. Han skal aldri få meg tilbake dit. Aldri.

I går hadde vi selskap. Sommerens siste. Regntunge skyer fra havet hadde allerede i flere dager tømt seg over land. Men i går skinte sola igjen. Det var ganske mildt. Mildt og fuktig. Lummert. Jeg var ekstra nøye med rengjøring og spyling av flisene. Alt skulle vaskes perfekt. Til og med stupebrettet, 10-meteren, spylte jeg. Det er ikke det minste vanskelig, jeg bruker bare samme teknikken som på vinduene.

Gjennom soldisen så jeg min mann klatre spenstig opp mot

10-meteren. Alle fulgte de han med øynene, særlig kvinnene. Min mann hadde en vakker kropp. Han stoppet et øyeblikk på det siste trinnet, lot de skrå solstrålene spille på seg, grep tak og entret opp. Et praktfullt syn, glinsende av muskler og sololje, kobberbrun med en gutteaktig sveis. Tettsittende, minimal truse. En klippe hugget i et vakkert materiale, en solid samfunnsstøtte. Stødig. Jeg hatet han. Hatet han grenseløst. Han er som katten, kommer alltid ned i god behold, uansett vågestykker. Han har ni liv. Minst. Selv har jeg bare ett.

Åndeløst fulgte de han med øynene, 10 meter er tross alt høyt. Svært høyt. Selv blaserte mennesker føler dette 10-meters-suget i magen når han står der.

Han sto fjellstøtt. Slo ut armene mot sola, la hodet tilbake og startet sin seiersmarsj fremover brettet. En olympisk gud som ville hylle den siste sommerkvelden.

Ytterst ute på brettet stoppet han. Strekte seg opp. Krøkte seg sammen. Dirret som ei stålfjær. Han var rede til å erobre verden. Nok en gang. Ingen taler. Ingen ord. Bare handling. Så en eksploderende kraft, en orgasme i 10 meters utløsning. Et stup med dobbeltsatsing på brettet. Det vågestykket skulle være hans avskjed med sommeren.

Det ble det også. En skikkelig sorti.

Brettet sparket beina under han. Han skled. Føttene fant intet feste. Kroppen ble slått over ende, den ramlet bakover og sidelengs. Den fløy innover mot flisene 10 meter under. Brettet seg ut i et skrik. Så en knasende lyd. Vannet ble farget rødt.

Folk skrek. Jeg skrek.

Sirener. Hysterisk oppbrudd. Alt var kaos. Noen la et pledd over meg. Hvitkledde mennesker kom med to bårer. En til han. Og en til meg. Jeg ville ikke opp på noen båre, jeg ville bare ligge der og føle lindring i de tunge regndråpene som falt. Ut av en himmel mettet av fuktighet falt de. Flere og flere. Tettere og tettere. Vannet fosset ned. Mildt og tett.

Jeg reiste meg, lot en hvitkledd føre meg bort til ambulansen. De ba meg bli med. Selvsagt ble jeg med. Jeg var vel i sjokktilstand så rolig som jeg tedde meg. Litt apatisk liksom.

Før jeg steg inn i bilen, snudde jeg meg.

Gjennom regnveggen så jeg hvordan såpen skummet der oppe på brettet.

Jeg så hvordan regnet skyllet den vekk.

Tilbake lå verden.
Renvasket og ny.

SISTE OPPDRAG

Av Ørjan N. Karlsson

Kvinnen jeg skal drepe, heter Maria. Maria Tofte fra Oslo. Det er alt jeg vet om henne: et navn og en by. Jeg har ingen idé om hvordan hun ser ut, om hun er gift eller har barn.

Faen, for to dager siden ville jeg knapt klart å plassere Oslo på kartet. Dette er tross alt den første turen min til Norge.

Men ingenting av dette er viktig. Noen har betalt for at Maria Tofte skal dø. Min oppgave er å utføre jobben. Verken mer eller mindre. Likevel er Maria spesiell. Hun er nummer tjue.

Min siste jobb. Mitt siste oppdrag.

Kapteinen har akkurat varslet at innflygningen til Gardermoen lufthavn starter om tretti minutter. Fleskeberget i setet ved siden av meg reagerer på beskjeden med å vinke til seg en av flyvertinnene og bestille nok en boks øl. Nummer ni, om jeg ikke tar feil. Og ennå har han ikke vært på dass. Ufattelig!

Da vi tok av fra John F. Kennedy Airport, prøvde feitingen å starte en samtale.

– Hva tror du om Yankees denne sesongen? Jeg er optimist. I år vinner vi.

'Vinner *vi?*' Fettberget ville pådratt seg et seriøst hjerteinfarkt om han så mye som hadde svingt på et balltre. Likevel nøler han ikke med å ta sin del av æren for det som overbetalte pappagutter presterer ute på banen. Jeg svarte med å si et eller annet om engelsk fotball. Det vipper alltid disse baseball-fyrene av pinnen. Og ganske riktig. Feitingen ristet oppgitt på hodet. Et fascinerende skue; dobbelthaker i synkrondans. Siden har han holdt kjeft og drukket øl. Takk og pris. Men referansen til Yankees minnet meg om noen:

Yuri Zugov. Min første jobb.

Jeg planla aldri å bli leiemorder. Hvem gjør vel det? Jo da, du finner sikkert et og annet krimkartell som ordner drittjobbene selv. Men en slik strategi er håpløst korttenkt. Før eller senere blir noen tatt. En smart forretningsmann vet å holde avstand til den heslige, men akk så nødvendige, skyggesiden av arbeidet sitt. Derfor er folk som meg nødvendig. Jeg er finbørsten som fjerner sandkornet i maskineriet. Raskt, effektivt og helt upersonlig.

Som et måltid på McDonald's.

Og vi leies inn via mellommenn. Ja, selv mellommennene har mellommenn. Hvem som egentlig ønsket Yuri

Zugov eller Maria Tofte død, er bortimot umulig å spore opp.

Det vedkommer meg heller ikke. Jeg er ikke den nysgjerrige typen. Kun jobben er viktig.

Det vi i Marinekorpset kalte 'å ta ut målet.'

Men, tilbake til Yuri Zugov. Jeg hadde akkurat kommet hjem fra Irak. Den første Golf-krigen. Bush Senior og alt det der. Noen uker etter hjemkomsten, like før rastløsheten spiste meg opp innvendig, tok en kollega kontakt og spurte om jeg var interessert i å tjene noen raske penger. *Raske penger* eksisterer like lite som *en vanntett plan* eller *en ærlig hore*.

Men jeg drakk allerede en flaske Jack om dagen og var på god vei ned i det vi kaller veteransoldatens dødsspiral. Så jeg sa ja. Hva faen hadde jeg å tape? I verste fall ble det som i Marinekorpset, bare bedre betalt.

Semper fi!

To dager senere stakk noen en konvolutt inn under døren min. Den inneholdt et bilde av Zugov og noen linjer om hvor han var å finne. Det røde krysset over Zugovs ansikt formidlet i klartekst hva den ukjente oppdragsgiveren ønsket av meg. Uten at jeg ennå hadde bestemt meg for noe som helst, tok jeg en tur ned til Central Park for å ta 'målet' i nærmere øyesyn.

Informasjonen i konvolutten viste seg å stemme. Nøyaktig klokken 11:00 kom Zugov tråkkende opp fra T-banestasjonen ved Colombus Circle i retning Sheep Meadow.

Han var en diger brande på kanskje femti år. Mer kompakt en feit. Slavisk utseende. Tyrenakke, kortklipt hår og innsunkne øyne. En dørvakt eller tidligere KGB-agent. Muligens begge deler.

Jeg plasserte meg femti meter bak ham og fulgte etter. I nordenden av Sheep Meadow stoppet Zugov ved McGinty's Hot Dog Stand og bestilte lunsj, hvis tre pølser med 'alt' kan kalles lunsj. Mens han ventet, utvekslet Zugov noen korte setninger med servitøren. Det virket som de to kjente hverandre. Slik en bartender kjenner en stamkunde.

Jeg holdt meg i bakgrunnen til Zugov fikk satt seg ned på en benk et stykke unna pølsebua. Deretter bestilte jeg en av McGinty's 'røde' med hjemmelaget sennep.

Er du i New York, må du legge veien om McGinty's i Central Park. Sennepen er verd hele turen.

De neste tre dagene gjentok ritualet seg. Jeg ventet på Zugov utenfor T-banestasjonen. Skygget ham til McGinty's og spiste min egen pølse med sennep mens han fortærte sine tre. Underveis så jeg for meg ulike måter å ta ham av dage på. Til slutt hadde jeg planen klar, selv om det fremdeles var mer som et tankeeksperiment enn noe annet. Jeg hadde ennå ikke bestemt meg for å gjennomføre drapet. Men helsa var bedre enn på lenge. Behovet for flaska lot seg stagge så lenge jeg konsentrerte meg om Zugov. Oppdraget hadde blitt min antabus.

Jeg forberedte meg til den femte dagen som om jeg allerede hadde bestemt meg for å ta Zugov av dage.

Jeg minnes fredag 11. oktober som en klassisk høstdag

i New York. Grå, kjølig og med regn i luften. Jeg trodde kanskje Zugov skulle holde seg hjemme. Men presis klokken 11:00 skred han ut av T-banestasjonen. Et menneskelig atomur. Men alt var likevel ikke som før. Denne dagen bestilte Zukov kun én pølse. Og på vei bort til stambenken sin så han seg stadig over skulderen. Begynte han å bli mistenksom? Forsto Zugov at han ble skygget? Ikke vet jeg, men den opplagte nervøsiteten hans ansporte meg til handling. Iført lang regnfrakk og med en Yankees-caps trukket ned i ansiktet, gikk jeg bort til benken. Under frakken holdt jeg klar en 9 mm-pistol med lyddemper. Kvelden i forveien hadde jeg laget min egen ammunisjon. Nok en ferdighet jeg kan takke Marinekorpset for. Kruttladningen jeg hadde målt opp, ville gi skuddene akkurat punch nok til å trenge inn i Zugovs kropp. En redusert ladning betydde også et lavere smell. Og færre kulehull fører til mindre blodsøl. Jeg var egentlig ganske så fornøyd med meg selv.

Det gikk nesten galt. Til å være så diger, reagerte Zukov utrolig kjapt. Ikke før hadde jeg satt meg ned på benken, så langet han ut. Jeg rakk så vidt å dukke under slaget. I Zugovs ansikt leste jeg en merkelig form for gjenkjennelse. Som om han visste hvem jeg var. I ettertid har jeg forstått at det nok heller var trusselen han sanset. Før Zugov rakk å lange ut en gang til, trakk jeg av. Smellet lød bløtt som regn. På likt dukket et kulehull opp i min egen og Zugovs frakk. Ett utgående. Ett inngående. Zugov gryntet og sank sammen. Jeg skjøt på ny. Skuddet traff Zugov like under armhulen og må ha fortsatt rett inn i hjertet. Zugov åpnet munnen for å si noe. Kanskje for å rope på hjelp. Så tippet han inn mot meg. Rundt oss fortsatte livet som før. En jogger passerte rett foran benken vår med Stones *Sympathy for the Devil* strømmende ut av øretelefonene. Om sangen var myntet på meg eller Zugov er i ettertid ikke greit å si.

Jeg dyttet Zugov tilbake i sittende stilling. Øynene hans var åpne, men tomme. Ikke et uvanlig syn i New York. Jeg reiste meg opp og gikk i retning av 66. gate. Først da jeg skulle til å krysse veien over mot den lutherske kirken, oppdaget jeg at Yankees-capsen var borte.

Den måtte ha falt av da Zugov slo etter meg. I flere minutter ble jeg stående på fortauskanten og fundere på hva jeg burde gjøre. Jeg hadde ikke noe kriminelt rulleblad, så det var ingen fare for DNA-match fra hårstråene som ganske sikkert hadde festet seg i capsen.

Men hva om jeg på et senere tidspunkt havnet i politiets søkelys?

Til slutt kom jeg likevel frem til at det innbar en større risiko å gå tilbake og lete etter capsen. I dag, fem år etter at jeg tok meg av Zugov, viser det seg å ha vært et riktig valg.

Rullebladet mitt er fremdeles rent som snø.

En regulær mønsterborger.

Den første jobben forandret livet mitt. Over natten ble jeg en del av et usynlig nettverk med øyne og ører overalt. Den første indikasjonen på dette fikk jeg da jeg kom hjem fra parken. En ny konvolutt, tilsvarende den som hadde inneholdt informasjon om Zugov, var blitt skjøvet under glipen i døren. Øverst på arket som lå i konvolutten, sto det bare *Velkommen.* Deretter fulgte informasjon om en bankkonto som var blitt opprettet på Caymanøyene i mitt navn. Saldoen var på 25 000 dollar. Ikke dårlig for en ukes jobb. Men mest besnærende var puslespillbiten nederst i konvolutten. Brikken viste blått hav og utsnitt av et hustak. Nederst på arket sto det: *Med den tjuende og siste brikken følger adresse, nøkkel og skjøte til feriestedet ditt.*

Hvilke andre jobber kan skilte med lignende pensjonsplan? Nå som jeg har nitten av tjue brikker, er det ikke vanskelig å gjette at huset ligger ved sjøsiden i et eller annet asiatisk land. Dypgrønn jungel. Kritthvit strand. Asurblått hav. Bildet er som tatt ut av en feriekatalog. Kanskje Thailand eller Malaysia. Snart vet jeg svaret. Alt som står mellom meg og nøkkelen til en velfortjent pensjonisttilværelse, er Maria Tofte fra Oslo.

Nummer tjue.

Jeg får ikke sett mye av Oslo under innflygningen. Skylaget ligger tett og grått over den norske hovedstaden. Men Gardermoen lufthavn imponerer meg. Rent, romslig og effektivt. Norge er kanskje ikke den halvkommunistiske staten amerikanske republikanere skal ha det til? Eller er det kanskje nettopp derfor alt ser ut til å fungere? Passkontrollen går i alle fall smertefritt, og ingen av betjentene løfter så mye som et øyenbryn når jeg spaserer gjennom tollen. Ikke at jeg har noe å skjule. Men likevel.

– Velkommen til oss, Mr. Smith. Jenta som hilser meg velkommen til Oslo Plaza, er akkurat så blond og blåøyd som jeg hadde forestilt meg en resepsjonist på et hotell i Skandinavia.

Det syngende tonefallet gjør aksenten hennes ekstra sexy.

– Har noe blitt levert til meg?

– Et øyeblikk. Jenta sjekker datamaskinen uten at Mona Lisa-smilet hennes forandrer seg en tomme.

– Et øyeblikk, Mr. Smith, sier hun og forsvinner ut på bakrommet. Like etterpå returnerer hun med en brun forretningskonvolutt.

– Denne ble levert for noen timer siden, forklarer hun.

Jeg tar imot konvolutten. Den siste i min karriere. En plutselig følelse av lettelse skyller gjennom meg. Det er nesten så jeg fristes til å dele det uventede øyeblikket med jenta. Men jeg behersker meg selvfølgelig. Jeg vet hvilken effekt jeg har på kvinner, og akkurat nå har jeg et oppdrag å konsentrere meg om. Kanskje etterpå ...

Rommet mitt ligger i nittende etasje med usikt over fjorden og operahuset. Gjennom regnbygene lyser den hvite marmoren mot meg som et fyrtårn. Jeg åpner konvolutten og tømmer innholdet ut på skrivebordet. Et bilde, et kort brev, et kart og en nøkkel.

Business as usual.

Maria Tofte er i slutten av tjueårene. På bildet er det

rødlige håret hennes satt opp i en knute i nakken. Ansiktet er smalt og nesen spiss. To grønne øyne ser rett inn i kamera. Maria er slank og atletisk. Ikke pen i klassisk forstand, men vital. Jeg liker øynene hennes.

Informasjonen i brevet gir meg to muligheter. Jeg kan enten oppsøke henne hjemme på adressen i Peder Ankers vei. Alternativt kan jeg ta meg av Maria under hennes daglige løpetur rundt Sognsvann. Hun jogger tydeligvis den samme løypen hver ukedag omtrent klokken 17:00.

Både bopelen og treningsruten hennes er tegnet inn på kartet. Et område nord for Sognsvann er merket med et rødt kryss. Det å gjøre jobben utendørs virker som den beste løsningen. Hjemmebesøk er alltid forbundet med ekstra usikkerhet. Du risikerer å støte på både naboer og tilfeldige besøkende. Jeg bestemmer meg for å ta det avmerkede området i nærmere øyesyn.

Den fjerde tingen i konvolutten, nøkkelen, er til en oppbevaringsboks på Sentralstasjonen. Jeg vet allerede at oppbevaringsboksen inneholder en uregistrert pistol av modell Walter P99 med lyddemper og ni patroner. Litt unødvendig, egentlig. Jeg har aldri hatt behov for mer enn tre skudd.

Pistolen blir uansett liggende i boksen til i morgen. De norske våpenlovene er strenge. Jeg ser ingen grunn til å bære pistolen før jeg har bruk for den. Oppdrag nummer tjue skal planlegges og utføres like profesjonelt som de foregående nitten. Har du først tatt på deg en jobb, skal den gjøres skikkelig. Dessuten er det min overbevisning at også ofrene fortjener det beste. De skal drepes, ikke pines.

Kun amatørene i denne bransjen påfører *målet* unødvendig lidelse. Kjapt og smertefritt, det er min devise.

Jeg våkner fra høneblunden presis klokken 15:00. For sikkerhets skyld har jeg stilt alarmen på 15:10. Men jeg sover alltid lett i forkant av en jobb. Bryllup, begravelser og leiemord er begivenheter du sjelden forsover deg til.

Regnet har avtatt. Jeg ikler meg likevel en sort vindjakke og låner med meg en paraply fra resepsjonen. Blondinen som ønsket meg velkommen, er ikke å se. Like greit. En distraksjon mindre.

På Oslo S T-banestasjon går jeg på linje 3 til Sognsvann. Rushtiden har akkurat begynt. Våte jakker og dryppende paraplyer gir dugg på innsiden av rutene. Først da vi forlater Ullevål stasjon, får jeg et glimt av verden på utsiden. Velstelte forstadshager med nakne trær og tomme lekeapparater. Blek himmel og mørke stammer. Et landskap tegnet i sort og hvitt. De nordiske landene har visstnok en av de høyeste selvmordsratene i verden. Jeg kan forstå hvorfor. Hvis limbo har en farge, er det av Oslo en høstdag i oktober.

Inntrykket bedrer seg ikke nevneverdig da jeg ankommer endestasjonen. Rett nok har himmelen lysnet ytterligere, men tåkedotter siger dovent over vannspeilet og inn i den fuktige skogen som omkranser Sognsvann. Med paraplyen som spaserstokk tar jeg fatt på stien rundt vannet. Kakofonien fra dryppende greiner overdøver nesten prustingen fra de få joggerne som passerer meg. De avtegnes som skygger inne i tåkehavet før de plutselig bryter gjennom barrieren. Noen få hjerteslag deler vi samme sted og tid før joggerne igjen forsvinner inn i den uformelige fuktigheten, jagende etter noe bare de kan se.

Klokken 16:40 er jeg fremme ved området som var merket av på kartet. Her slår stien en liten sløyfe ned mot vannkanten og forbi en benk som på varme sommerdager må være en yndet rasteplass. Stedet er et utmerket valg for en henrettelse. I noen skjebnesvangre sekunder vil joggeren være ute av syne for løpere både foran og bak. Tid nok for et velrettet skudd. Og den vesle forsenkningen bak benken duger utmerket til å skjule en kropp. Kan hende vil det gå flere dager før liket av Maria Tofte blir oppdaget. Intet ville vært bedre. Men jeg må innrømme at det gufne været bekymrer meg litt. Med mindre Maria er like dedikert til ettermiddagstrimmen som Yuri Zugov var til sine daglige spaserturer i Central Park, er det langt fra sikkert at hun kommer. Da tvinges jeg til å besøke henne hjemme, med alle de komplikasjonene det vil medføre.

Men hvorfor skal jeg ta sorgen på forskudd? Om Maria starter løpeturen sin fra inngangen til turområdet klokken 17:00, bør hun passere meg om sånn cirka tjue minutter fra nå. Og i morgen er det meldt litt bedre vær. Dukker hun opp i dag, er sjansen stor for at hun også tar turen i morgen.

En eldre mann svinger ned mot vannkanten og strever forbi meg. Gubben enser knapt min tilstedeværelse. Jeg følger mannen med blikket til ryggen hans smelter inn i den midlertidige skyggeverdenen vi begge er borgere av.

Først da hører jeg fotstegene bak meg. Jeg virvler rundt med paraplyen som kårde, klar til stikk. Det første og siste jeg ser, er to grønne øyne. Tre skudd treffer meg midt i brystet.

Det gjør ikke vondt. Faktisk føler jeg ingenting, annet enn en flyktig følelse av respekt for den andres spill.

Endelig forstår jeg uttrykket i Yuri Zugovs ansikt.

*

Maria får trukket kroppen ned i søkket bak benken og dekket den med greiner før neste jogger dukker opp. Hun skjuler seg i den vesle forsenkningen til mannen har passert. Deretter går hun i samme retning som joggeren. På vei tilbake til Sognsvann T-banestasjon slår det henne hvor lett det gikk. Nesten for lett. Mannen, John Smith, befant seg akkurat der hun ble fortalt han skulle være. Og med unntak av den overraskende hurtigheten han utviste da han spant rundt med paraplyen, gikk alt som hun hadde forestilt seg. John Smith hadde aldri en sjanse. Maria lurer på hvem mannen var. En middelaldrende forretningsmann eller kanskje en akademiker? Tynnende hår og en litt kvapsete, utrent kropp bygger i alle fall opp under en slik stereotypi. Dårlige tenner hadde han også. Men blikket John Smith sendte henne rett før hun presset inn avtrekkeren, passer ikke inn i dette bildet.

Blikket var både årvåkent og skarpt. Det virket faktisk som om han kjente henne. En umulighet, selvfølgelig.

Men øynene hans formidlet mer gjenkjennelse enn overraskelse. Gjorde de ikke?

Ta deg sammen, jente. Det er bare noe du innbiller deg. Dette er tross alt din første jobb.

Maria tar T-banen tilbake til Oslo S og legger posen med pistolen, en splitter ny Walter P99, tilbake i oppbevaringsboksen. Noen andre vil fjerne den senere. Men på den korte tiden siden hun hentet pistolen, har denne 'noen' allerede vært her. I boksen finner hun en grå konvolutt med navnet sitt på. Maria legger tilbake pistolen og låser boksen. Konvolutten inneholder et ark og en puslespillbit. Brikken viser et utsnitt av blå himmel og deler av et tak. Øverst på arket står det bare: *Velkommen*.

Deretter følger informasjon om en bankkonto opprettet i hennes navn i Yemen. 30 000 euro er allerede deponert på kontoen. Nederst på arket står det:

Med den tjuende og siste brikken følger adresse, nøkkel og skjøte til feriestedet ditt.

TRE ER TO FOR MYE

Av Kurt Aust

Karismatisk – Intelligent – Målbevisst – Ambisiøs!
– Du får dem til å spise av hånden din! Haakon Kloster pekte med en stiv finger inn i speilet og lot tennene glise hvitt. Med fingeren fisket han en pannelokk til å henge uvørent ned mot det ene øyebrynet og rettet på slipset før han forlot toalettet. Personlighet – Sjarme – Autoritet.

Det var som alltid før årsmøtet, en lavmælt, hektisk surring i gangene, folk vandret hastig fra det ene kontoret til det andre, kastet nervøse blikk i speilet ved garderoben før de forlot det trygge og gikk gjennom Den blå døren inn til den store møtesalen.

Direktør Lange-Müllers sekretær, Beate, kom bort til ham. – Er direktør Kloster parat? spurte hun med stemmen som gjorde mannfolk ranke i ryggen og mo i knærne.

– Straks, svarte Haakon Kloster og blunket til henne. – Jeg må hente papirene på kontoret, så er jeg klar. Hun smilte svakt med Marilyn Monroe-leppene før hun gikk bortover gangen og inn i møtesalen.

– Den heter Fatal Red, hadde hun svart med halvt senket øyelokk da han for et par uker siden komplimenterte henne for den sensuelle leppestiftsfargen. – Viktig at farge og personlighet står til hverandre.

– Jeg legger gjerne min skjebne i dine hender, hadde han svart med et skjevt smil.

Hun hadde gitt ham et langt, sugende blikk: – Du vet at fatal også betyr dødelig.

Nå slapp blikket hans den velformete baken idet Den blå døren lukket seg bak henne. Han gikk inn på kontoret og bladde en siste gang gjennom sidene med ord han snart skulle foredra for aksjonærer, styre og ledelse. Tankefull sto han ved skrivebordet, memorerte enkelte setninger, studerte håndflaten på høyre hånd og ble fjern i blikket. Utrolig at et grått, stramt skjørt i enkelt snitt kunne sette i gang fantasien slik ... hvis han kunne legge hånden på ...

Han måtte svelge og kastet et blikk ut av vinduet, bort på det store hjørnekontoret. Sjefens. Det som skulle bli hans. Med utsikt, godstol ... og sekretær.

Kunne det virkelig stemme at hun sto i med direktør Lange-Müller? Han skimtet seg selv i speilet bak stumtjeneren og smilte uvørent. Karismatisk. Sikkert bare rykter. Det kunne uansett ikke være mye opphissende sengelek med et slikt omvandrende prostata- og obstipasjonsmirakel. Kanskje uttrykket 'sto i' var synonymt med å sette Lange-Müllers daglige klyster.

Haakon flirte til speilbildet. *Direktør* Kloster, hadde hun sagt! Med viten og vilje hadde Beate utelatt vise-delen i tittelen hans. Sekretæren så ham allerede i sjefsstolen, slik han også selv gjorde det. Og hun så garantert seg selv som den kommende sjefens kommende sekretær – kanskje på alle måter.

Haakon stokket papirene og sukket ved tanken. Også *der* skulle han med glede steppe inn som Lange-Müllers naturlige arvtaker. Ikke med klyster, men med lille-Kloster.

Ved døren kastet han et siste kontrollerende blikk i speilet, rettet ryggen, strammet setemusklene og knyttet nevene. Konsentrasjon! Fokus! Tid for manndomsprøven! Tid for å vise direktøren og styret at de hadde valgt rett mann. Haakon Kloster slo seg lett på begge kinn, tok en dyp innånding og vandret raskt ut.

Utstråling – Jovialitet – Visjoner.

Haakon sjekket smilet idet han passerte speilet i gangen og åpnet Den blå døren. Møtesalen var et summende yr av dresskledde menn, og et fåtall kvinner i knelange, kjønnsløse skjørt, alle i rolig passiar mens de holdt på å finne sine plasser. Den forreste seterekken i den kinoaktige salen var reservert styret og ledelsen. Et par tv-kameraer sto rett innenfor døren og han smilte gjenkjennende til flere økonomijournalister fra de største finansbladene. Mediene var på plass. Bra for merkevarebyggingen av navnet Haakon Kloster, fra denne dag ville han bli husket og gjenkjent ute i nærings-Norge. Styreverv og større oppgaver ville snart vente.

Idet han passerte, nikket Haakon Kloster til styreformannen som snakket dempet med direktør Lange-Müller. Avslappet nikket han til høyre og venstre, fikk enkelte klapp på skulderen og gratulerende bemerkninger angående den nye stillingen.

Folk var begynt å smiske og posisjonere seg i forhold til kronprinsen, tenkte han tilfreds og satte seg på forreste rad, midt foran podiet. Det vil si, de fleste. Tydeligvis ikke Atle Henriksen. Han skulte grettent fra plassen sin et par seter lenger borte uten å hilse. Slasken var åpenbart av den langsinte typen. Dårlig taper. Ikke som Dyveke, hun kunne stadig stikke innom Haakons kontor for en prat, respektfull i sin nye underordnede rolle, men likevel på en kameratslig måte. Glup jente. Synd hun var det, jente, ellers kunne hun nådd langt.

Det var de tre, Atle, Dyveke og Haakon, som hadde nådd frem til siste intervjurunde da visedirektørstillingen skulle besettes. De hadde alle tre gjort det bra og Haakon hadde sett seg nødt til å sette i gang et par rykter for å sikre seg gevinsten; Dyveke var lesbisk, og Atle røykte hasj.

Sladderen var kalkulert slik at den bare nådde frem til den erkekonservative styrelederen, noe som resulterte i at den eldre herren ved neste styremøte hadde stått på for at Haakon Kloster skulle ha stillingen. Naturligvis ikke med andre begrunnelser enn at unge Kloster var den som syntes å ha størst potensial for å fylle stillingen! Konservativ eller ei, så visste styrelederen utmerket at i et moderne selskap var begrepet lesbisk ikke gangbar begrunnelse for å utelukke en person fra et toppverv.

– Vil direktøren ha noe å drikke? Sekretæren bøyde seg mot ham med et brett med glass og brus. Utringningen sugde blikket hans til seg et øyeblikk.

– Ja takk, Beate. En Farris, takk. Nei, vent, la meg få en cola i stedet. Haakon smilte bredt.

Hun satte glasset foran ham og helte opp så colaen holdt på å bruse over. – Øysan! sa hun. – Det var skikkelig virile saker. Tungen løp lett over underleppen mens hun balanserte brettet og satte flasken fra seg. Så snudde hun seg mot Atle Henriksen. – Og hva ønsker avdelingssjefen?

Avdelingssjefen, he. Haakon tok fornøyd glasset for å drikke, men hørte i det samme direktør Lange-Müllers skarpe stemme: – Kloster, kan De komme hit et øyeblikk!

Lange-Müller var den eneste i konsernet som konsekvent holdt på De-formen, på samme måte som han stadig forlangte servering av Farris og cola, ingen nymotens postevann med bismak og designflasker.

– Naturligvis. Haakon satte raskt glasset fra seg og reiste seg. Han lirket seg forbi et par aksjonærer som smilte og nikket, før han plasserte seg på kanten av den ledige stolen ved direktøren. Lange-Müller så dystert frem for seg. Plutselig kjente Haakon en nervøs følelse bak de stramme magemusklene. Var noe skjedd? Hadde styrelederen undersøkt ryktene nærmere? Var det kommet frem hvem som var opphavet til sladderen om Dyveke og Atle?

Direktør Lange-Müller skottet opp gjennom salen og hilste med et nikk til en eller annen langt bak. – Er De klar, Kloster. Årsmøtet starter om tre minutter.

Haakon pustet stille ut og senket skuldrene. Den gamle tufsen ville bare sikre seg at de var enige om kjøreplanen for møtet, enda de hadde gått gjennom den på formiddagen.

1) Lange-Müller, administrerende direktør: Velkomsttale.

2) Økonomisjefen legger frem konsernets årsregnskap for aksjonærene.

3) Visedirektør Haakon Kloster: Strategianalyse for de neste årene. Global utvikling – Prognoser – Potensielle markedsandeler – Kreativ satsing.

Lange-Müller så på klokken. – Det er Dem om cirka tre kvarter, Kloster. Nervøs?

– Nei, direktør Lange-Müller! Vi skal klare å overbevise dem alle om at styret har tatt de rette valgene. Stol på meg.

Lange-Müller brummet et eller annet og slo Haakon lett på overarmen. – De er en dyktig mann, Kloster. De kan nå langt.

Kloster holdt nesten på å nikke. Han visste det. Han skulle nå langt.

Sekretæren kom bort og hvisket den gamle noe i øret. Kloster lot blikket hvile i utringningen og tenkte på mottoet sitt fra rødrusstiden: *Frøken, om De ikke har lyst til å gå i kloster, har Kloster lyst til å gå i Dem!*

Direktør Lange-Müller nikket til Beate og reiste seg; møtet kunne begynne.

Haakon Kloster ruslet tilbake til plassen sin, satte seg og la merke til at manuskriptet lå på det tomme setet mellom Atle Henriksen og han. Med et mistenksomt blikk plukket han det til seg, men Atle syntes ikke å ha rørt notatene og var opptatt av Lange-Müller som besteg podiet.

Talerstolen var en moderne konstruksjon som besto av en svart plastplate med mikrofon og lampe, hvilende på fire tynne messingstolper. Sett fra salen virket det nesten som om platen svevde i luften.

Her kan man verken klø seg det ene eller annet sted mens man snakker, tenkte Kloster. Uvilkårlig saumfor han direktør Lange-Müllers påkledning for å sikre seg at slipset var rett, knappene knept og sokkene like. Jo da, Lange-Müller var nobelheten selv. Grå, konservativ og stivbeint i sitt uttrykk. Som vanlig. Det ble det verste, å skulle sitte her og høre på den gamle snøvlebassen som ikke lenger hadde snev av dynamikk i sin fremføring – slik han også manglet det i sin ledelse av firmaet. Derfor skulle Kloster på banen. For å fjerne søvnighet og fortid. Fremtiden banket på døren, nei, den hamret med knyttede never og han skulle få dem til å ta imot ham med åpne armer!

Kloster grep glasset og drakk begjærlig, tørst etter en hektisk formiddag hvor det knapt var blitt tid til vått eller tørt. Uvilkårlig dro han på munnen, det var en stund siden hans sist smakte cola, og den var mer besk enn han husket. I det skjulte fisket han et mintdrops frem og lot det umerkelig gli over leppen, inn i munnen. Bevegelsen fikk ham til å tenke på sekretæren. Fatal red-lips.

Beate hadde som vanlig plassert seg til høyre for direktørens sete, satt med de vakre beina dydig i kryss og fulgte ordene fra talerstolen med et oppmerksomt, nesten henført blikk. Likevel var det som om hun kjente Klosters blikk på seg og, uten å slippe den gamle med øynene, lot hun en liten våt tungespiss titte ut av munnviken. Bare et sekund vinket den til ham, rød og glinsende, før den forsvant igjen. Som et ertende hint.

Det var sekretæren sin, det. Haakon gliste for seg selv, sippet til colaen og fokuserte på det viktige. Strategi – Global utvikling ...

Direktør Lange-Müller fomlet med papirene sine og Kloster smilte oppgitt. *Han* skulle tale uten manuskript. Uten støtte. Kontrollert improvisasjon. Vise salen hva unge, friske krefter sto for.

Stille bladde han i notatene og memorerte punktene en siste gang. Markedsanalyser ... kvalitetssikring ... oppgradert forskning ... patentering ...

Det braket løs med klappsalver rundt ham og han glippet et øyeblikk med øynene. Lange-Müller var ferdig og overlot talerstolen til økonomisjefen, som, om mulig, var enda mer tørr og fantasiløs i fremleggelsen av sine tall og diagrammer.

Kloster grep glasset og drakk ut. Nå skulle de snart få

se en som kunne skape entusiasme og gi børsnoteringen et spark opp. Han tømte colaflasken og følte seg behagelig rolig. Den tidligere svake eimen av nervøsitet hadde gitt seg. Nå var det en nesten nummen ro som behersket kroppen, en avslappet selvsikkerhet. Selvtillit – Utstråling – Intelligens.

Han startet forfra med memoreringen: Markedsanalyser ... kvalitetsikring ... oppgradert ...

– Hei, Haakon, det er deg! Atle strakte seg bort og dyttet til ham.

– He? Kloster strammet seg opp og kikket rundt. Økonomisjefen var på vei ned til plassen sin, enda mer grå enn vanlig, og med en sløret kant som om han holdt på å gå i oppløsning. Kloster merket at folk vendte seg mot ham – med forventning. Han undertrykte et grøss som plutselig sitret gjennom kroppen.

– Ja, mumlet han og reiste seg. – Markedsana ... ana ... lyster? ... klyster? Beina ga etter som om knærne var av gummi og han grep tak i en stolrygg for å holde balansen. Lange-Müller nikket alvorlig til ham. Sekretæren smilte med røde lepper og bøyde seg etter noe på gulvet. Synet var ...

Nei! Konsentrasjon – Foksu ... Fosku ... Faen! Haakon Kloster ranket seg irritert og styrte sin gange mot podiet. På veien over gulvet rumlet det høylytt i magen. Han merket et sterkt behov for å ta en kjapp venstresving ut gjennom Den blå døren for å finne en do. Men nei, ikke nå, det fikk vente. Nå var det talen, den som skulle bli vendepunktet. Nå var det strake veien opp – mot stjernene. Han fokuserte på de tre trinnene til podiet og tok dem uten å vakle, kom seg bort til talerstolen, grep rundt den svarte platen med begge hender og så ut over salen. Hundre par øyne var rettet mot ham ... og bare ham. Ventet på åpenbaringen. Plutselig angret han på at notatene lå nede på setet hans. Han svelget tørt, sperret øynene opp, skottet mot mikrofonen og åpnet munnen.

– Eh ..., jeg ... Han satte albuen hardt i platen idet et bein ga etter. Blikket ble sløret mens han stirret mot styret på første rad. Da han blunket, var øyelokkene som fôret med bly og det var en kamp å få dem opp igjen. En gasslomme i tarmene meldte sin ankomst, ville ut, helst i en avsindig fart. Haakon Kloster rakk ikke å vurdere om det var klokt eller ikke før den fikk fri passasje.

Den var i det minste diskré, lydløs, registrerte han og flirte skjevt mens grepet om talerstolen holdt på å svikte – men ikke luktfri, måtte han med et snøft erkjenne. Han klamret seg til den svarte platen og stanget hodet i mikrofonen så det sang i høyttalerne. De jævla beina. Hva faen var det ...! Han så at Henriksen og økonomisjefen var på vei opp mot podiet. Hva faen ville ...

Noe varmt gled ned over baksiden av låret og han tok takk i buksestoffet for å løsne det fra huden – jævla fuktige promp! – men bevegelsen ble for kraftig og den andre hånden glapp sitt tak i talerstolen. Haakon Kloster gikk om kull med et brak.

Han var i dyp søvn da Atle Henriksen og økonomisjefen nådde frem.

I tre dager telte Dyveke Frisvold på knappene og diskuterte etikk og moral med samvittigheten sin. Skulle det være, skulle det være nå – eller rettere sagt, i går. For egentlig var det allerede for sent. Hun hadde alt forspilt sin mulighet for å komme fra det hele med rent hjerte, forspilte den da hun lot Haakon Kloster vakle opp til podiet og drite seg ut, bokstavelig talt.

Atle Henriksen hadde vært snartenkt, grep papirene til Kloster da denne ble båret ut og tok ordet. Da folk hadde roet seg, la han frem, med en selvfølgelighet som om det hele tiden hadde vært han som skulle holde talen, firmaets fremtidsvisjoner for aksjonærene og fikk applaus, både på egne og på visjonsbyggernes vegne. Ingen tvil om at han nå var i kritthuset hos både Lange-Müller og styret, og fremsto som et naturlig valg til stillingen som visedirektør.

For Haakon Kloster var ute av spillet. Haakon Kloster var en glemt mann.

Lange-Müller hadde ikke nevnt ham med ett ord siden Den brune dagen, som den kontroversielle tirsdagen ble omtalt i krokene – og med lettere omskrivinger – i mediene.

Haakon Kloster viste seg ikke på jobben heller, selv om Dyveke hadde forsikret seg om at han var utskrevet fra sykehuset. Hun hadde forsøkt å besøke ham i hjemmet, om ikke for annet så for sin samvittighets skyld, men han åpnet ikke døren. Heldigvis, tenkte hun da hun gikk igjen. Hun visste egentlig ikke hva hun skulle ha sagt til ham.

Over helgen fortalte jungeltrommene at Haakon Kloster søndag morgen var funnet død på kjøkkenet sitt, hengende fra lampekroken.

Da sluttet Dyveke Frisvold å telle knapper. I stedet fortalte hun kjæresten sin om hele saken, gjorde det da de litt ut på kvelden hadde ryddet etter middagen.

– Sier du at Atle Henriksen ...! Kjæresten kunne knapt tro sine ører.

– Ja. Rett før møtet, mens Haakon var borte hos direktør Lange-Müller, helte Atle noe i colaglasset sitt, rørte rundt med en skje og byttet glass med Haakons.

– Vet du hva han helte i glasset?

– Et hvitt pulver. Knuste piller, tenker jeg. Lunalax, eller hva det nå heter.

– Lunelax! Men det er jo avføringspulver!

– Ja. Og jeg tenker det var blandet med sovemedisin. Han sto jo rett opp og ned og duppet av. Sov fra det hele, praktisk talt.

Kjæresten så bestyrtet på Dyveke. – Herregud, var Atle *så* forbannet på Haakon for at han tiltusket seg jobben? Enda det var du som skulle ha hatt den. Lange-Müller vet jo at du er best kvalifisert.

– Ja, Lange-Müller vet det. Men så lenge styreformannen er overbevist om at det må være en mann øverst på kransekaken for at skuten kan styres forsvarlig, blir det ingen kvinnelig visedirektør – eller direktør.

Kjæresten så forarget på Dyveke. – Atle Henriksen har vært et gjennomført svin. Kvittet seg med Kloster og tatt gevinsten rett foran nesen din. Finner du deg i det?

– Naturligvis finner jeg meg i det, svarte Dyveke dystert. – Hva kan jeg gjøre? Han får sjansen til å vise seg frem når vi skal starte forhandlingene med AmCom i neste uke. Klarer han presentasjonen av firmaet og våre visjoner på en utmerket måte, og dermed å legge grunnen for et langsiktig samarbeid, er stillingen som visedirektør så godt som sikret.

– En slik fyr har ikke fortjent bedre enn å falle for egne grep, mumlet kjæresten.

– Nei, du har rett i det, sukket Dyveke. – Men jeg må holde min sti ren. Alle holder øye med meg, ikke minst Atle Henriksen.

Atle Henriksen la ansiktet i en konsentrert, tenksom mine før han gikk gjennom Den blå døren inn i møtesalen. Rolig møtte han blikkene som nøye studerte hans minste bevegelse, hans minste mimikk. Søkte etter svakheter. Han var fullt bevisst ansvaret og presset som var lagt på ham, men følte seg trygg og bevegde seg selvsikker og samtidig jovial rundt i salen. Avslappet nikket han til enkelte mens han nærmet seg ledelsen fra AmCom.

Firmaets administrerende direktør, en liten vever dame i slutten av førtiårene, håndhilste med et oppmerksomt blikk på den unge mannen som hun hadde forstått lå an til å bli direktør Lange-Müllers kronprins. De utvekslet et par ord før Atle satte seg på forreste rad, midt for podiet.

Dyveke betraktet ham mens hun selv fant sin plass et par seter til høyre for Atles. Hun hadde hilst på AmComs kvinnelige direktør flere ganger tidligere og visste at damen var ubønnhørlig overfor dem hun mente ikke holdt mål – og hennes mål var høye.

De siste fant sine plasser mens sekretæren serverte drikkevarer til forreste rad. Direktør Lange-Müller kremtet, drakk en slurk Farris før han vandret opp til talerstolen. Med en stødig hånd på den svarte platen begynte han de innledende frasene om møtets betydning, viktigheten av å sikre seg store markedsandeler, av å ha kapasitet, av knowhow og fleksibilitet i et usikkert marked, med andre ord: hvilke åpenbare gevinster et samarbeid mellom to store konserner ville gi på lengre sikt.

Dyveke bemerket at Atle sendte henne et fort sideblikk før han umerkelig flyttet glasset sitt utenfor hennes rekkevidde. Tyv tror hver mann stjeler, tenkte hun med et spotsk sideblikk, så konsentrerte hun seg igjen om Lange-Müllers fremleggelse.

Hun hadde forberedt seg godt. Så godt som det var mulig når man måtte gjøre alt på egen hånd – og uten at noen oppdaget det. Likevel var det viktig å høre hvilke formuleringer Lange-Müller benyttet, de var på en måte malen for den førstehjelpen hun skulle improvisere når kaos oppsto.

Men først var det Atle sin tur. Stakkars. Hun smilte og skottet mot den kommende visedirektøren som bladde gjennom sine papirer en siste gang mens han nippet til colaen.

Lange-Müller gjorde seg ferdig, stokket manuskriptarkene og nikket mot Atle Henriksen som reiste seg. De møttes i tomrommet mellom podiet og setene. Atle nikket alvorlig til sin sjef mens en svak rødme bredte seg over kinnene.

Han blusser som en jentunge, tenkte Dyveke betatt og betraktet nysgjerrig hvordan han langsomt, nesten nølende gikk opp trinnene og nærmet seg talerstolen. Utstudert, som i sakte film, la han papirene ned på den svarte platen før han kikket på mikrofonen. Munnen åpnet seg, blikket søkte ned over notatene før det flakket ukonsentrert ut over tilhørerne. Øynene stoppet ved AmComs direktør og gled ned over kroppen hennes, ned mot beina. Dvelte lenge ved anklene. Det var kommet noe slørete over blikket hans, som om det måtte forsere en hinne, en forhindring som også syntes å lamme tungen.

Lange-Müller ga lavmælt en beskjed til sin sekretær. Hun reiste seg og tok en cola og Atles glass med seg opp til podiet. Dyveke så det på avstand, så sekretæren, Beate, bøye seg frem idet hun skjenket Atle Henriksen noe å drikke, så at hun også sa et eller annet til ham da drikken bruste og sydet i glasset. Atle smilte anstrengt og nikket til takk mens øynene hans hang ved utringningen og bare motvillig slapp baken hennes da hun gikk ned igjen.

Mannen drakk et par store slurker så adamseplet hoppet, satte glasset fra seg og kremtet. – Jeg skal ... ehm ... Øynene flakket over salen, sveipet igjen omkring beina til AmCom-direktøren før de stoppet ved sekretæren. – Jeg skal ...

AmComs direktør reiste seg brått. – Jeg vet, sa hun med snert i stemmen, – at Gud skapte mannen med både hjerne og muligheten til å formere seg. Og jeg vet at begge deler trenger tilført en viss mengde blod for å fungere. Men jeg var ikke klar over at blodet ikke kunne være begge steder på én gang.

Atle Henriksen kikket først uforstående på henne, så var det som ordene falt på plass i hjernen og han stirret forferdet ned over seg.

Fem sekunder senere slo Den blå døren i bak ham.

Dyveke kastet et siste blikk på notatene sine, så gikk hun bort til Lange-Müller og hvisket ham noe i øret. Han nikket alvorlig og hun entret podiet, kremtet stille og begynte å snakke.

– Direktør Lange-Müller er ikke i tvil, du får stillingen som visedirektør, sa kjæresten og helte opp rødvin til Dyveke. Styreformannen er enig, hele styret er enig og direktøren for AmCom hilste beslutningen med et stort smil. Jeg skrev innstillingen i dag. Herr Atle Henriksen er persona non grata.

Dyveke tok imot vinen og flirte. – Atle tviholdt på glasset sitt som om han trodde jeg skulle spytte i det, eller det som var verre. Når fikk han ...?

Kjæresten løftet glasset og betraktet vinens dyprøde skjær, den var nesten fatal red. – Jeg stakk innom kontoret hans en times tid før møtet, masserte skuldrene hans og var snill og grei. Hentet en kopp sterk kaffe til ham ..., hun lo, – med noe attåt i.

– Skål Beate! Dyveke kysset leende kjæresten sin. – Skål for Viagra!

VINTERFUGLER

Av Kjell H. Mære

De roligste og mest høytidelige timene året hadde å by på, var i ferd med å bli innledet. Helligere enn påskedagen. Helligere enn begravelse og bryllup. Helligere enn alt annet for verdslige sjeler som Thor Due. Timer som hver eneste kristne sjel i verden dyrket i en rus av nestekjærlighet og forventning: De seks siste timene av selveste julaften.

Og det var nettopp da telefonen ringte. Vakttelefonen. Politiførstebetjent Thor Due ved lensmannskontoret på Fagernes fortrengte først lysten til å kverke selve telefonen. Knuse den, og gjøre «First we take Manhattan» den tjenesten å ikke blande seg inn i Sølvguttenes korsang fra radioen. Han burde ha valgt en annen ringetone enn Leonard Cohens storslager før høytiden satte inn. Eller aller helst innstilt profilen på lydløs.

Deretter dempet han den usigelige lysten til å kvele

vakthavende ved kammeret på Gjøvik, som VÅGET å ringe midt under julemiddagen med familien. Men han behersket seg. Mumlet et nesten lydløst «unnskyld» til Torunn og guttene, fikk herredømme over drapslysten, og svarte.

Aspirant Lage Ravn etterapte førstebetjentens demonstrative handling, og la fra seg kniv og gaffel på tallerkenen, med en viss lettelse. Fru Dues medisterkaker var ikke akkurat mye å få julestemning av. Harde og kompakte som golfballer, var de. Det var et forventningsfullt blikk han løftet mot sin overordnede. Et kort «ja» og «mmmmmm» i telefonen ble etterfulgt av et nikk mot aspiranten. Et signal som også fikk ham til å mumle et «unnskyld» til husets frue og barn, slik at han kunne reise seg, og følge Thor Due ut til entreen.

På trammen ble førstebetjenten stående og vente på aspiranten, som slet med å få uniformen utenpå dressen. Førstebetjenten kneppet skinnjakken i halsen, og satte skyggelua på. Ingen av disse var plagg som passet til ulende vind og snøfokk, men oppholdet utendørs kunne da for pokker ikke vare hele julekvelden heller.

Snøfallet de siste dagene skapte en perfekt ramme for innledningen av juledagene. I skinnet av naboens usmakelige grønne og røde lysende girlandere i epletreet og rundt verandaen, svevde finkornet snø i alle retninger på den flate plenen hans.

Den tiltakende vinden varslet væromslag og høyere temperaturer. Antakelig hadde kakelinna, som hadde vært fraværende i desember, bestemt seg for å snike seg inn nå.

– Helvete, jeg glemte mobiltelefonen i entreen hjemme hos deg.

Due humret lett, og svingte unna for enda en snøfonn på riksvei 51 mellom Fagernes og Beitostølen. De skulle bare kjøre noen kilometer, og var på vei for å sjekke en havarert bilist før kranbilen var på plass, for så å komme seg raskest mulig tilbake til duereiret for å nyte resten av julekvelden.

– Der ligger den godt. Du finner den snart igjen. Dette bør ikke ta lang tid.

Politiførstebetjenten fikk ikke svar fra sin unge kollega. Typisk nok. Slik hadde det vært de to månedene aspiranten hadde hatt tilhold ved lensmannskontoret i Valdres. Ordknapp, dyster og mystisk. Due hadde inntrykk av at Valdres ikke akkurat var førstevalget for en unggutt fra rosenborgbyen når han skulle utføre plikttjenesten i forbindelse med politiutdanningen.

– Tradisjon, sa Thor Due plutselig, uten at han egentlig tenkte å si noe som helst.

– Hva da?

– At aspirantene får vakt på julaften. Det skal liksom lære dere at det er noe som heter plikt. Det er derfor du fikk fri uka før julehøytiden, slik at vi kunne utnytte deg til fulle i høytiden, humret førstebetjenten.

– Jaha?

– Og i Valdres har vi i alle år gjort det slik at aspiranten blir bedt på julemiddag hos vaktkollegaen. Og siden jula likevel var ødelagt for din del, ble det altså hjemme hos oss, fortsatte Due, og prøvde med en liten latter.

– Jaha?

Og mer kom ikke. Nei. Det var kul umulig å få i gang en fornuftig samtale med denne karen. Det fikk være.

Trist, egentlig, tenkte Due. Det ville vært så hyggelig om han hadde åpnet seg litt. Kommet litt nærmere innpå ungdom som vil skape seg en karriere i samme profesjon som ham selv. Snakke fag med fremtidens forvaltere av lov og orden. Men det gikk ikke med Lage Ravn.

Vind og snøfokk hadde nok husert en god stund allerede. Riksvei 51 var pakket full av kaldt, hvitt pudder, som hadde halvert den opprinnelige veibredden. Det var ikke å undres over at enkelte fikk problemer på dette føret. Håpet var at trafikken på veiene i Valdres var så liten på en julaften, at dette ble den eneste utrykningen. Patruljebilen manøvrerte seg stødig mellom tarmer av fonner som strekte seg ut.

Due skulle akkurat til å kommentere at snøplogen burde komme seg ut på veien, da tanken ble avfeid av Lage som faktisk stilte et spørsmål:

– Mener du også det er nødvendig å sjekke ut hver eneste lille uregelmessighet i trafikken?

– Ja. Helt til vi har tatt gærningen som drar rundt og strør rundt seg med lik langs veiene. Du vet, plutselig kan en farlig forbikjøring eller en sladd på glatta avsløre ham, ironiserte førstebetjenten, og håpet aspiranten oppfattet det slik som det var ment. For å slippe et nytt «jaha», var han rask med å poengtere synspunktet sitt nærmere:

– Det er for at folk flest skal føle seg trygge for at vi alltid er i nærheten. Han skaper frykt, denne figuren som har stukket skrujern i nakken på de to sjåførene i Melhus og Harpefoss. To lik i løpet av to dager, drap utført nøyaktig på samme måte. Det er stående ordre å sjekke ut alle uregelmessigheter. Men den ordren fikk jo ikke du med deg, siden du har hatt fri den siste uka.

Han følte seg bedre når han fikk anledning til å være litt lærer. Det var tross alt en del av jobben når han ble plassert på vakt med en aspirant. Reaksjonen fra eleven var som forventet:

– Jaha.

Bilen hadde fronten godt plantet inn i brøytekanten. Due parkerte patruljebilen fem-seks meter foran den havarerte BMWen av type 218. Han lot hovedlyktene være påslått, slik at politimennene hadde arbeidslys for oppgaven som stod foran dem; å eliminere nok en mulig drapsmaskin.

Kvinnen som kom til syne bak frontruta på førersiden, satte en tommel i været, og så tilsynelatende lettet ut. Snart stod to politimenn ansikt til ansikt med kvinnen som befant seg i ytterste nød på selveste julaften på en nesten ufremkommelig landevei i Valdres. At hun ikke var lokal, kunne Due slå fast med det samme.

– Lerche. Ida Lerche.

Det var bare så vidt politiførstebetjent Thor Due fikk med seg navnet gjennom suset av vind som rusket i granskogen og snø som føyk i alle retninger. 30 meter bak bilen hennes hadde det allerede bygd seg opp en fonn som nå nesten stengte hele veibanen. Men den var ikke større enn at en bil kunne passere den, dersom det skulle komme en.

– Og du er alene?

– Helt alene. Jeg har vært så redd. Takk for ...

De siste ordene fikk ikke førstebetjenten med seg.

– Hvor er du på vei?

– Beitostølen. Jeg skal feire jula med søsteren min som er på hytta der oppe.

Due nikket, og fikk en porsjon drivende snø i ansiktet.

Lage Ravn var allerede i gang med å undersøke bilen. Den stod godt klemt inn i snøkanten. Ikke til å rikke uten hjelp fra andre hestekrefter.

– Jeg får ikke startet den igjen, meldte kvinnen. – Jeg mistet nøkkelen i snøen da jeg forsøkte å dytte bilen tilbake på veien. Jeg er helt fortvilet, aner ikke hva jeg skal gjøre.

Hun så bort på Lage Ravn, som allerede hadde vært rundt bilen og sjekket. Nå var han i ferd med å åpne døren på passasjersiden. Han ropte mot Ida Lerche idet han satte seg inn i passasjersetet.

– Jeg skal bare finne vognkortet.

– Det er ikke der, jeg har sjekket. Det er min brors bil,

jeg låner den bare. Jeg vet ikke hvor han oppbevarer slike ting. Men i hanskerommet er det ikke.

Due gjorde et tilrop til kollegaen, og gjorde tegn til å la være. Førstebetjenten ville ikke gjøre denne sekvensen mer formell enn nødvendig. Det var julaften, og kvinnen hadde tydeligvis vært dobbelt uheldig. Først ved å deise inn i snøkanten, og deretter med å miste nøkkelen. Han vurderte et øyeblikk om han skulle begynne å lete. Det var som om den unge kvinnen leste tankene hans:

– Jeg har søkt rundt hele bilen, det er kul umulig å finne den ...

– Vi finner nok på noe, trøstet Due, som desperat forsøkte å få den kreative delen av hjernen i funksjon, for å slippe unna en tur til Beitostølen.

Taxi, ambulanse ... hva som helst. Bare han slapp unna, og fortest mulig kunne komme seg hjem til familien.

Hun løftet hodet og vendte det mot politimannen. Et par vidåpne, dype, brune øyne så rett inn i hans. Han kunne ikke med sin beste uvilje finne på å være formelt granskende mot en slik vennlig skjønnhet. Det var jo julaften. Og når sant skulle sies, var hun i en langt mer fortvilet situasjon enn en politimann som søkte unnskyldninger for å slippe unna plikten.

Kvinnen var pen. I begynnelsen av 20-årene, tippet Due. Kledd i en slags hvit ullparkas med hette. Det var øynene som gjorde henne vakker. Øynene og håret. En lys pannelugg danset på panna. De brune øynene avslørte at hårfargen neppe var ekte. Han lurte et øyeblikk på hvordan resten av håret var dandert. Han hadde en svakhet for kvinner med halvlangt hår og pannelugg. Selv om dette eksemplaret av kjønnet var altfor ung til at han kunne begjære henne uten et stikk av dårlig samvittighet. Rundt hetta var det sydd på en halv mink.

– Jeg setter pris på at du sier det, tror du vi får startet den likevel når vi får hjelp fra de som kommer med bergingsbilen?

Aspirant Ravn stod plutselig ved siden av dem. Han hadde brukt tiden godt, og undersøkt både motorrommet og forsøkt tenningen.

– Det ser nok umulig ut, dessverre. Ingen sjanse til å tyvstarte denne kjerra. Motorrommet er pakket med snø, og høyre forhjul ser ut til å ha fått en smell. Jeg tror kanskje du bør belage deg på alternativ skyss for sikkerhets skyld. En drosje, for eksempel.

Førstebetjent Thor Due ble overrumplet av aspirantens plutselige vilje til å øse ut ord.

– Er det enkelt å skaffe drosje nå, da?, smilte kvinnen mot den unge mannen.

Due fornemmet hvordan hun brukte øynene mot aspiranten. Tonefallet var ikke til å ta feil av. Der var det en god porsjon flørt. Due tippet at de var på omtrent samme alder.

– De fleste drosjesjåførene sitter nok med ribba og akevitten nå, men det må vel være mulig å få tak i hvert fall en som vil kjøre deg til Beitostølen, vil jeg tro. Bilen din er helt død, du kommer i hvert fall ikke videre i den.

Jøss, så mild og snakkesalig aspirant Lage Ravn plutselig ble. Og det smilet kledde ham da virkelig godt.

Due studerte det unge paret som øyensynlig stod og gransket hverandres ansikter. Øynene deres lyste av nysgjerrighet. De målte hverandre, vurderte hverandre og ertet hverandre med dem.

Due så på henne igjen. Ida Lerche var virkelig en vakker kvinne. Strålene fra hovedlyktene på politibilen lyste opp ansiktet, og Due kunne igjen se sårbarheten i uttrykket.

Han hørte knapt ordene i samtalen dem imellom. Men begge smilte, og så ut til å trives med situasjonen.

Visst! Thor Due skammet seg en smule. Hvordan kunne han, halvgamle familiemannen, stå og vurdere en ungdom som Ida Lerche som vakker? Det burde han ikke ha naturens tillatelse til. Slike ting hørte ungdommen til, og nå stod to unge mennesker overfor hverandre på den helligste høytidsdagen året hadde å by på, og glemte alt savn av familie og all ensomhet et lite øyeblikk. En ung kvinne som hadde havarert med bil et fremmed sted i verden. En politiaspirant som var strandet langt fra sin egen familie, og blitt pådyttet familiær hygge i en helt annen landsdel enn der han helst ville tilbringe julen. I det fjerne hørte han at brøyteplogen var ute på veien. Vinden bar lyden av stål mot hardt snøunderlag flere kilometer, og om noen minutter ville den være her.

Due bestemte seg for å leke julenisse. Legge frem et forslag som både ville være anstendig for ham selv, og hyggelig for de to unge, ensomme.

– Hør her!

Han måtte nesten rope ut ordene for å nå frem gjennom i vinden.

– Jeg foreslår at Lage kjører deg til Beitostølen, så venter jeg her til bergingsbilen kommer. Så blir jeg med den til Fagernes, og tar med meg en ny patruljebil derfra, så får vi ordnet dette så fort som mulig. Du kommer raskere til søsteren din, og Ravn og jeg kan gjøre oss ferdige her. Høres det greit ut å gjøre det slik?

De to unge vekslet blikk. Jo, det så ut til å være en grei løsning for alle parter. Anerkjennelsen for det gode forslaget ble uttrykt av et takknemlig blikk fra den unge aspiranten. Nå kunne han i stedet for å kjede seg sammen med en fremmed familie kombinere nyttig politiarbeid med å stifte nytt bekjentskap med en ung dame. Og den unge damen var mer enn happy for å slippe unna dette stedet, hvor vind, snø og iskald bil gjorde tilværelsen heller utrivelig. Hun dukket inn i BMWen, plukket med seg håndvesken og en liten bag, og var klar. De unge menneskene satte seg i politibilen, og forsvant i retning Beitostølen.

Det ble stupmørkt rundt Due da patruljebilen med Lage Ravn og Ida Lerche forlot ham. Over ham ulte vinden, og toppene på grantrærne ved veien vred og bøyde seg mot ham. Det var en slags idyll, selv om været ikke tillot ham å nyte øyeblikket. I det fjerne tok lyden fra snøplogen stadig mer over.

Han bestemte seg for å ringe og etterlyse bergingsbilen. Disse sjåførene utviste ikke alltid like stor plikt for yrket som en politimann eller brøytebilsjåfør gjorde. Nå kunne han med god samvittighet kreve umiddelbar utrykning, siden han selv var på stedet, og ikke minst fordi han trengte skyssen ned til Fagernes.

Han innså at brøytebilen ville være her om få minutter. Han håpet å rekke samtalen med bergingsselskapet før den nådde frem. Han satte seg inn i passasjersetet på den havarerte bilen, og tastet en hurtigkombinasjon på mobiltelefonen. Her inne var det kaldt, men i hvert fall stillere og mer gjestmildt enn utenfor bilen. Det var dessuten ingen god idé å befinne seg utendørs når brøytebilen passerte med en kaskade av vindtrykk og snø-eim rundt seg.

Vakthavende mann hos bergingsselskapet satte ikke pris på å bli påminnet om at han hadde arbeid å utføre. Men han var allerede underveis, så førstebetjent Due slapp å bruke ubehagelige ord under samtalen. Han fikk akkurat brutt forbindelsen da brøytebilen hadde kommet så nærme at intet annet enn snøjageren kunne høres. I sidespeilet kunne han se hvordan plogen feide unna fint opplagte snøfonner langs brøytekanten. Idet den passerte, hadde den rasert naturens kunstverk bakenfor bilen han satt i, og etterlatt seg en perfekt brøytekant. Due ventet på at stillheten skulle ta grep etter hvert som bilen nå fjernet seg fra stedet. I kaskaden av lyd idet bilen passerte, følte han hvordan kjøretøyet han satt i ristet av vinddraget og trykket. Han skuttet seg, og priste seg lykkelig over at han ikke befant seg utendørs.

BMWen ble innhyllet i et tåkehvitt slør, og gjennom frontruta kunne han se hvordan snøkrystallene fanget opp noe av det røde lyset fra brøytebilens baklykter. Så ble alt med ett helt mørkt. Noe la seg på frontruta. Og det var ikke hvitt. Det gled fra taket og ned på panseret. Han kunne ikke umiddelbart se hva det var. Selv om han satt, kunne han enkelt tenne lommelykta som hang fast i beltet. Strålen rettet han mot frontruta.

Et nøkkelknippe. På den umiskjennelige skinnlappen som røpet hva den var festet i, blinket et merke. Sirkelen med de blå og hvite feltene røpet bilmerket før han så ordene i den sorte sirkelen utenfor. BMW.

Det som fikk Due til å stivne, var hånden som holdt den fast. Kroppen som hånden hang fast i, lå over panseret. Hodet lå stille, og det røde skaftet på skrujernet som stod fast i nakken, minnet Due om fargen på julegardinene hjemme.

VÅRTEGN

Av Pål Gerhard Olsen

Fra der hun sitter bak kjøkkengardinene kan hun se fotsporene hans trykke ned nysnøen som truger, hele veien fra flaggstangen og frem til hullet han har boret i isen. Størrelse 48 i sko. Hun humrer forsiktig av Steinars elefantføtter, legger en sukkerbit på tungen og lar en dryg slurk kaffe føyse brunsukkeret lenger inn i munnen for å bli knast frydefullt mellom jekslene. Noen gleder skal hun også ha. Hun som ærlig talt har langt færre enn Steinar, som vinterstid nikoser seg som isfisker.

Hennes jobb er å følge årvåkent med på fisket hans. For når han er på land igjen, vil han vite full beskjed om hva hun har fått med seg. Sluntrer hun unna og er ute av stand til å svare på kontrollspørsmålene om når han dro opp den og den fisken, er han ikke nådig. Samme hva hun disker opp med til middag, kjefter han henne huden full.

Så her gjelder det å være oppmerksom. Å gi ham all

mulig støtte i det å få fisk ute ved Elgodden, der det er brådypt og godt bitt, men ikke så godt at det ikke kan gå timer mellom hver gang det rykker i pilkestikken hans.

Han er ikke så ihuga til å fiske fordi de på død og liv trenger matauk. De sitter ikke trangt i det. Hun får sin uføretrygd, så krank og giktbrudden som hun er. Steinar får sin AFP etter å ha vært brøytemann for kommunen i alle år. Ja, han brøyter fortsatt, setter plogen foran John Deere-traktoren i grålysningen på snøfylte morgener, men nå brøyter han privatveier. Det blir en bra slump penger av den sjauingen, og de gjør opp kontant, Steinar og oppsitterne han brøyter for, så ikke AFP-utbetalingen hans skal bli avkortet. Hun skjønner såpass selv om Steinar sier at hun har så lite mellom ørene at det ikke vil gi utslag på vekta. Et arbeidsjern som Steinar må kunne tillate seg en liten attåtnæring og samtidig få ha sine surt opptjente pensjonsmidler i fred.

Hun har slått frempå om at de skulle ta seg en tur utenlands, så velberget som de er. Til sydligere breddegrader. Men Steinar vil ikke. Han er vintermenneske. Hva slags menneskesort hun er, er hun usikker på. Det kan komme over henne en følelse av at hun ikke er fremkalt ennå. At hun er et sånt gammeldags fotografi som ligger i en gjenglemt rull, og som ingen kan si hva inneholder.

I det siste har slike underlige følelser poppet opp i henne på løpende bånd. Særlig når Steinar er ute på isen. Eller brøyter. Eller sludrer i timevis med tippelaget sitt på kjøpesenterkafeen. Og hun sitter her i raggsokkene og ser i været. Det er bestandig her hun sitter. Dag ut og dag inn.

På denne knirkende teakstolen. Hun kommer seg ingen steder. Hun kan ta buss, men da må hun gå halvannen kilometer på stikkveien deres opp til hovedveien, og det er ikke til å tenke på så dårlig til beins som hun er. Og Steinar tilbyr seg ikke å kjøre henne.

– Hva skal du ute å gjøre? Nei, mor, det får du overlate til en som kan det, sier han.

Så det blir til at hun holder seg på kjøkkenet. Drikker kokekaffe og hører på P4 og forsøker seg på et kryssord til det begynner å stramme i tinningene og hun tar frem strikketøyet i stedet, men gir seg snart på det også, engstelig for å ha gått glipp av noe ute på isen.

Det er som å se på TV. Steinar er TV-stjernen hennes. Det blir noe søndagsfint ut av det hvis hun betrakter vinterdagene sine på det viset. Som en rød sløyfe på gråpapir. Han kommer ikke inn for å spise formiddagsmat med henne, men hun kan ringe ham. Han har mobilen sin i brystlommen på termodressen. Hun har sin foran seg på bordet. Men hva skal hun si? Det er Steinar som skal si ting til henne. Sånn har det alltid vært. Hun har ørene på stilker, og så strømmer Steinars ord inn i henne enten hun vil det eller ikke.

Det lille som kommer ut av henne, er også Steinars ord. Men det er kloke ord. Det må det være. Hun kan ikke tenke seg at hun kan utkonkurrere hans. Da måtte det skje et under. Hun som kjenner seg så hul. Som ikke engang kan fylle ut navnet sitt.

Borghild. Det er større enn Steinars skonummer. Altfor

stort for henne. Steinar fyller navnet sitt helt ut og det til overmål. Men hun fortjener ikke å hete Borghild. Kanskje bare Hild. Ild.

Men nå rører hun fælt. Hva er det med henne? Hun har ikke drukket mer kaffe enn hun pleier, så det kan ikke være det som gjør at en feberhet uro galopperer gjennom henne. Det er ikke noen ubehagelig uro. Det er vel snarere som en søt kløe hun husker fra da hun var ugift og barnløs og kunne skifte til småsko og gå i knekorte skjørt. For selv om det er meteren med snø, klukker det i takrenna, og nysnøen som fikk Steinar til å starte opp snøfreseren så tunet var snauet før hun kom seg i klærne, er det bare sørpe igjen av. Det går mot vår. Det kan hun best se på lyset over Svartsjøen. Steinar blir så beskjeden målt mot det blåskimmeret – det er som om det knøvler ham sammen til bare en bøtteknott.

Der haler han min santen opp en fisk, knekker nakken på den så det søkker litt i henne og slenger den ned ved siden av den sammenleggbare sekkestolen han hviler bakenden på.

Jo, hun fikk det med seg fra først til sist. Hun har klokkeslettet i hodet, kom ikke her. Men det er ikke bare Steinars fiskelykke hun får med seg. Hun får med seg en smektende melodi på radioen også. Hun strekker seg over bordet og skrur opp volumknappen, og for det indre blikket hennes forvandles Svartsjøen gradvis til et gigantisk dansegulv som gjør at hun ser seg selv med blomsterkrans i håret svinge seg opp mot sky.

Det er da melodien ebber ut at dørklokka kimer. Men hun kan vel ikke åpne. Det er Steinar som åpner, de sjeldne gangene noen vil dem noe. Steinar trekker ingen i hus. Hun trakk ikke så rent få da hun satt i kassa på Coop-en på deltid og slo inn vare etter vare bortimot feilfritt, men så ville Steinar ha henne for seg selv, og i fem eller ti eller kanskje femten år er det som om hun har snødd inne selv midt på sommeren.

Tre trudelutter til fra dørklokka. Fingrene hennes famler stivt over det småfettete tastaturet på Nokiaen. Skal hun for en gangs skyld ringe til Steinar og høre hva han synes? Hun kan komme til å måtte svi for det å forlate den faste plassen sin. Hun vil stå seg på å ringe.

Men det gjør hun ikke. Steinar er ute på isen. Det er en forskjell på det og det å være her. Det har ikke vært det før, men nå er forskjellen blitt himmelvid. Her er det hun som har bukten og begge endene. Så hun sliter seg opp av stolen, stolprer over kjøkkengulvet og ut i gangen og åpner den brunbeisede ytterdøren.

På betongtrappen står en ung mann i bringebærrød dunjakke. I hånden har han en stålblank koffert. Han smiler med tindrende hvite tenner og sier «ursäkta». Joachim, presenterer han seg som. Fra sikkerhetsleverandøren Sector Alarm. Bilen sin, som er like blank som kofferten, har han parkert med snuten mot sjøen. Om han kanskje kan få komme inn for å demonstrere et enestående supert tilbud for henne? Han snakker klart og tydelig svensk. Det er som å høre en hallomann. Ikke at svensk noen gang har bydd på problemer for henne. De bor bare et par mil fra grensen, og det reker svensker langs riksveien titt og ofte, og om det sitter langt inne for Steinar å ta henne med i pickupen, forekommer det at hun får være med på svenskehandel så hun kan proppe fryseren med kyllingfilet og karbonadedeig uten at han har gjort forarbeidet.

Men om svenske-Joachim med smilehullene kan få komme inn? Må han ikke det? Hun har åpnet for ham. Da vil det ikke ta seg ut å slå døren igjen i ansiktet på ham i neste øyeblikk. Ikke et så pent ansikt. Med rene, regelmessige trekk, med fiolblå øyne og Elvis-fyldige lepper. Han er som et maleri.

– Vær så god og stig på, sier hun og smiler tilbake til ham så lett som bare det, og i semskede vinterstøvler skrider han inn over dørstokken med ganglaget til en sheriff. Han er høy. Det er nære på at han når opp i taklampen. Han insisterer på å ta av seg på beina. Støvlene settes som på en linjert rekke. Han har ikke hennes rufsete raggsokker, men stramme strømper med noe som ligner et våpenskjold oppe på vristen, ser hun da det ene buksebeinet henger seg opp. Kanskje er han adelig. Det er flust av adelige i Sverige. Selv ikke Steinar kan hamle opp med noe så gjevt.

Hun tar Joachim med seg inn i stua. Det er ikke fyrt opp i ovnen, så det er hustrig der inne, men hun kan ikke la en slik storkar slå seg ned på det hverdagslige kjøkkenet. Da får stua stå sin prøve.

Joachim synker ned i Steinars stressless, plasserer kofferten på fotskammelen, klikker den metallisk opp og lar høyrehånden sveipe over noen små dingser og dippedutter.

– Nå skal du bare se her, frue, sier han entusiastisk. – Vet du hva dette er?

– Nei, der må jeg melde pass, sier hun fra ørelappstolen de har hatt siden bryllupet. Herfra kan hun ikke se Steinar selv om hun hadde villet.

Joachim smiler igjen. Den som kunne hatt så hvite tenner. Den som kunne hatt livet foran seg slik han har. Hun er ikke misunnelig. Han får henne bare til å drømme seg litt bort.

– Men da skal jeg med den største fornøyelse opplyse deg. Dette er førsteklasses komponenter til en helhetlig sikkerhetsløsning. Tenk bare på alle de østeuropeiske bandene som streifer omkring og ser seg ut hus de kan gjøre innbrudd i. Og da velger de gjerne hus som ligger avsides til. Sånne som dette. Jeg vil ikke spre angst, men det er direkte uforsvarlig å ikke beskytte seg mot slike trusler, selv om jeg så på dørskiltet at du ikke bor mutters alene her. Men å ha en mann i huset er ingen garanti mot tyver og kjeltringer, og i denne makeløse grunnpakken kan du støtte deg på en alarmsentral med backup-batteri og GPS-sender, et eksternt betjeningspanel med sirene, en optisk røykdetektor, to stykk bevegelsesdetektorer med eller uten kamera alt etter personlig ønske og behov, og magnetkontakter og nøkkelbrikke. Hele herligheten er praktisk talt gratis. Den latterlige sum av kroner én. Normalpris er 1900. De månedlige abonnementskostnadene beløper seg til 379. For et så bagatellmessig beløp er du og mannen din helgardert mot innbrudd og branntilløp og andre fortredeligheter. Går alarmen, settes dere automatisk i forbindelse med vaktsentralen vår, og toppkvalifiserte vektere vil rykke ut omgående, når som helst på døgnet. Mot en liten merkostnad kan systemet bygges ut. Vi har noe som heter skallbeskyttelse også. Vi har glassbruddetektor og bevegelsesdetektor med nattsyn. Uansett hvilken variant dere velger, er dette hundre ganger mer effektivt enn vakthund og hagle. Dette er sikkerhetsløsninger for den moderne tid, beregnet på moderne forbrukere som er føre var og ikke etter snar. Nå, hva sier du?

Hun slår hendene sammen som i imponert svime over salgstalen hans. Det er nok den reaksjonen han venter av henne. Hun ville kanskje ha valgt en annen reaksjon hvis hun sto aldeles fritt, men det gjør hun ikke. Det står henne bare fritt å tenke sitt, og det hun da tenker, er at Joachim kom i grevens tid. Hun kan ikke og vil ikke snakke for Steinar, men selv trenger hun sårt til en sikkerhetsløsning. En varig sikkerhetsløsning. En sikkerhetsløsning som aldri går over. Men kanskje ikke den sikkerhetsløsningen som ligger på utstilling i Joachims koffert.

– Jo, det høres storveies ut. Uten at jeg begriper så overvettes mye av det.

– Ja, jeg har stor forståelse for at det kan virke innfløkt. Dette er avansert teknologi. Vi i Sector Alarm roser oss av å ikke bare være på høyde med utviklingen, men i forkant av den. Men jeg tror det blir lettere for deg å få øynene opp for dette systemets fortreffeligheter hvis vi tar en liten gjennomgang av huset slik at jeg rent konkret kan vise deg hvordan de enkelte sikkerhetsfaktorene fungerer i samspill med hverandre. Hva sier du til det?

– Jeg sier ja, jeg. Det skulle bare mangle. Når det kommer en så stilig herremann til gårds og har bare godt i sinne med en gamlemor som meg.

– Utmerket, sier Joachim med kanskje en svak rødme i kinnene, eller så er det bare avfarging fra dunjakken. Da hun med en åpen hånd gir ham klarsignal til å utforske huset, går han tilbake ut i gangen, og der konsentrerer han seg om døren før kjøkkendøren og gløtter inn på ektesengen som ble satt ned dit da det ble for strevsomt for henne å gi seg i kast med brattrappen opp til andre etasje hver kveld.

– Ser man det, ja. Her sover dere. Jeg ville anbefale at et betjeningspanel monteres her, slik at det er raskt innenfor rekkevidde om natten.

Hun nøder ham helt inn i rommet. Det kan ikke skade. Sengen er oppredd og det heklede sengeteppet ligger som det skal. Joachim kan få se nattbordet hennes, med vannglasset og brilleetuiet og de tørkede blomstene i en vase som ser ut som et sausenebb. Han kan få se nattbordet til Steinar, med jaktbladene og den bråkete vekkerklokka og en skrunøkkel som har forvillet seg ut av verktøykassa borte i redskapsskuret. Hun kunne ha vist frem klesskapet også, om det var det om å gjøre. Hun har ikke noe å skjule. Ikke på den måten.

Etter å ha inspisert rommet som en offiser, gir Joachim seg til å tegne det opp på en skriveplate han har tatt med seg fra kofferten, og setter et fast og bestemt kryss med gullpennen sin på det som skal forestille veggen over dobbeltsengen.

– Her bør betjeningspanelet nærmere bestemt monteres. Da skal det bare en liten håndbevegelse til fra en av dere, og så er hjelpen nær.

– Når du sier det, så, sier hun andektig. Hun står tett oppi ham. Han lukter godt. Dunjakken gnisser gresshoppeaktig av gullpennens vandringer på det hvite arket. Hendene hans ser ubrukte ut. Hun får lyst til å kna dem som en bolledeig. Det er som om hun hardner til. Som om hun blir så kraftfull at hun ikke bare kunne ha holdt gullpennen selv med alt det ansvaret det innebærer, men fått hele sikkerhetsleverandøren til å heve seg fra gulvet.

Så husvarm som han er blitt, er det ikke lenger så farlig å la ham se det lite presentable kjøkkenet. Da hun sier at det er her hun tilbringer det meste av dagtiden sin, tilrår han at det settes opp et betjeningspanel her også. For de fleste innbrudd i bolighus foregår faktisk på høylys dag, understreker han.

Og så var det alarmsentralen. Den som binder hele den sinnrike elektronikken sammen. Hvis ulykken skulle være ute og skurker romsterer i huset, er det om å gjøre å unngå at de får deaktivert alarmen. Gangen er for opplagt. Kanskje stua?

Han fører an tilbake inn dit, stanser opp ved velursofaen og ser at åkleet halvmeteren over sofaryggen henger på skjeve slik at snippen av et hulrom kommer til syne.

– Perfekt! utbryter han begeistret da han har gjort snippen større.

Hulrommet er Steinar sitt verk. Det var han og noen kompiser som bygde huset, fra grunnmuren til pipa. Og på denne bæreveggen fikk han det for seg at det skulle være en åpning med skyvedør i veggen inn til kjøkkenet, en finesse han hadde sett i en TV-serie som gikk på den tiden, «Familien Ashton». I denne serien fra krigens England serverte kona i huset til stadighet varmretter og andre godbiter tvers gjennom veggen, og en sånn smart og tidsbesparende innretning satte Steinar seg i hodet at han ville kopiere. Men han var jo brøytemann og ikke fulllært snekker, så det skjedde en glipp. Åpningen ble forskrekkelig feilplassert i forhold til kjøkkeninnredningen, og det var så mye annet ved husbyggingen som trakk at han ikke helt fikk tettet hullet etter seg. Det ble stående igjen et rektangulært lite gap som de har dekket til med dette fargerike åkleet Steinar prutet seg til på rørosmartnan for mange herrens år siden – et gap Joachim nå gledesstrålende biter seg merke i som særdeles velegnet for en så vel diskré som hensiktsmessig plassering av alarmsentralen.

Hun gleder seg med ham. Holder seg så nær ham at luktesansen hennes arbeider på høygir. Dunjakken er myk og god. Som en kløvereng ved sankthans.

– Ja, du vil kanskje opp trappa også før du gir deg? sier hun kattemalende.

– Det hadde vært en fordel, ja. Kjeller har dere ikke, så jeg, så det punktet kan vi stryke. Men først var det dette med bevegelsesdetektorene ...

Det bærer ut i gangen igjen, der han legger pannen i tenksomme folder til han kan sette et nytt kryss med gullpennen.

– Her vil jeg ha røykdetektoren også, et par meter fra kjøkkendøren ... Jeg kan ikke se at dere har noen fra før, sier han mildt bebreidende.

– Nei, mannen min sier at det ikke er nødvendig. At han er varsler god nok.

Joachim kan ikke dy seg for å himle med øynene over det han må se på som grov uforstand. Hun himler tilbake, skjelmsk. Nå er de på lag, tenker hun. To mot én. Den tallkombinasjonen kan komme til å forandre seg, men akkurat nå, her ved foten av trappen, er de to mot én.

Han går først opp. Hun liker å ha ham foran seg. Den lange, slanke kroppen. Se den svarte jeansen skrukke seg til og glatte seg ut av det spenstige fotarbeidet hans. Selv puster hun tungt. Men ikke så tungt som hun ville ha trodd. Det er som om hun er på parti med Joachim her også. Et treningsparti. Friskis og svettis, som det står oppslag om på kjøpesenteret.

Gangen oppe er lang og smal, går i hele husets lengde. Joachim har allerede tegnet inn et kryss for en røykdetektor til da hun kan ta seg en liten hvil. Bevegelsesdetektoren vil han ha satt opp borte ved det østre vinduet, av den betenkelige grunn at det har enkelt glass og hasper som sitter faretruende løst, og fordi han har sett at den uttrekkbare aluminiumsstigen henger rett under det.

– Dette vinduet kan selv et småbarn ta seg inn gjennom. Og stigen viser vei, så å si. Så her må det settes inn strakstiltak. Det er ikke tvil i min sjel.

– Da er det ikke tvil i min sjel heller, sier hun, står klistret til ham igjen. Føler seg som et frimerke. På verdipost. En verdipost hun skal sende ut til Steinar. Ja, nå har hun det. Hun har ikke alt, men hun har nok til å vite at noen skal følge i hans grassat store fotspor før marsmørket faller på, og at det ikke vil bli henne. Hun er der hun skal være. I sentrum av begivenhetene. Og som deres styrende hånd. Noe hun aldri før har vært.

Doen her oppe bryr ikke Joachim seg med, slik han ikke brydde seg med badet og spiskammerset nede. Det forlatte soveværelset hopper han også bukk over. Men det er et forlatt soveværelse til, og det er det mening i å la ham se – Joachim som vel må være på alder med Dag Ove. Enebarnet deres som er skallet og nyskilt, men bor råflott ute på Tjuvholmen i Oslo og livnærer seg av å rettlede folk om hvordan det de har på kistebunnen skal få bein å gå på. Dag Ove var tidlig opptatt av penger. Han samlet seg en hel bøling av sparegrisene fra sparebanken på kommoden sin. Han solgte den første sykkelen sin videre med solid fortjeneste. Og den første motorsykkelen. Siden har det gått både opp og ned. Men mest opp. Hjemom har han ikke vært på år og dag, og når han en sjelden gang ringer, er det Steinar han vil snakke med, og da snakker de pengesnakk så hun blir helt ør i hodet av å tyvlytte på dem.

Rommet hans står slik han etterlot det. Sovesofaen. Skrivepulten. Modellflyene. Cowboybøkene. Alle sparegrisene er tomme. Hun er like tom. Som mor. Hun har mistet Dag Ove. Uten å ha hatt ham. Du er dum som et brød, du, var det første han sa til henne da han hadde lært seg å snakke rent. Han tok kanskje etter Steinar. Og den hermingen holder han på med fremdeles.

Hun må sette seg på sengen for å minske det stikkende ekkoet av hånsordene. Dette sengeteppet er gulrutete. Det er god svikt i madrassfjærene. Tar hun i, er det nesten som å sitte på en huske. Hun klapper Joachim ned til seg. Han smiler brydd, men den sjenansen jager motsmilet hennes på dør.

– Ja, det er kanskje sønnen i huset som holder til her? spør han med skriveplaten på låret.

– Ikke nå lenger. Nå er det du som holder til her.

– Gjør jeg det? Hvordan tenker du da?

Dunjakken hans gnisser ubekvemt. Hun gnisser beroligende tilbake. Husker hardere. Ser den siste solrødmen skli av skråvinduet som rennende kaviar.

– Det jeg ville si, er at Dag Ove, sønnen vår, han er borte, han.

– Borte?

– Det er den veien det går, ja. Med oss alle. Men noen må gå først ...

Hun legger hånden på Joachims ledige lår. Han blunker, som om han har fått rusk på øyet. Hun bare smiler. Hun er blitt storsmileren av dem. Alle smilene han har spandert på henne, og alle de han har på lager til andre kunder, er blitt hennes eiendom. Sikkerhetsløsningen går fullt og helt opp for henne nå. Skrevet med Joachims kostbare penn. Som en gullskriftens regnbue over huset og Svartsjøen og Elgodden og Steinar og alt som ellers har utgjort hennes verden – den verdenen hun må legge i grus for at en ny skal kunne stige frem.

Han kremter, løfter skriveplaten og pendler med den som for å avkjøle seg.

– Ja, det ble kanskje litt trykkende her, sier hun og lar låret hans få fri. – Vi får vel gå nedenunder igjen.

– Vi får vel det, sier han lettet.

Nede i gangen prikker pennen mot en stiplet linje nederst på arket han har bladd om til.

– Men da har vi en deal da, frue, om at dere tegner dere for en grunnpakke slik at dere kan ha bekymringsløse dager og netter, og da skal jeg i denne omgang ikke ha noe annet av deg enn en underskrift.

– Nja, sier hun og drar på det. – Vi har nok en ... deal, som du sier, men det er mannen min som har siste ord. Du er nødt til å snakke med ham.

– Åh? Er jeg det?

Skuffelsen får luften til å gå ut av Joachim. Det er som å se en forvokst badeleke punktere.

– Men du skal ikke fortvile. Han er ikke langt borte. Sitter og fisker ute på vannet nedenfor her.

– Men da kan jeg vel kanskje bare ringe ham?

– Hadde det bare vært så lettvint. Men Steinar har ikke mobilen med seg. Vil ikke uroes når han går etter storgjedda. Fisketida er hellig for ham.

Joachims skriveplate faller motløst ned langs siden.

– Men hva sier du nå? Sier du at han er helt utilgjengelig?

– Nei, nei, jeg sier bare at skal han uroes, så må det gjøres ved ... personlig oppmøte. Og det må være så viktig som det kan få blitt. Og det er det jo i dette tilfellet. For det er ikke noe jeg heller vil enn å bli sikker. Sikker som banken. Så du må gå ut til ham. Du ser ham når du runder hushjørnet. Si det du har sagt til meg. Si at jeg er villig til å bekoste hele greia. Da smelter Steinar. Da er den underskriften i boks.

Joachim klør seg på haken.

– Vel, da får jeg ta turen ut på isen, selv om det blir en ekstrarunde på en travel dag.

– Den ekstrarunden blir liten, den. Kom, så skal du få se.

Hun stikker føttene i de fôrede gummistøvlene sine og går med korslagte armer ut på tunet til hun har ubeskåret utsyn over Svartsjøen. Solen er nede og nysnøen har fått skorpe. Joachim trekker opp glidelåsen på dunjakken, tar på seg hansker som står til støvlene, ser lengselsfullt på bilen sin og griner litt på nesa da fioløynene hans må fortsette glideflukten til de treffer Steinars sammenkrøkede skikkelse.

Han har gitt seg på det gamle hullet sitt, boret et som

er enda nærmere elveoset enn det første. Han tar sjanser. Det har han alltid gjort. Alt for et prima fiske, er mottoet hans. Nå skal Joachim få det som motto også.

– Ja, da går jeg da, sier han og hufser på seg. – Men kunne du gjøre meg den tjeneste å sette på varmeapparatet i bilen slik at det blir en god lunk til jeg kommer tilbake? Er litt frossen av meg. Du behøver ikke å la motoren gå. Vi er jo miljøvennlige, er vi ikke? Her har du tenningsnøkkelen.

Nøkkelfestet er utsmykket med en løve så vidt hun kan se. Opp som en løve, ned som en skinnfell. Sånn går ordtaket. Men for henne er det stikk motsatt. Ned som en skinnfell og opp som en løve, er hennes himmelretning.

Mens Joachim rusler nedover bakkehellingen mot båthuset der Steinar har Terhi-en sin og en to og en halv hesters Tohatsu og alle garnene han støvsuger Svartsjøen med i den isfrie sesongen, lar hun tenningsnøkkelen sprette ut av nøkkelfestet som en stutt og riflete springkniv, lener seg inn i Joachims Peugeot og skrur varmeapparatet på fullt. Så skynder hun seg inn i huset. Det er som om gikten glir av henne, som om den bare har vært det ytre hudlaget hennes.

Inne på kjøkkenet henter hun kikkerten ned fra krydderhylla, en nett liten sak hun kjøpte på postordre fordi Steinar laget et lureleven uten like da han en dag knep henne i å bruke jaktkikkerten hans. Hun har godt syn, brillene hennes er bare til pynt, men det skumrer, og dette vil hun få med seg hver smitt og smule av.

Hun stiller skarpt, ser at Joachim er kommet halvveis

ut til Steinar. Han sitter slik han har sittet hele dagen – bortvendt, med nesa mot Elgodden. Og så brei som han er over ryggen, vil ikke Joachim kunne beskylde henne for å fare med løgn, men bevare bare gode minner om henne.

Steinar svarer etter det tredje pipet.

– Hvorfor i heiteste helvete plager du meg? Jeg kommer når jeg kommer. Kan du ikke få det inn i pappskallen din?

Tørr i munnen holder hun telefonen ut fra øret. Så graver hun frem spytt og blir taleør. Dette har hun hørt seg lei på. Dette er hun blitt immun mot.

– Han kommer, Steinar. Ta deg i vare!
– Kommer? Hvem kommer? Hva babler du om?
– Bak deg. Han brøt seg inn og bandt meg til stolen. Har båret alt sølvtøyet vårt ut i bilen, har vært i skatollet ditt også og brutt det opp, men er ikke fornøyd, og det var da han fikk presset meg til å si at du alltid går med store sedler på deg. Så du må ta ham, Steinar. Før han tar deg.

– Ro deg ned, kjerring, ro deg ned. Er han bevæpnet?
– Bare med skrunøkkelen han tok fra nattbordet ditt, tror jeg. Men vet ikke helt. Han ga meg et kakk i bakhodet så jeg er helt susete. Så hjelp meg, Steinar. Og hjelp deg sjøl. Denne knipa er det bare du som kan få oss ut av, trøste og bære ...

Hun tuter nå. Som til utgang, tenker hun. Et kirkeorgel som spiller bare falske toner. Men Steinar har alltid vært tonedøv. Hun setter kikkerten til øynene igjen. Steinar sitter like bortvendt, men hun kan se at han pirker til seg isboret med venstrefoten. Joachim går langbeint mot ham. To sjiraffskritt til, så er han fremme.

Det blir et ublidt møte. Steinar kaster fra seg pilkestikken, bråsnur så sekkestolen klapper sammen og legger seg delvis over hullet, og langer ut etter Joachim med isboret, uten å treffe helt. Boret skrenser bare Joachims dunete skulder, men kraftig nok til at han blir vindskeiv og holder seg til skulderen og rygger det han er kar om. Steinar setter etter, med boret holdt høyt. Gjennom kikkertens krystallklare forstørrelsesglass kan hun se hvordan han snurper munnen sammen i en hatefull geip. Hun har fått trukket ham opp, konstaterer hun. Han skyr ingenting. Slik han aldri har skydd noe når han har hatt henne som hoggestabbe.

Boret faller igjen, men nå bruker Steinar det som stikkvåpen. Støter mot magen. Men Joachim er blitt en sprellemann som i desperat selvforsvar unnviker angrepet og får bøyd boret til side slik at det stryker forbi hofteskålen hans i en nedadrettet bue mot den snødekte isen.

Så barker de to mennene sammen. Steinar får inn et knyttneveslag. Joachim får inn en albue, så skinnlua fyker av Steinar. Det blir brytekamp. De driver hverandre rundt i ring på isen, rundt boret, rundt klappstolen og hullet. Da det lykkes Steinar å komme seg klar av Joachim, gir han ham et kne i skrittet så Joachim segner sammen og i tillegg må tåle et hestespark fra Steinars vernestøvel.

Hun har vondt av ham, denne svenske smukkasen. Hun har hatt vondt av ham helt siden hun fikk ham ut på isen. Men hun måtte sette han og Steinar opp mot hverandre.

I kikkerten er det som om hun målstyrer dem. Innøvde trekk – er det ikke det de sier i fotball? Nå følger slåsskjempene alle hennes innøvde trekk til fingerspissene. Det er som om de ikke kan trå feil. De hisser hverandre opp til de er som ville dyr.

Joachim er laget av et seigt stoff. Han karer seg opp igjen, og blir en rasende rambukk mot Steinar så han ramler på rumpa med alle de 110 kiloene sine, og det er da isen setter inn nådestøtet. De er langt inne ved elveosen nå. Hun kan se elva velte seg våryr ut under isen. Så ser hun de knoppskytende sprekkdannelsene. Isen som går i tusen knas, det faste dekket som trekkes bort under Steinar først, og så Joachim, til det er blitt en sagtakket, åpen kulp av snø- og isgrumsete vannmasser.

De denger ikke lenger løs på hverandre. Veiver panisk med armene hver på sitt hold. Joachim prøver å baske seg mot iskanten, og klarer det også, tar et krafttak for å ake seg opp som en sel. Men isen er bare råttenskapen, brister under ham som flatbrød, og ikke lenge etter er Steinar der og drar ham til seg. De går i klinsj enda en gang, men slappere og slappere, som om det bare er bomull i Joachims hansker og i Steinars strikkevanter.

Langsomt velter Joachim over på magen og slår kul på seg. Det bringebærrøde blir en liten bakkekam. Steinar blir også liggende med ansiktet ned og med luftlommer i termodressen – som to vablete tøystykker siger de sakte sammen til et lappeteppe mellom de oppbrutte isflakene som gynger litt av den utgående strømmen.

Da hun senker kikkerten, har skumringen tatt til seg de druknede, men det brenner et lite bluss over Svartsjøen. Kanskje den første stjernen. Hun skjenker seg en dram fra Steinars blanke flaske i kråskapet i stua og skåler med himmelblusset. Det har vært et mannefall, men hun har berget livet. Hvert slag og spark Steinar ga Joachim, har han gitt henne, ganget med et tall så høyt at hun ikke har fantasi til å fastsette det. Hun måtte se mishandlingen på Joachim for å kunne se den på seg selv. Så sterk lut måtte det til.

Hun er som snarest oppe på Dag Oves rom og skramler sammen de tomme sparegrisene. Stiller dem opp på kjøkkenbordet. Leter frem kjøttklubba i skuffen og pulveriserer dem. Hun skjærer seg ikke på småbitene selv om hun samler dem i hendene og lar dem drysse ut over bordet som et glassperlespill. Det er som om hun ikke kan blø. Eller få flere blåmerker. Som om hun er blitt usårlig. Selv om hun er pengelens.

Det er også noe hun har fornektet. At pengesnakket til Steinar og Dag Ove lot henne stå ribbet tilbake. Tippekupongene til Steinar var bare småtterier – det var på nettet han tråkket skikkelig til, i partnerskap med Dag Ove. De tapte så det sto etter. Tapte så ettertrykkelig at de endevendte portemoneen hennes. Tappet kontoen hennes. Tok fra henne alt hun eide og hadde. Hun måtte gå tiggergang til Steinar for hvert minste klesplagg. Kikkerten som har vært henne så kjærkommen, var et lån fra postmannen. Det var far og sønn som drev henne inn i det skuespilleriet som gjorde henne uføretrygdet, slik at de kunne ha henne som hardt tiltrengt inntektskilde. Og hun har oppført seg deretter. Du blir det du tror du er. Hvis ingen forteller deg noe annet. Steinar fortalte henne bare på tørre nevene.

Men det verste er det han gjorde med henne over tid. Slagene sto ikke på så lenge. Det gjorde alt det andre. Nedrakkingen, ydmykelsene. Det varte og det rakk med dem. En hel evighet der munnen hennes var sydd igjen, og øynene også. Å ta alle stingene er å bli medvirkende til mord, vil noen kanskje si, hvis de hadde visst det hun vet. Men den mulige avisoverskriften vil ikke feste seg i henne. Hun føler det som om noen har myrdet henne. Nå har hun gjenoppstått. Som et eneste stort vårtegn.

Det tar hun seg en dram til på. Så reiser hun seg så besluttsomt at kjøkkenstolen braker i gulvet bak henne og går lett på tå, nesten som en ballerina, over korkflisene og ut i Joachims oppvarmede bil. Hun har drukket. Hun har ikke sertifikat. Hun skal bare sitte der til batteriet er flatt og hun kan melde mannfolka savnet. Når Steinar er i jorda, skal hun selge huset og innkassere livsforsikringen hans og finne seg et varmere land, med en sjø som kan speile henne bedre enn det Svartsjøen har gjort.

FATALE RINGER

Av Arild Rypdal

Del 1. Makabert funn.

DET VAR FØRSTE PÅSKEDAG. En dag preget av stillhet og fred. I fjellet fantes det riktignok de som måtte ut og utfordre naturen også denne litt tunge gråværsdagen, men i byen fantes ikke et snøfnugg og folk spaserte rolig langs Borgundveien og nikket til bekjente.

Inntrykket er at alle har fri. Merkelig nok er det mange som tror det, til tross for at de ser samfunnsmaskineriet male ufortrødent videre. Busser, tog og fly går som vanlig. Det er program i kopekassen. I avisredaksjonene lyser det hele natten.

Så også i Atlanterhavsparken. Riktignok var den stengt for publikum hele påsken, men det betydde ikke at den var forlatt uten tilsyn. Bak glassene er en verden uten påske eller årstider i det hele tatt. Fisken må mates, det tekniske anlegget må overvåkes. Temperatur, sirkulasjon, saltgehalt, forurensing og andre variabler må holdes innen snevre grenser. Sjefen, direktør Einarsen, var ikke en som så noe poeng i å jage etter den siste snøen opp i øde og frosne norske fjell. Han foretrakk fiskene sine og var hjemme og stelte dem selv hele påsken. Men denne dødsstille dagen der ute på Tueneset skulle bli annerledes. Det fjetrende synet som møtte ham i den store havtanken fikk ham til å stivne. Stillheten ble brutt av at hørselen plutselig forsterket selv den svakeste lyd. Fjerne pumper og nesten uhørbare bobler ble til en dur og et brus som fikk ham til å holde seg for ørene. Holdt han på å besvime?

Innenfor glasset fløt en naken kvinne. Hun lot til å være vektløs i vannet. En halv meter over bunnen, og omgitt av nysgjerrige fisker som så ut som om de snuste på henne. Det lange, lyse håret hennes var løst og sto som en sky i vannet rundt henne.

Einarsen tok seg plutselig sammen. Han løp ut og rundt til innhegningen og låste seg inn. Med en lang håv fikk han tak i hodet hennes og fikk henne til å flyte langsomt opp så han fikk tak i henne og fikk ansiktet over vann. Det var straks klart for ham at det ikke var noe håp. Hun var iskald. Hun måtte ha vært død lenge. Ansiktet hadde et fredelig og avslappet uttrykk. Hun kunne være omkring førti.

Politiet! Han var lettet over at han kom på det så fort. Glad for at han ikke satte i gang med noe som kunne ødelegge spor. Her var så allikevel ikke noe å gjøre. Han lot henne ligge i vannet og skyndte seg ned på kontoret for å ringe. 112. Politivakten.

De kom etter bare noen minutter. En mann og en kvinne i en uniformert politibil. Einarsen ble nesten omgående frustrert. De to var fra ordensavdelingen, og de kastet bare et blikk på den nakne kvinnekroppen før de satte i gang å forhøre ham. De noterte personalia og spurte om hans bevegelser som om han skulle være mistenkt for noe. Så snakket de på radio med vaktsentralen. Han hørte dem si at dette nok var en sak for kriminalavdelingen. Ingen etterforskere var inne. De fikk beskjed om å sperre av området med sperrebånd.

Det ble en lang formiddag. For Einarsen føltes den evig. Det blir gjerne slik etter en så sjokkartet opplevelse. Man får inntrykk av at det er et desperat hastverk med å komme videre. Etter hvert falt han imidlertid til ro og skjønte at det ikke var noe som hastet. Ut på dagen kom det litt etter litt mer orden i det som skjedde. Kåre Hanken, sjefen for kriminalavsnittet, kom til stedet. Sammen med sine teknikere begynte han en systematisk åstedsgranskning. Det ble fort klart at noen hadde klippet hull i nettinggjerdet som omga havtanken utendørs. Hullet var etterpå sydd sammen igjen med galvanisert streng. Derfra og ned til sjøen var det mest fjell, men det var likevel et og annet fotspor der hvor det var torv eller gress. Noen hadde gått der og satt tydelige spor med støvler med grovt mønster.

En av teknikerne kom med et gipsavtrykk han hadde

laget. «Nye støvler,» mente han. «Helt skarpt mønster. Og han har båret noe tungt. Det var dype spor.»

Hanken nikket betenkt. «Vi må altså tro at hun er båret opp fra sjøen. Han har tatt seg tid til å klippe hull i nettingen og reparere det igjen etter seg. En kald fisk.»

«Men hvorfor?» spurte teknikeren. «Han kunne bare ha dumpet henne i sjøen. Hvorfor alt dette med å dumpe henne her i denne tanken?»

Hanken ristet på hodet. «Ja, den som visste det ...»

«For å sjokkere ... Få førstesidene?» gjettet teknikeren.

Hanken svarte ikke, han bare sukket. «Vi må finne ut hvem hun er,» sa han.

Inne var en lege og en kriminaltekniker i sving med en foreløpig undersøkelse av den omkomne. Hun lå på en båre, og Einarsen kretset nervøst i bakgrunnen. Han ønsket at de måtte bli fort ferdige og få liket transportert til et mer passende sted.

Hanken kom til. «Noen funn?» spurte han kort.

Legen reiste seg hoderystende. «Ingenting. Hun har ikke noe på seg, hverken smykker, ur eller noe. Tennene er middels bra. Det virker som om hun har hatt en eldre tannlege. Litt store og klumpete fyllinger.»

«Dødsårsak?» spurte Hanken.

Igjen ristet legen på hodet. «Hun må obduseres. Det er ingen ytre tegn på vold. Alt jeg kan si, er at hun ikke hadde sjø i lungene.»

En annen politimann kom til. Han hadde et plastnett fullt av små, gjennomsiktige plastposer. Hanken kikket så vidt i det. Sneiper, flaskekorker, en rusten nøkkel. «Ingen klær,» forklarte politimannen. Vi har gått over hele området, det finnes ikke en fille. Hun ble brakt hit naken.»

«OK,» Hanken bestemte seg. «Vi sender henne til Gades Institutt i Bergen. Først vil jeg imidlertid ha et portrett. Hun ser avslappet og normal ut, så et bilde vil hjelpe til med identifiseringen. Og du ...» Han så på en kvinnelig konstabel, «setter i gang straks du er tilbake på kontoret og skaffer en oversikt over savnede personer. Det er vel den veien vi kan komme på sporet av hvem hun er.»

Hanken ruslet tilbake og kikket inn i den store tanken. Fiskene svømte rolig omkring. Ingenting tydet på at det var noe uvanlig. Einarsen kom og ble stående ved siden av ham.

«Alle fiskene har navn,» forklarte han. «Vi kjenner dem, og de kjenner oss. De må ha blitt skremt da det kom fremmede.»

«Jeg har hørt at dere bruker dykkere til å mate dem?» spurte Hanken.

Einarsen nikket. «Mest som en publikumsgimmick, men med noen fisker kan det være nødvendig å tilvenne dem miljøet ved å gi dem mat direkte i munnen.»

«Behøver dere å gjøre det i dag?» spurte Hanken. «Du skjønner, jeg vil helst at de første dykkerne her nå skal være våre politifolk. Jeg vil ikke ha sandbunnen forstyrret. Kanskje kan det være mistet noe der.»

«Vel, det er greit,» sa Einarsen med et skuldertrekk. «Vi kan gi dem mat fra overflaten noen dager.»

Neste dag hadde etterforskningsstaben et koordineringsmøte. Hanken var misfornøyd. Det lå i luften at de måtte be om Kripos-bistand. Utilstrekkelighet, inkompetanse ... Det var alltid en ubehagelig bismak av den slags ved å be om slik hjelp. Ingen savnede passet til beskrivelsen av liket de hadde funnet. Området ved Atlanterhavsparken var finkjemmet og alle funn nøye gransket og registrert. Det var ikke funnet noe annet enn slikt som vanlige folk kunne ha slengt fra seg. Det eneste var den rustne nøkkelen, og den var gammel. Den hadde neppe noe med saken å gjøre. Støvelsporene var det eneste konkrete.

«Var det spor etter at noen hadde vært inntil der med båt?» spurte Hanken.

En av åstedsgranskerne ristet på hodet. «Vi undersøkte hver millimeter. Ingen riper eller spor i fjellet. Og det var mye sandbunn og grus like inntil svaberget. En kjøl ville satt merker. Hvis det var en båt, må det ha vært en oppblåsbar gummibåt. Men å frakte et nakent lik åpenlyst i en sånn ville vært galskap.»

Hanken slo frustrert ut med hånden. «Alt vi har, er det støvelsporet. Er alle støvler tilhørende personalet ved Atlanterhavsparken sjekket ut?»

«Ja. De hadde dem samlet i personalgarderoben. Ingen av dem passet.»

«Vel, da blir det neste at dere tar med avstøpningen rundt til alle byens skoforretninger. Finn ut hvilken type eller fabrikat det er snakk om. Størrelsen. Og selvfølgelig, hvis personalet husker noen som har kjøpt slike i det siste, så vil vi ha navnet.»

En mann fra vaktrommet sto plutselig i døren. Han hadde et papir. «Faks til deg,» sa han og rakte det til Hanken.

Hanken myste mot papiret. Det var en foreløpig rapport fra Gades Institutt. Ikke drukning, legen hadde hatt rett i det. Dødsårsak før toksikologisk undersøkelse: hjertestans.

Hanken kremtet irritert og ristet på hodet. «Alle som er døde har hjertestans,» protesterte han selv om der ikke var noen å protestere til. «Det forklarer ingenting.»

Neste dag var de like langt. Ingen nye savnetmeldinger. Det ble mer og mer klart at uten identiteten kunne de ikke komme videre. Hanken myste mot portrettet politifotografen hadde laget av den døde kvinnen like før hun ble fløyet til Bergen. Det var ikke noe frastøtende bilde. For å være sikker, tok han det med ut i resepsjonen og viste det til damene der.

«Hva slår dere ved dette bildet?» spurte han.

De studerte det i tur og orden. «Fraværende blikk,» var det en som foreslo.

«Slapp kjeve,» sa en annen. «Hun ser ut som om hun har tannverk.»

«Så ingen av dere finner bildet makabert?» spurte Hanken.

De forsto ikke hva han mente. Neste dag sto bildet i avisen. Det var en etterlysning, men det var behendig underslått at bildet var tatt etter at den etterlyste var død. Likfunnet ble riktignok et stort oppslag fra første dag, og nå var det spørsmål om å finne noen som kunne hjelpe til å identifisere liket. Heldigvis hadde man et bilde. Hankens innvalgnummer ble oppgitt.

Det førte ikke til noen telefonstorm. Faktisk ringte ingen.

Derimot dukket det opp en forsiktig og diskré herre som ba om å få snakke med politimesteren personlig. Det var Finn Ruud, en forretningsadvokat som hadde gjort seg mest bemerket ved sine stadige feider med ligningskontoret om begreper som skattesnyteri kontra såkalt kreativ bokføring.

Karoliussen var forundret. Hva ville mannen?

Den lille advokaten satt foran politimesterens skrivebord og krympet seg. Karoliussen forholdt seg rolig avventende.

«Advokater har som kjent taushetsplikt,» begynte mannen forsiktig. «Det er strenge etiske rammer ...»

«Takk, jeg vet det,» bet Karoliussen ham av. «Jeg er selv jurist.»

«Ja visst, ja visst,» sa Ruud nervøst. «Men visse unntak må det likevel finnes. Det er derfor jeg kommer til Dem.» Han tok frem et avisutklipp. Det var portrettet Hanken hadde fått avisen til å trykke. «Som for eksempel hvis jeg vet hvem denne damen er, vil det da være et brudd med juridisk etikk å nevne hennes navn for politiet?»

Karoliussen smilte. «Det vil det ikke være, og hva mere er, det vil være Deres plikt å bistå politiet med alt De vet.»

«Ikke alt,» sa Ruud straks og ristet svakt på hodet. «Hun var tross alt klient. Det forholdet kan jeg ikke gå inn på.

Men jeg kan si at hun heter Katerina Orlikova og er fra Murmansk.»

Han reiste seg.

«Vent litt nå,» protesterte Karoliussen raskt. «Hun er død. Det stiller taushetsplikten i et annet lys. Hva gjaldt klientforholdet? Hva ville hun? Hvor lenge har hun vært her?»

Ruud gikk mot døren. «Klientforholdet kan jeg ikke gå inn på, selv om hun er død. Hun var ikke alene klient i denne saken.» Han lukket seg fort ut.

Karoliussen rynket pannen. En advokat kan ikke representere mer enn én part i en sak, så det betydde at den gjenværende klienten måtte være på samme side i saken som Katerina Orlikova. Med andre ord, hvis dette var et mord, kunne den andre klienten også være i fare.

Karoliussen forsto også at Ruud hadde kommet og identifisert kvinnen bare for å redde sitt eget skinn. Han ville ha ryggen fri den dagen det ble oppdaget at den døde var hans klient. Og videre: Ruud visste at hun var død uten at det hadde stått i avisen. Hadde han lagt to og to sammen, eller hadde han andre kilder?

Del 2. Telefon fra Murmansk.

Hanken ventet spent på rapport fra mannen som hadde reist til Murmansk. Det hastet, for etterforskningen kunne ikke komme videre før de visste noe om Katerina Orlikova og hva som knyttet henne til Ålesund og en tvilsom forretningsadvokat der.

At de burde ha gått den offisielle veien og kontaktet det russiske politiet, visste han godt. Men han visste også at det ville ta lang tid og innebære stor fare for at det hele kjørte seg fast i byråkrati. Derfor hadde han valgt å la en av sine etterforskere reise dit som sivil turist. Det sparte også ventetid på visum. Som norsk turist med katamaranen fra Kirkenes var visum bare en rask formalitet på billettkontoret.

Hanken hadde valgt Anton Furuset, ikke bare fordi han var en sindig og ettertenksom etterforsker med en velutviklet skepsis til slikt som å fokusere på såkalte hovedspor, men også fordi Furuset kunne noen ord russisk. Men det tok to dager før Furuset lot høre fra seg.

«Jeg er tilbake i Kirkenes,» forklarte han fort. «I Murmansk var det tre dagers ventetid på å få en telefon til Norge, dessuten tror jeg de forventet å bli bestukket.»

«Ja vel,» sa Hanken utålmodig. «Fant du ut noe om denne damen?»

«Etter hvert, ja. Adressen var det vanskeligste. Jeg kunne jo ikke gå til politiet eller andre myndigheter, men fant etter hvert ut at postverket hadde et personregister med adresser. En hundrelapp glattet den veien. Hun var enslig og delte en liten leilighet med en annen enslig kvinne. En av disse nedslitte små leilighetene i stalintidens kjempeblokker. Begge disse kvinnene var sykepleiere og jobbet ved et marinehospital. Det var smått med lønn, de levde på sultegrensen.»

«Men forbindelsen til Norge og Ålesund?» spurte Hanken utålmodig.

«Jo, der kunne samboeren bidra med noe vesentlig.» Furuset tok seg tid før han slapp bomben. «Hun dro frem en gammel avis. Gazeta. En liten enspaltet annonse etterlyste mulige etterkommere av Richard Storholm fra Ålesund. Det ville lønne seg for dem å gi seg til kjenne via en postboks i Ålesund.»

Hanken plystret. «Og den svarte hun på?»

«Riktig. Ifølge samboeren sendte hun et postkort hvor hun fortalte at Richard Storholm var hennes bestefar og at han ble deportert av chekaen som fange og klassefiende på slutten av tyvetallet. Ingen vet hvor han ble av. Kort tid etter at hun sendte det kortet, kom det reisepenger fra Norge. En mann skrev at han ville sørge for at hun ble rik. Brevet tok hun med, så navnet mangler jeg.»

«Flott!» utbrøt Hanken. «Nå har vi mye å nøste på her. Du har gjort en god jobb. Nå kan du bare komme hjem.»

Hanken lot ikke gresset gro, han satte hele avdelingen i gang med å kartlegge alle forhold omkring Richard Storholm og postboksnummeret. Han kunngjorde at det ville bli nytt møte samme ettermiddag.

Det ble en travel dag. Etterforskerne hang i telefonen hele tiden. Noen var i folkeregisteret, andre grov i kirkebøker. En vanskelighet var at man måtte forsøke å holde det hele hemmelig. Man visste ikke hva man hadde med å gjøre, og fantes det en gjerningsmann, måtte han ikke bli advart.

Da de endelig var klare til å holde møtet, hadde de

mer informasjon enn de i første omgang greide å systematisere. Hanken ga først ordet til Fru Pirke, som hun ble kalt bak sin rygg. Hun het egentlig Birke og var av dansk avstamning.

«Familien Storholm er kjent i byen,» begynte hun. «Far til denne Richard og hans bror Gunnar etterlot seg en fiskebåt. Det var en av de første dampdrevne ringnotsnurperne. Den var med og revolusjonerte sildefisket. Richard og Gunnar ble rike. De startet selskapet Brødrene Storholm og kjøpte flere båter. Det ble mere sild enn markedet her kunne ta unna. Så delte de på virksomheten. Gunnar tok seg av båtene og fisket, Richard markedsføringen. Han skaffet markeder i Sverige, Tyskland og Holland. Eksportselskapet het Møre Herring og eksisterer fortsatt som en stor aktør i fiskeeksport. Men på den tiden gikk det galt for Richard. Han mente at Russland måtte være et enormt marked, og der meldte avisene om hungersnød. Han hadde hørt om pomorhandelen og bestemte seg for å opprette et fiskemottak i Murmansk, hvor hele Russland kunne nås via den nye jernbaneforbindelsen. Men det ville ta tid, for han ville måtte lære seg russisk. Så reiste han altså til Murmansk på det galest tenkelige tidspunkt, mot slutten av første verdenskrig. I 1918 oppdaget han at han var fange av et system, hjemreise var umulig. Lenin hadde stengt av landet. Detaljene deretter vet vi foreløpig lite om, men han må jo ha stiftet familie ettersom det nå opptrer et barnebarn her.»

Hanken nikket. «Bra, men hva med Gunnar og hans

etterkommere, er det de Storholm-bedriftene vi ser rundt oss i dag?»

Pirke nikket. «Ja. Det er Brødrene Storholm, altså rederiet. Det er stort nå. Ikke bare fabrikkskip, men også supply. Det eies av Geir Storholm, tredje generasjon. Så er det Møre Herring, som har en stor flåte kjølebiler og kjører over hele Europa. Det eies av Inger Storholm, som nå er gift Bakke. Den tredje grenen er en kjede av fiskemottak og fryserier som strekker seg fra Bergen til Lofoten. Det er den yngste broren, Petter. Som dere vet, heter kjeden Petterfisk. Men,» Pirke holdt frem en advarende pekefinger, «her er det viktig å merke seg at det var en betydelig aldersforskjell mellom Richard og Gunnar. Gunnar var en attpåklatt. Den generasjonen Storholm vi har her nå, er ikke hverken søskenbarn eller tremenninger med Richard Storholms barnebarn fra Russland. Jeg vet ikke hva jeg skal kalle det slektskapsforholdet, men hun er datter av deres søskenbarn.»

Hanken så bister ut. Dette var å stikke hånden i et vepsebol. Mektige folk. Pengenes rå makt var til å ta og føle på når det ble snakk om milliarder. «Så Katerina Orlikova er datter av søskenbarnet til disse tre?» spurte han for å være sikker.

«Ja, hvis hun kan bevise sin avstamning,» svarte Pirke bestemt.

Hanken laget trutmunn og myste mens han tenkte dypt. Så ristet han seg løs og skiftet blikket mot Arne Johansen. «Og postboksnummeret, fant du ut noe om det?»

Johansen smilte lurt. «Ikke så mye, men nok til at eieren

sitter pladask midt i. Han er kontorsjef og bokholder i Petterfisk. Ingvald Skotet. Han har en alminnelig, du kan si liten, lønn. Han har lært seg litt russisk fordi Petterfisk tar imot russefisk i stor stil. For en uke siden giftet han seg med Katerina Orlikova på sorenskriverkontoret her i huset.»

Det var en skikkelig bombe. Det ble stille.

«Jøss!» utbrøt til slutt Hanken. «Det kom brått. Hvor lenge hadde hun vært i Norge?»

Johansen trakk på skuldrene. «Det vet vi ikke, men jeg snakket med sorenskriveren som viet dem. Han sier at hun ikke snakket et ord norsk og at det var første gang han viet noen gjennom tolk. Vielsen ble for øvrig forsinket fordi han forlangte bekreftelse fra den russiske ambassaden på at hun var ugift. Det tok flere dager å skaffe den. Videre forlangte Skotet en ektepakt som gikk på at de hadde felleseie med gjensidig testamentarisk arverett.»

«Men hvorfor reagerte sorenskriveren ikke på bildet i avisen?» spurte Hanken. «Han kjente henne jo ...»

«Men det var nettopp det han gjorde,» forklarte Johansen. «Tror du ellers jeg ville kommet på tanken på at hun kunne ha giftet seg? Jeg traff ham i heisen. Han hadde avisen i hånden. Han sa at han visste hvem hun var. Det var slik det kom opp.»

«Vel ...» sa Hanken bistert, «la oss ta en foreløpig oppsummering. Ingvald Skotet har en betydelig, men dårlig betalt jobb i et stort konsern. Han ser mye penger stryke forbi i alle retninger. Så kommer han over opplysningen om at Richard Storholm som eide halvparten av det hele, ble borte i Russland. Og så får han en gullkantet idé: Hva om der er arvinger som ingen vet om? Han går ut med annonsen i Gazeta i Murmansk, og han får faktisk napp. Katerina Orlikova melder seg. Hun er lutfattig og ugift. Det åpner nye perspektiver for Skotet. Han gifter seg med henne og er dermed potensiell arving på lik linje med henne. De vil kunne gjøre krav på halvparten av alle tre selskapene som følge av at Gunnar overtok Richards del da Richard ble borte i Russland.»

«Fra gølvet til himmelen,» kommenterte Pirke. «Vi behøver vel ikke lenger spørre oss selv hva advokat Ruuds rolle skulle være i dette. Ei heller hvem som er den andre klienten.»

«Det har du nok rett i,» knegget Hanken, «men det bringer oss ikke så mye nærmere en løsning på Katerinas død. Vi har faktisk ikke noen dødsårsak og ikke noe bevis på at det var mord, men situasjonen og omstendighetene gjør henne meget utsatt. Hele familien Storholm ville tape enormt på at hun dukket opp. Kanskje også andre. Mange ønsket henne av veien.»

«Katerina snakket ikke et ord norsk, etter hva Arne sier,» fortsatte Pirke, «og Ruud snakker vel heller ikke russisk, vil jeg anta. Så den egentlige klienten må da ha vært Ingvald Skotet. Han snakket med Ruud. Katerina bare satt der.»

Hanken nikket. Han så bestemt ut. «Neste skritt,» sa han myndig, «blir formelle avhør av de tre søskenene Storholm. Vi begynner med det straks. Men dette er en sånn sak hvor det kan bli disputt om hva man har sagt og ikke sagt, og så videre, så jeg vil ha nøyaktige ordrette referater og jeg vil ha båndopptak av hele avhørene. De ordrette referatene skal skrives ut og undertegnes av den avhørte uten at vedkommende har vært ute av huset. Jeg tar selv eldstebroren Geir. Så tar du, Fru Birke, datteren og Johansen tar yngstemann Petter.»

Neste morgen var Geir Storholm presis på plass i politihuset. Klokken ti meldte han seg i resepsjonen og ble hentet av Hanken. Han virket rolig, avslappet, men samtidig myndig og selvbevisst. Han hadde utseendet med seg, solid, traust, men også på en måte gentleman. Slipset var moteriktig og satt som det skulle.

«De har mottatt et krav om arv fra en ukjent etterkommer av Deres onkel Richard?» begynte Hanken, rett på sak.

Geir nikket kort. «Det stemmer, men kravet var hinsides enhver fornuft. Hun krevde halvparten av alt. Det hun i realiteten kunne hatt krav på, er halvparten av det som var firmaet på den tiden delingen mellom min far Gunnar og hans bror Richard fant sted. Det er noe helt annet. Vi tilbød et forlik på det grunnlag.»

Hanken bet seg merke i formuleringen «kunne hatt krav på». Var det en forsnakkelse? «Men hvorfor sto De ikke frem da vi etterlyste noen som kjente henne etter bildet i avisen?» spurte Hanken skarpere.

Geir smilte. «Fordi jeg aldri hadde sett henne. Jeg kjente

henne ikke av utseende. Kravet overfor oss ble fremsatt av hennes advokat. Denne Finn Ruud. Han alene.»

Hanken skiftet terna. «Som kjent, hun er død under mystiske omstendigheter. Det betyr at vi må kartlegge alle bevegelser i det vi kan definere som kretsen rundt henne.» Han la merke til et underlig glimt i øynene til Geir, men fortsatte: «La meg begynne med Dem selv. Tør jeg be om en redegjørelse for Deres aktiviteter i påsken?»

Geir trakk på skuldrene. «Gjerne. Vanligvis har min kone og jeg tatt hotellferie på fjellet. I år ville jeg ha en forandring. Vi ble ikke enige. Jeg begynner å føle meg for gammel for skiferie, mens hun fortsatt elsker det. Så vi ble i all vennskapelighet enige om å ta ferie hver på vår måte. Hun reiste til Geilo, Doktor Holms. Jeg reiste til London. Elsker den byen, får aldri nok av den. Vi holdt kontakt på telefonen.»

Mens dette pågikk, satt Pirke med et tilsvarende avhør av Inger Bakke, født Storholm. Hun kunne være omkring 45 og virket som om hun hadde svært god selvbeherskelse. Hun var myndig og konsis. Diskré velkledd for en sjefsjobb uten å kle seg ut som mann.

«De leder Møre Herring personlig?» spurte Pirke innledningsvis.

Inger nikket. «Kvinnelig sjef, ja, det går bra. Folk venner seg til det. Glemmer det.»

«Og Deres mann, Bakke, kan jeg spørre hva han gjør?»

Hun smilte. «Ivar? Jo, han er i firmaet, men han vil ikke ha noe med ledelse å gjøre. Han er et stort barn ...

ikke misforstå, jeg vil ha ham sånn. En god gutt. Han elsker lastebiler. Amerikanske fremfor alt. Han kjører et Reo vogntog på kontinentet med fisk fra oss. Hjemme en gang i uken. Det er omtrent hva som kreves for å holde et ekteskap sammen uten å få gnagsår. Det og forkrommede eksosrør over rorhustaket.»

«Og hvordan tilbrakte dere påsken?» spurte Pirke lett. Hun anstrengte seg for å få det til å virke mer som en samtale enn et avhør.

Inger smilte igjen. «Litt av en påsketur. Jeg satt på med ham til Roma og tilbake. Vi var hjemme i går kveld etter å ha stanget i påsketrafikk i hele går. Stor overgang etter å ha plystret tvers over kontinentet i 120. Norsk veitrafikk er et mareritt av ineffektivitet og provisorier.»

«Er De blitt konfrontert med et uventet krav om arv fra en hittil ukjent arving?»

Inger sperret forbauset øynene opp. «Er det det denne samtalen egentlig handler om?» spurte hun.

Pirke nikket. «Det også. Kan De svare på spørsmålet?»

«Selvsagt. Jeg ble oppsøkt av denne advokaten, Finn Ruud. Han fremsatte et krav fra en påstått datter av et søskenbarn av meg i Russland. Mitt svar var at hvis en slik slektning fantes, så hadde hun selvfølgelig et legitimt krav, men at jeg ikke ville imøtekomme noe indirekte krav gjennom advokat. Send arvingen til mitt kontor, så skal hun bli tatt vel imot, var essensen i mitt svar.»

«Og da vil De godta henne?» spurte Pirke som plutselig skjønte at Inger ikke visste at Katerina var død.

Inger nikket. «Selvfølgelig, men jeg er ikke naiv,» forklarte hun. «En slik påstand kan i dag avkreftes eller bekreftes. Det er snakk om å ta en DNA-analyse og sammenligne med oss. Er vi i slekt, må der være en rekke likheter i arveanleggene. En nær slektning vil bli tatt godt imot av familien når det er bevist at hun er genuin. Men Russland er Russland. Bare tenk på alle de falske tsar-døtrene vi har sett.»

Del 3. Tabbe.

Arne Johansens avhør av yngstemann Petter Storholm begynte mindre bra. Det var om å gjøre for Hanken at avhørene fant sted samtidig og overraskende, dette for å hindre at det ble avtalt ting som politiet ikke visste noe om. Men tidspunktet passet Petter dårlig. Johansen måtte gjøre seg myndig og true med å hente ham inn til avhør med makt før han ga seg.

«Dette kan koste meg dyrt,» begynte han sint da han satt foran Johansens skrivebord. «Jeg skulle hente en viktig kunde på flyplassen. Jeg kan umulig fortelle ham at jeg ble halt inn til politiavhør, jeg må finne på en annen unnskyldning. Det blir ikke lett. Ikke noe kunne være viktigere enn denne kunden.»

«Du driver ikke noe enmannsfirma,» parerte Johansen. «Du har mange dyktige folk du kan sende i ditt sted. Dette er noe du finner på for å få politiet til å stå med luen i hånden og vente på at det skal passe deg å snakke med dem. Det oppnår du ikke. Det er ikke slik vi arbeider.»

«Dere tror dere er Gestapo,» snerret Petter. «Dere tror folk skal være redde for dere. Har du glemt hvem det er som betaler lønnen din?»

«Vel, det er i hvert fall ikke du,» repliserte Johansen sint. «Jeg snakket med ligningskontoret. Du er nullant.»

«Ligning er ikke alt,» fortsatte Petter like iskaldt. «Tenk på momsen, bensinavgiftene, alkoholprisene ... Omtrent alt vi tjener går til skatt og avgifter. Hver av oss må holde liv i to statsansatte drittsekker som ikke gjør annet enn å sparke ben for folk som prøver å holde hjulene i gang her i landet.»

«Kaller du meg drittsekk?» ropte Johansen sint.

«Jeg brukte ordet generelt,» sa Petter kjølig. «Den som vil, kan ta det til seg.»

«Vel, la oss komme til saken,» sa Johansen og tvang seg til å være rolig. «Jeg må vite hva du har tilbragt påsken med.»

«Hvorfor?» spurte Petter.

«Fordi vi etterforsker noe hvor du kan være en part,» forklarte Johansen. «Du har rett til å nekte å svare, og du har rett til å ha advokat til stede. Begge deler vil imidlertid bli oppfattet negativt. Har du ingenting å skjule, tjener du på åpne svar.»

«OK,» sa Petter spakere. «Det er ikke noe hemmelig med vår påske. Jeg fordrar ikke snø. Min kone er besatt av hus og hjem. Hun er en hønemor. Vår påske består av malingsbokser og symaskiner. Oppussing og gardiner. I år var det kjøkkenet. Hun hadde fått tak i et sånt blad hvor de hadde mikrobølgeovner innbygget i veggene. Peis og TV. Eget kjølerom i stedet for kjøleskap. Det var en svær jobb.»

«Og du er en sånn hendig mann i huset, takler snekring og rørleggerarbeid sammen med det elektriske?»

Petter skjønte hva Johansen fisket etter. Påsken er ikke en tid da man får håndverkere uten videre. Han nikket. «Det meste,» sa han og slo ut med en hånd. Han visste ingenting om hva det står i boken om politiets avhørsmetoder. Hvordan hans øyebevegelser avslørte at han skrønte.

«Så du har vært hjemme hele påsken?»

Petter nikket. «Så godt som. Vi prøvde å forutse hva vi kom til å trenge. Det skar seg selvfølgelig. Det ble noen ærender til venner for å låne ting. Lørdagen til Moa for å handle, men det var ingen byggeforretninger åpne. Noe står faktisk uferdig til i dag. Nå kan vi få det som mangler.»

«Du bor i Hatlane, ikke sant? Hva er det lengste utover du beveget deg i påsken?» Johansen prøvde å få spørsmålet til å lyde tilfeldig, men skjønte at han hadde formet det klønete.

Petter rynket brynene og så skarpt på ham. «Si meg, hva handler dette avhøret egentlig om, er det noe med bilen min?»

Johansen ristet fort på hodet. «Nei, slett ikke. Det handler om deg. For å spørre på en annen måte: Krysset du Hellebroen i løpet av påsken?»

Petter snøftet avvisende. «Langt ifra, men er dét blitt forbudt nå da?»

«Har du båt?»

«Ja, en finsk turseiler. 36 fot.»

«Gummibåt som jolle?»

Petter ristet på hodet. «Nei, fordrar ikke å ha noe på slep. Vi har kapslet redningsflåte. Tar liten plass. Trekk i snoren, så eksploderer den og blir til en båt.»

Johansen slo plutselig over til det andre temaet: «Ditt firma står overfor et krav om arveoppgjør fra en hittil ukjent slektning. Hva slags standpunkt tar du til det?»

Petter lo kort og avvisende, nesten hånlig. «Tøv,» konstaterte han. «Man kan ikke komme 80 år etterpå med noe sånt. Det har samme foreldelsesfrist som andre krav. Og så denne Finn Ruud ... Han er jo en kjent skurk. Jeg viste ham døren.»

«Han har faktisk gyldig advokatbevilgning og er medlem av advokatforeningen,» påpekte Johansen. «Å kalle ham skurk er litt for enkelt.»

Petter satte seg frem. Nå var han engasjert. Han brukte hendene til å understreke det han sa. «Fyren har på en eller annen måte oppdaget at min far fikk dobbel arv fordi hans bror forsvant i Russland. Så prøver han å konstruere en røverhistorie hvoretter den broren plutselig kommer tilbake i form av et barnebarn. Og så tror han at han skal få meg til å utbetale et kjempebeløp bare basert på en løs påstand om at et slikt menneske finnes?»

Johansen tok seg tid til å tenke. Det så ut som om Petter ikke koblet avisreportasjene om den døde kvinnen til identiteten Katerina Orlikova. Og det var det da heller ikke noen grunn til at han skulle. Det hadde ikke stått i avisen hvem den døde var.

Han satte inn sitt tredje overraskelsesangrep: «Ingvald Skotet,» sa han sakte. «Kontorsjef i firmaet ditt. Har du noe å fortelle om ham?» Igjen et klønete spørsmål, konstaterte han ergerlig.

Petters øyne ble runde. «Ingvald?»

Johansen nikket.

Petter trakk på skuldrene. «Han er en kontormaskin. Pålitelig, presis. Gjør sjelden feil. Ikke noe karisma, selvfølgelig. Han er en grå huskatt. Typen som sitter ved pulten sin til han får gullklokke. Det er ikke noe å fortelle om ham.»

Johansen måtte holde hånden for munnen for å skjule et glis. Han tvang seg til å anlegge pokerfjes. «Hvis advokat Ruud faktisk vant frem med sine påstander,» spurte han, «ville hele familien Storholm måtte ut med betydelige andeler av sin rikdom. Faktisk ville den nye arvingen ende opp med like mye på én hånd som dere tre søsken får til sammen. Altså et betydelig tap for dere, men er det andre som også ville tape?»

Petter tenkte litt. «Selvfølgelig,» sa han. «Bedrifter på den størrelsen det her er snakk om er ikke enmannsshow med regnskapet i baklommen. Tapere ville være ektefeller, barn, ansatte og underleverandører, for å nevne noen. En skikkelig analyse ville sikkert ende med en liste på noen hundre. Men, som jeg sa, det er bare tøv. Ikke noe å bry seg om.»

Johansen lente seg tilbake, tilsynelatende trett. «OK, du kan vente i vakten,» sa han resignert. «Utskriften av avhøret kommer i løpet av en halv time. Du underskriver det, så kan du gå.»

«Hva faen handlet dette egentlig om?» eksploderte Petter. «Her stiller du noen meningsløse og usammenhengende spørsmål som du påstår er så viktige at det ødelegger hele formiddagen for meg, og så vil du på toppen av det hele ha meg til å undertegne det, uten at jeg vet hva det går ut på?»

«Hvis du har snakket sant, kan du ikke ha noe problem med å undertegne,» sa Johansen, fortsatt trett. «Har du løyet, bør du snarest skaffe deg en advokat. Telefonen står der. Jeg kan uansett holde deg i varetekt i 24 timer om du nekter å signere. Etterpå det, kan du fremstilles for ytterligere varetekt. Forakt for retten, heter det, om du nekter å undertegne din forklaring.»

Det var lunsjtid. De møttes i kantinen. Hanken satt alene ved et bord og snart kom Pirke. Like etter også Arne Johansen.

«Vi har alle utskriftene av avhørene,» begynte Hanken. «Nå tar vi det grundig. Vi bytter dem rundt, og så krysssjekker vi dem.» Han ga sin utskrift til Pirke. Hun ga sin til Johansen og Hanken fikk hans.

«Bruk resten av dagen,» bestemte Hanken. «Koordineringsmøte i morgen tidlig. Er det noe som ikke stemmer, så må vi få det frem da.»

«Vi har ikke avhørt Ingvald Skotet,» påpekte Pirke. «Han er sentral. Hvorfor gjør vi ikke det?»

«Fordi vi ikke vil trekke oppmerksomhet til ham,» forklarte Hanken. «De tre hovedmistenkte tror at de har å gjøre med denne dubiøse advokat Ruud. Bare Geir har koblet liket i akvariet til den påståtte arvingen, men det kan være på grunn av en forsnakkelse fra min side. Du får se på det,» sa han til Pirke, «det står ordrett der, i mitt avhør. Visste han det på forhånd?»

Johansen ble betenkt. «Kanskje har jeg gjort en tabbe,» sa han sakte. «Jeg spurte Petter om han hadde noe å fortelle om Ingvald Skotet. Han hadde ikke det, men hvis du ikke ville trekke oppmerksomhet til ham ...»

«Nei, pokker!» utbrøt Hanken, «Altså, hvis vi skal gå ut fra at Katerina ble tatt av dage fordi hun truet Storholmfamilien økonomisk, er det livsfarlig for Skotet om de blir klar over at han er hennes ektemann og på grunn av ektepakten inntrer i hennes rettigheter. Vi bør vel flytte ham til et hemmelig sted og sette ham under politibeskyttelse.»

Arne Johansen rødmet av ergrelse. Dette var en megatabbe. «De vet neppe om ekteskapet ...» mumlet han.

Han ble reddet av at det kom en dame med en ny faks til Hanken. En mer utførlig obduksjonsrapport, men fortsatt ikke den endelige.

«Fortsatt ikke noen dødsårsak,» mumlet Hanken misfornøyd mens han leste. «Ingen gift. Siste måltid var en normal middag. Kjøtt, poteter, erter. Ingen alkohol, ikke noe overgrep.»

«Så hun ble drept om kvelden?» spurte Pirke.

Hanken nikket stumt mens han leste videre. «Mikrofibere fra klær på huden flere steder. Hofter, skuldrer, albuer ...»

«Klærne klebet fast og revet av?» sa Johansen med en rynke mellom øynene. «Det var merkelig.»

«Det kan være det som forteller om dødsårsaken,» sa Hanken plutselig, som om han fikk en visjon. «Hva er det vi har i denne saken som kan drepe uten spor og som kan få klærne til å klebe seg til kroppen?»

De så stumt på ham. Ingen sa noe. De kjente ham godt nok til å vite at nå hadde han kommet på noe avgjørende.

«Et fryseri,» fortsatte Hanken med vekt. «Storholmbedriftene har fryserier over alt. Påsken er lang. Et menneske i vanlige klær innelåst i et fryseri ville ikke ha en sjanse.»

Johansen ble klar over at han satt med åpen munn. Han lukket den bevisst.

«Og så er klærne fastfrosset og hun må i sjø for å bli opptint så dødsårsaken blir skjult ...» fremkastet Pirke.

Hanken så bistert frem for seg. «Ta et nytt avhør av Petter,» sa han til Johansen. «Det nærmeste fryseriet er det i Steinvågsundet. Få rede på hvordan rutinene er med nøkler og adgang til anleggene. Hvem kunne komme inn på fryseriet i påsken?»

Johansen nikket og reiste seg. «Jeg tar det med det samme.»

Etter en halv time ringte han tilbake. «Jeg snakket med Petter og ble vist rundt på anlegget,» begynte han.

«Ja vel?» sa Hanken utålmodig.

«De har mye uregelmessig arbeidstid,» fortsatte Johansen. «To mann må ut midt på natten for å ta imot en fiskelast, den slags. Derfor har alle fast ansatte hovednøkkel til alt annet enn administrasjonskontorene. Omtrent femti personer kunne ha kommet inn på fryseriet når som helst.»

En uniformert konstabel kom inn med en liten plastpose. Et nytt funn. Hanken holdt hånden over mikrofonen og så opp.

«Fra havtanken?» spurte han lavt.

Konstabelen nikket tilfreds. «Ja, der er visittkortet.»

Hanken avsluttet telefonsamtalen med å be Johansen komme tilbake til kammeret. Så kikket han i funnposen. Det var akkurat hva han trengte. Han visste allerede hvem som var morderen, men her kom beviset.

Neste morgen kjørte han gjennom etteranalysen av avhørene før han gikk inn på løsningen av saken.

«Jeg visste allerede i går at Petter løy om den oppussingen,» forklarte Johansen. «Ikke bare så jeg det i blikket hans, men han satt der med perfekte, rene hender og negler og fortalte at han hadde murt peis og lagt fliser og alt mulig slikt. Det var løgn.»

Hanken nikket. «Ja, men han løy for å skjule noe annet. Vi har snakket med naboene. Han hadde huset fullt av håndverkere som jobbet svart i påsken. Det var det han ville skjule.»

«Og Geir løy,» sa Pirke som hadde analysert Hankens rapport. «Han sa han var i London, og reisebyrået bekreftet billettene. Det stemte, men jeg ble mistenksom da det ikke var bestilt noe hotell i samme slengen. Derfor sjekket jeg mobilutskriftene hans. Han hadde jo ringt til kona på Geilo hver kveld. Alle de samtalene kom fra Ibiza. Han bare kjøpte nye billetter i London for å skjule for kona at han herjet med jenter på Ibiza. Han ringte derfra og sa at han var i London.»

«Vel, det gjør ham ikke til morder,» sa Hanken med et svakt flir, «tvert imot, det gir ham alibi.»

«Og Inger snakket sant?» spurte Pirke.

Hanken nikket. «Ser sånn ut.»

«Men vi har en annen merkelig omstendighet,» påpekte Johansen. «Ingvald Skotet kjente Katerina. Han var til og med gift med henne. Hvorfor sto han så ikke frem da vi gikk ut med bildet i avisen?»

«Antagelig på grunn av Katerinas krav om arv,» gjettet Hanken. «Den dagen det gikk opp for Storholm-familien at det i virkeligheten var Skotet som sto bak, ville det bli et storstilt spetakkel. De ville se det som et forræderi. Han ville utsette den situasjonen, og han hadde ingen anelse om at vi kjente til annonsen i den russiske avisen eller til det meget diskré giftermålet her i huset. Han trodde ikke det var noe som forbandt henne med ham, så han sendte advokat Ruud til politimesteren for å sette oss på sporet av Katerinas bakgrunn. Vi skulle skaffe bevisene på at hun var Storholm-søsknenes nære slektning. Da først ville han stå frem som hennes mann.»

«Men hvorfor først fjerne alt som kunne identifisere

henne og deretter komme og fortelle oss hvem hun var?»
undret Pirke.

«For å forvirre, skape to parter av en,» sa Hanken kryptisk.

Del 4. Uventet komplikasjon.

Selv om Hanken følte seg sikker på hva som hadde skjedd, og hvem morderen var, sto det mye igjen å gjøre. Man kunne ikke bare pågripe vedkommende og håpe på en tilståelse. Politiet hadde to viktige indisier, det var så, men man manglet en gjennomgående kjede av faktiske bevis som kunne underbygge Hankens teori om hva som egentlig hadde skjedd.

Akkurat da, mens Hanken prøvde å systematisere etterforskningsarbeidet for å skaffe frem de bevisene, ble hele operasjonen avsporet av en ny bombe. Det ble rapportert at det på Ålesunds utesteder sirkulerte en russer som spurte etter Katerina Orlikova. En russer som ikke kunne norsk, og som dertil var blakk og bommet både sigaretter og øl.

Politiet måtte rett og slett ut og lete. At mannen spurte etter den døde med fullt navn kunne man ikke trekke på skuldrene av. Det måtte man ha forklaringen på.

Etter mye om og men, fant de at en av jentene bak bardisken på Keiser'n Pub husket russeren.

«Ganske OK fyr,» forklarte hun. «Høy, slank, 38 kanskje. Litt skjeggete, virket som om han ikke hadde barbert seg på en uke. Bommet røyk med fingerspråk, han skjønte at ingen forsto ham. Men så hadde han flaks. Han fant en som kunne russisk.»

«Og hvem var det?» spurte Johansen.

Piken ristet på hodet, men så kom hun på noe. «Fast kunde,» sa hun fort mens hun kom frem bak disken og gikk rundt hjørnet. Der var en vegg full av gylne, graverte navneskilt. Den såkalte sekserklubben. «Her skal vi se,» sa hun med en anelse av skadefryd. Hun pekte på et skilt. «Spørs om ikke det var ham.»

Johansen bøyde seg frem. Kjetil Moen. Så han hadde altså drukket seks halvlitere og snakket russisk. Han sukket.

Det var først dagen etter at de fant Kjetil Moen. Småslurv gjorde politiets arbeid unødig vanskelig. Han hadde ikke meldt flytting fra Bergen, men bodde på hybel i Sorenskriver Bull's gate. Og der var også russeren.

Kjetil Moen var en mann i sin beste alder, fysisk sprek og åpenbart intelligent, men likevel arbeidsløs.

«Jeg tok inn Sergei fordi han er en grei kar som trenger hjelp,» forklarte han da Johansen spurte. «Traff ham på Keiser'n, men han hadde ikke noe sted å sove. Jeg har jo en ledig sofa.»

«Hvor har du lært russisk?» spurte Johansen.

«Forsvaret,» sa Moen avslappet. «Jeg var troppssjef i en såkalt fremskutt oppklaringstropp. Vi satt overskrevs på sånne firehjulsdrevne fjellgeiter og skulle være de første til å forklare fienden at vi hadde vunnet. Sjefen måtte kunne russisk, så jeg ble sendt på sånt høyttrykkskurs. Vet hva som er forskjellen på brat doma og doma brat. Men så ble moldepresten sjef. Han mener vi skal vende det annet kinn til. Jeg ble arbeidsløs.»

Johansen nikket. Det var plausibelt nok. «Og Sergei, hva gjør han her?» spurte han.

«Leter etter en jente,» sa Moen med et skuldertrekk. «Noen år eldre enn ham, men han er likevel helt på felgen.» Han skottet på russeren og sa fort noe til forklaring.

Johansen så på Sergei. Det var en europeisk utseende mann som var velstelt og kledd i bra fritidsantrekk, og nå også barbert. Han prøvde å følge med, men forsto nok ikke mye.

«Og den jenten heter Katerina Orlikova?»

Moen nikket. «Stemmer. Hun reiste plutselig hit. Sergei begriper ikke hvordan hun fikk råd til det, og satte alt inn på å komme seg etter.»

«Hadde de et forhold?» spurte Johansen forsiktig.

«Nei, Katerina holdt en kjølig avstand. De var begge i pengenød. Det var ikke noen lett situasjon. Han stormforelsket, hun likegyldig. Så sa hun at hun skulle begynne et nytt liv i Ålesund i Norge, og ba ham finne seg en yngre jente.»

«Og hvordan kom han seg til Ålesund, når han var blakk?»

Moen smilte. «Er man desperat, så går tydeligvis alt. Sergei var blakk fordi han hadde sluttet i jobben i frustrasjon. Han var underoffiser om bord i slagkrysseren som senket ubåten Kursk med et vådeskudd med en rakett. Han ble så forferdet over måten marineledelsen håndterte saken på, at han dimmet så fort han kunne. Alle om bord fikk beskjed om at det å sette ut rykter, som marineledelsen kalte det, ville medføre livsvarig tvangsarbeid.»

«Det var ikke det jeg spurte om,» påpekte Johansen tålmodig. «Hvordan kom han hit?»

«Han hadde penger til buss til grensen. Der haiket han. Det kom en tom norsk langtransport som hadde levert renseutstyr til Nikel. Sergei prøvde ikke å være lur. Han brukte de russiske grensevaktene som tolker og forklarte akkurat hva problemet var, helt ærlig. Han kan være ganske sjarmerende når han vil, og sjåføren falt for det. Han tok ham med. Etter hva han forteller, hadde sjåføren lært 300 russiske ord før Trondheim. Selv hadde Sergei lært bare ett norsk, og det er et ord som trailersjåfører roper når de når igjen tante grønn, som kjører rundt i fullt dagslys med fjernlys og håndvesken på taket. Når hun skal svinge, må hun ha på vinduspusserne, men av hensyn til håndvesken på taket må det hele foregå i et så moderat tempo ...»

«Jo da, jeg vet alt om hvordan man ikke når Kielfergen og blir sittende med 40 tonn råtten fisk,» avbrøt Johansen, «la oss komme videre. Er det noe som peker på at Sergei hadde funnet Katerina her i Ålesund?»

Moen ristet på hodet. «Han leter fortsatt, og han prøver å lete systematisk. Han har skaffet seg et bykart og går over alt, etter hvilken tid på døgnet det er. Formiddag, kjøpesentra. Ettermiddag, kaféer. Kvelder, utesteder. Men hittil har det ikke gitt noe resultat, ingen kjenner henne.»

«Har han bilde av henne?»

Moen nikket. «Ja da, ett hvor hun ser både forbauset og noe smigret ut. Han, som en slags paparazzi, sto utenfor inngangen til blokken hennes i timesvis for å få det, etter hva han sier. Det var vel verdt det. Pen jente, selv om hun ikke er noen ungdom.»

På samordningsmøtet samme kveld la Johansen dette foreløpige avhøret frem for Hanken og Fru Pirke. Anton Furuset kom også, rett fra Russland og noen dagers permisjon.

Fru Pirke var lite fornøyd. «Skal vi ta dette for det det ser ut som?» spurte hun skeptisk. «En forsmådd beiler som reiser 5000 kilometer uten penger?»

Hanken ristet sakte på hodet mens han falt i dype tanker. Så sukket han. «Vi kan ikke se bort fra at det kan være noe mindre enn hele sannheten, for å si det pent. Kanskje fant han henne. Kanskje kulminerte det i et sjalusidrap.»

«Han så ikke ut som noen drapsmann,» innskjøt Johansen. «Han virket grei nok, men jeg snakket jo ikke direkte med ham. Moen snakket for ham.»

«Forelskede menn som går ut av kontroll og dreper i affekt ser sjelden ut som drapsmenn,» påpekte Hanken tørt. «De var det ikke, de ble det da.»

«Vi trenger et mer dyptgående avhør,» mente Pirke. «Hvor, for eksempel, traff Sergei Katerina første gang, og hva var bakgrunnen for at forelskelsen fikk utvikle seg? Dette er modne mennesker, de faller ikke pladask for en slags aha-opplevelse. De trenger litt tid.»

Hanken var enig. «Ja, vi trenger litt fyllstoff for å se om hans fremstilling blir mer plausibel, eller om det går andre veien. Tror du at du kan godt nok russisk til å ta det på direkten, uten tolk?» Han så på Furuset.

Furuset knep munnen sammen og tenkte før han svarte. «Jeg kan prøve. Jeg klarte meg jo noen dager i Murmansk uten å kjøre meg fast.»

Hanken nikket. «Ta det i morgen tidlig. Hvis det er riktig at fyren er på leting hele dagen, må du være der før han går ut. Se det som like viktig å få sjekket Sergei ut, som å få ham involvert. Det kan bli ødeleggende for oss hvis en forsvarer for en annen tiltalt kan bruke Sergei til å skape tvil i saken, derfor må vi vite alt.»

«Skal jeg innbringe ham hit?» spurte Furuset.

Hanken ristet fort på hodet. «Nei, ta det der, på bopel. Folk opplever det som en belastning å bli tatt med hit. Særlig en utlending, vil jeg tro. Uten noen konkret mistanke gjør vi det så skånsomt som mulig.»

Neste morgen oppsøkte Furuset hybelen i Sorenskriver Bull's gate klokken halv ti. Han var i sivil, men unngikk den sorte skinnjakken. Han visste hva den betød for en russer. Det ble en mørk blå vindjakke. Men han hadde tjenestebeviset klart i lommen.

Moen åpnet. Han var søvnig, men fikk likevel runde øyne. «Jøss, mer politi!» utbrøt han.

«Hvordan ser du at jeg er i politiet?» smilte Furuset.

«Dere jobber jo selv med såkalte profiler,» påpekte Moen. «Det er ikke noe dere nødvendigvis er alene om.»

«Nei vel,» lo Furuset. «Jeg godtar den, men jeg må snakke en gang til med Sergei. Jeg kan noen ord russisk. Det kunne ikke han som var her i går.»

Sergei satt på sofaen og så på dem. Moen snudde seg og viste Furuset inn.

«God dag,» sa Furuset på russisk. «Får jeg lov å spørre deg om et par ting?»

Sergei trakk på skuldrene. «Det kan du vel.»

Furuset satte seg på en ledig stol. «Først, hvordan traff du første gang Katerina?»

Sergei så lett perpleks ut. Sikkert lurte han på hvorfor han ble spurt om det. «Jeg var i marinen,» begynte han. «Drittvær og naturligvis skulle de ha livbåtøvelse. Båten slang i davitene og klasket i skutesiden. Jeg var uheldig og fikk armen i mellom. Havnet på sykehus. Der var Katerina sykepleier.»

«Og så ble dere forelsket?»

«Jeg trodde det. Hun var så snill og omsorgsfull. Svært vennlig. Jeg flørtet vilt og trodde det ble besvart, men det var bare hennes måte å være på, dessverre.»

«Men hvorfor kom du da etter henne hit, når du vet at hun ikke er interessert?»

Sergei sukket og klødde seg i nakken. «Jeg tenkte at da ser hun at jeg mener alvor. Kanskje gikk jeg for fort frem hjemme.

Hun kan ha trodd jeg bare var ute etter det som jenter

tror alle menn vil, hele tiden. Slik er det ikke, og hun vil skjønne det når hun ser meg her.»

Russeren tenkte seg om litt, så spurte han: «Hvorfor kommer dere to ganger og spør meg om Katerina? Er det noe problem med henne?»

Furuset ble helt alvorlig. Han følte seg revet mellom to hensyn. Han burde holde Sergei i uvitenhet lengst mulig, for å få ham til å fortelle, men på den annen side; Sergeis sjokk og sorg når han fikk vite sannheten ville snu seg til raseri og intens motvilje som kunne bli like skadelig. Dessuten, Furuset trodde på Sergei og syntes synd på ham. Han tok frem bildet av Katerina og ga det til Sergei uten å besvare spørsmålet.

Sergei ble sittende som forstenet. Underleppen begynte å dirre ukontrollert. «Å nei!» hikstet han. Så spratt tårene. Han stirret på politimannen med øynene fulle av dem. Furuset tok hånden hans. «Jeg beklager det virkelig,» sa han bløtt.

For seg selv tenkte Furuset på det faktum at hele Sunnmørspostens leserkrets hadde sett bildet uten å se noe uvanlig ved det. Sergei hadde ikke stusset et sekund, men så var han jo også den eneste som hadde sett henne i live.

Furuset slappet av og tok seg tid. Han visste at straks Sergei var kommet over det første sjokket, ville han komme med en strøm av spørsmål. Han tenkte igjennom hvor mye han kunne si. Da Sergei neste gang så opp, var han forberedt.

«Jeg kan ikke fortelle så mye,» begynte han forsiktig. «Vi etterforsker det som en kriminalsak. Katerina er funnet død under vann, men ikke druknet. Hun er ved et rettsmedisinsk institutt til obduksjon. Deretter må vi bestemme om hun skal sendes hjem for begravelse, eller om vi skal ta det her. Har hun pårørende ... slektninger?»

Sergei ristet på hodet. «Hun nevnte aldri noen.»

«Jeg vil ha kisten med hjem,» fortsatte han etter noen sekunder. «Her er det ingen som vil stelle hennes grav. Hjemme skal jeg gjøre det. Og jeg skal be for henne.»

Del 5. Pågripelse.

Samme ettermiddag troppet Furuset opp hos Hanken for å avlegge rapport.

«Sergei er sjekket ut,» påsto han forbeholdsløst. «Jeg har aldri sett en så uskyldig person.»

«Pass på hva du sier nå,» humret Hanken. «De fleste du har sett i ditt liv er ganske uskyldige.»

Furuset ristet på hodet. «Ja, ja, du skjønner hva jeg mener. Blant folk som dukker opp i en drapssak, er han den hittil mest uskyldige. Han snakket overbevisende om å finne Katerina og få henne til å skjønne at han mente alvor. Han brast i virkelig sår gråt da han fikk se bildet vårt. Jeg sa ikke at hun var død.»

En etterforsker som hadde jobbet med støvelavtrykket banket på Hankens dør og kom inn. Han plasserte et par støvler midt på Hankens bord.

«Der er de,» proklamerte han stolt.

«Hvor fant du dem?» spurte Hanken fort.

«Vi fant først at de var på utsalg på Stormoa,» forklarte mannen. «De hadde en stor kasse av dem midt på gulvet. Personalet fikk se bilder av alle involverte. De gjenkjente både Inger Storholm og Ingvald Skotet, men kunne ikke huske hva de hadde kjøpt. Det var ingen direkte link til disse støvlene. Senere var jeg i området rundt huset til Petter for å sjekke dette med oppussingen han skulle ha gjort i påsken. Det var mens han var til avhør her.»

«Jeg spurte hvor du fant dem,» avbrøt Hanken irritert.

«I kjellernedgangen hos Petter,» forklarte mannen fort. «Det var en overbygd kjellerdør hvor ting kunne stå under tak. Der sto støvlene rett utenfor døren. Jeg har sett så mye på det mønsteret at jeg kjente dem straks. Jeg tok dem med.»

Hanken vinket mannen irritert vekk. Han trengte ikke dette nå. Det var bare nok en forvirrende faktor som måtte forklares. Han brukte intercomen og kalte til seg Pirke og Johansen.

«Vi er klare til å gå til pågripelse,» sa han med vekt mens han betraktet dem granskende.

«Av Petter?» spurte Johansen raskt.

Hanken ristet umerkelig på hodet. «Tenk dere om. Det er en helt avgjørende omstendighet ved dette som entydig peker mot én person.»

«Hva da?» spurte Pirke. Nå var det hun som var irritert.

«At liket ble funnet i akvariet,» påsto Hanken.

Johansen trakk på skuldrene. «Det var vel bare en gimmick for å forvirre oss.»

«Slett ikke,» fastslo Hanken. «Det har sin meget gode grunn. I denne saken har vi mange som tjente på at Katerina døde, men felles for dem alle er at hun også med fordel kunne forsvinne. Altså kunne hun vært dumpet i åpen sjø. Bare én person måtte sikre seg at hun ble opptint i sjø, men samtidig også ha garanti for at hun ble funnet.»

«Hvorfor?» spurte Pirke igjen.

«Fordi at hvis en person blir borte, går det ti år før vedkommende blir erklært juridisk død. Hennes bo ville altså bli stående uoppgjort i ti år. Ingvald Skotet ville ikke vente på det. Han var gift med henne og hadde arverett fra det tidspunkt hun ble erklært død. Om så hele byen var mistenkt, var det bare ektemannen som var interessert i at hun ble funnet.»

De ble stille. Resonnementet var utvilsomt riktig, men kunne Ingvald Skotet være så kynisk?

«Hva med støvlene?» spurte Johansen med en gest mot dem.

«Del av et blindspor,» påsto Hanken. «Han kjørte liket i bil fra fryseriet til Atlanterhavsparken, men så hadde han med støvlene for å lage spor som kunne tyde på at liket var båret opp fra en båt. Petter har båt, det visste han. Etterpå satte han støvlene utenfor kjellerdøren hjemme hos Petter.»

«Vel,» sa Pirke med et resignert skuldertrekk, «det er jo en smart teori, men beviser ...»

Hanken smilte. Han ristet ut funnet fra den lille plastposen.

En glatt gullring, blank og ny. Han holdt den opp og leste graveringen innvendig. «Katerina – evig din. 15. mars 2002.» Han lot øynene gå fra den ene til den andre. De satt trollbundet. «Fingrer krymper når de blir kalde,» fortsatte han. «Ringen gled av da han dumpet liket i havtanken. Den blir ikke lett å bortforklare.»

«Så da går vi til pågripelse straks?» spurte Johansen og reiste seg.

«Nei, slapp av,» sa Hanken irettesettende. «Det skal være en skikkelig koordinert aksjon. Vi pågriper ham ja, men vi skal også være klar med ransakingsordre for bopel og bil, dessuten hele fryseriet. Han bor i et rekkehus på Fjelltun, så vidt jeg vet. Der bodde vel også Katerina hos ham. Vi må sikre søppelkassene og alt annet. Det kan bli mange flere beviser enn denne ringen. Husk, vi har ikke funnet klærne han rev av henne.»

«Og ingen smykker, og heller ikke paret til den ringen,» sa Pirke. «La oss håpe at Skotet har følt seg så trygg at han ikke har utslettet alle spor ennå.»

Hanken nikket. «Greit,» fastslo han med et lettelsens sukk. «Vi klarte denne saken uten Kripos. Nå samler dere de teamene vi trenger, med de nødvendige bilene. I mellomtiden skal jeg besørge papirarbeidet, arrestordre og ransakingstillatelse og det der. Vi møtes i garasjen klokken tolv. Da pågriper vi ham på jobb samtidig som ransakingsteamene omringer huset på Fjelltun og tar kontroll på fryseriet.»

«Men motivet,» sa Pirke med en rynke i pannen. «Han var jo gift med henne, jeg skjønner ikke ...»

«Grådighet,» sa Hanken. «En stor formue fører til mer grådighet. Han ville ha hennes del også.»

«Si meg,» sa plutselig Johansen idet han våknet fra en dyp tenkepause, «her er det en temmelig vag forbindelse mellom selve forbrytelsen og utbyttet morderen får av den. Sett at Skotet vedgår å ha stengt Katerina inne på fryseriet, men ikke noe mer, hva da? Får han beholde halvparten av alle bedriftene?»

Hanken nikket. «Selvfølgelig kan han komplisere saken og gjøre det nødvendig for oss å kunne bevise hvert ledd i den logiske kjeden som førte frem til at han skulle overta halvparten i alle de bedriftene som i mange år hadde holdt ham på en luselønn og omtalte ham som en huskatt.»

«Han kunne si at det var en forglemmelse,» fremkastet Fru Pirke. «Han var ikke klar over at Katerina var inne i fryseriet da han låste døren.»

«Eller han kan si det var på grunn av sjalusi,» mente Johansen. «Finne på en forklaring som gjør at arven holdes utenfor saken.»

Hanken ristet på hodet. «For noen år siden kunne det kanskje ha gått slik, men nå har vi en grunnleggende regel i norsk rettspleie som i alle fall vil frata ham enhver arv fra familien Storholm, og det er at forbrytelse ikke skal lønne seg.»

«Men det er en ting jeg ikke skjønner her,» sa Fru Pirke med en rynke i pannen. «Jeg var en gang på omvisning i et sånt fryseri. Der var håndtaket på innsiden av døren en svær spak med en mekanisme som kunne bryte opp døren med stor kraft. De fortalte at det var for det tilfelle at døren frøs fast. Så hvordan kunne han stenge henne inne?»

Hanken nikket. «Riktig. Det finnes ikke noe på den låsmekanismen som kan brukes til å låse noen inne. Dette skal jo også godkjennes av Arbeidstilsynet. De ville aldri ha godtatt noen lås, hverken hengelås eller noe annet. Så klart må man kunne komme seg ut. Derfor har jeg sett på hva som ville være en måte å få sperret døren på.»

«Og det var?» spurte Fru Pirke.

«En planke som var like lang som korridoren er bred,» sa Hanken dystert. «Den er ikke der nå, men den dagen lå den langs veggen like ved den døren. Den er en av grunnene til avsperringene og granskningene vi nå skal gjøre både på fryseriet og på bopel. Vi skal finne planken, ett eller annet sted på fryseri-området, vi skal finne sagspon i korridoren, og hjemme hos ham skal vi finne bukser med sagspon i oppbrettene. DNA-analyser vil bevise at alt kommer fra samme planke.»

«Han behøver ikke å ha saget den av i korridoren,» innvendte Johansen.

Hanken trakk på skuldrene. «Det var ikke det jeg mente. En nylig avsaget planke vil miste noen sagspon når du bspenner den fast mellom en dør og veggen på motsatt side av korridoren. Vi trenger bare ett sånt korn.»

«Og planken vi leter etter vil være gammel og svart, men ha en lys ende hvor den nylig ble avsaget,» sa Johansen fornøyd. «Den finner vi.»

Fru Pirke gliste. «Jeg skulle nesten ønske det var sånn

som i Amerika,» sa hun skadefro. «Tenk om vi kunne la ham ro seg langt ut med forklaringer om at han ikke visste at hun var der inne, og så etterpå legger vi frem plankebeviset helt overraskende. Du ville stå der som Perry Mason.»

Hanken knegget. «Artig, ja, men sånn funker ikke norsk rettsvesen, og det vet du. Alle parter skal kjenne alle fakta før saken kommer opp. Dukker det likevel opp overraskelser, vil det fort føre til at rettsforhandlingene blir suspendert og at saken blir sendt tilbake til påtalemyndigheten. Ingen vil det, det koster både tid og penger.»

«Jeg blir ikke ferdig med tanken på hvordan hun må ha hatt det,» klaget Fru Pirke. «når hun oppdaget at hun var innestengt. Det må ha vært forferdelig. Hun må ha tenkt, hun må ha skjønt ...»

Hanken nikket igjen. «Det også,» påpekte han, «vil bli et viktig spor å følge nå for å få saken komplett. Det blir neppe noen kamp om den jobben, men vi må gjennomgå hele fryselageret med lupe. Hun kan ha etterlatt seg en beskjed eller noe hun mente kunne være et spor.»

Det skulle vise seg at Hanken fikk mer rett enn han trodde. To dager senere fant de morderens navn. Ikke ripet inn i en død fisk, slik de hadde ventet, men gravert i gull. Ringen hang på en spiker på en søyle bakerst i lageret, skjult bak en lasteseddel. På den måten fikk Katerina fortalt ikke bare om drapsmåten, at hun hadde vært der, men også at hun hadde tatt av seg ringen. Etter omstendighetene, en handling med dyp symbolikk i tillegg til at drapsmannens navn sto på den.

Pirke var lite fornøyd med det som de alle så som en full oppklaring.

«Se nå her,» sa hun fortørnet, «Katerina blir i lengre tid oppvartet av Sergei, som vi finner er en sympatisk og skikkelig fyr, men hun er kjølig og avvisende. Mange jenter ville ha falt for Sergei nokså raskt, men ikke hun. Så kommer hun hit og gifter seg med Ingvald Skotet etter få dager. Det henger ikke på greip.»

«Riktig,» samtykket Hanken. «Det har også jeg tenkt på. Det må ha den forklaring at Skotet, eventuelt sammen med advokat Ruud, har innbilt henne at hun ikke kunne nå frem i en sånn arvesak uten at hun var norsk statsborger. Det ville hun bli i samme øyeblikk som hun giftet seg med ham. Med andre ord, han forlangte halvparten av hennes arv. Hun ble bare svimmel av beløpene det var snakk om. Hun godtok det. Det ekteskapet handlet ikke om sengehygge, men om penger. Det visste hun, men slik det gikk, ville hun at også vi skulle vite det. At hun kom på at gullringen på spikeren ville forklare alt, viser at hun var en meget intelligent dame, selv når situasjonen ble desperat.»

SVIGERMORS DRØM

Av Jorun Thørring

«Det er vel liten tvil om at hun kommer til å dø snart.»
Hermann Eckel slikket på sigaren og lente seg fram mot svogeren Thomas Moe, som ga ham fyr. Plikten hadde drevet ham hit, dernest trangen til å kontrollere eiendommen, som han rettmessig skulle tilkjennes halvparten av en dag. Hermann var enkemann og tidligere gift med en av husets to døtre. Julemiddagen var fortært og Thomas' kone Karin var på kjøkkenet for å vaske opp.

«Hvorfor tror du det?» Thomas Moes stemme lød lett og uanstrengt.

«Hun er da 83 år, for pokker. Dessuten ... tynnere, virker mindre ... livfull. Hun ville jo på død og liv ha oss her. Påsto selv at hun var blitt dårligere. Hvorfor tilbringer vi ellers julen i dette trekkfulle mausoleet?»

«Konjakken gikk da ned slik den pleier. Tunga er like giftig som før når hun først sier noe. Tror ikke du skal regne med at det blir noen arv å dele på enda mange år. I følge min kone ble vår svigermors mor 99 år.»

«Å faen.» De røkte et øyeblikk i taushet. Betraktet Karin som romsterte i spisestua, svinset rundt dem som en lydløs ånd.

«Var det ikke arsenikk man brukte i gamle dager?» spurte Thomas henslengt, mens blikket fulgte Karin. Han humret litt, og de små øynene i det pløsne, velfødde ansiktet glimtet.

«He, he ... Det er da enklere å bare falle ned en trapp!»

Thomas var plutselig alvorlig. «Mange forgiftes ved et uhell. Eller fryser i hjel rett utenfor huset sitt.» Han nikket mot vinduet. «Ikke greit å bo avsides i svarte skauen når man blir gammel, vet du. Og smådement.»

«Hun er vel ikke mer dement enn oss, dessverre.»

«Det er det bare vi som vet. Hun har jo aldri besøk. Går ingen steder, så vidt jeg skjønner. Altfor skrøpelig.»

De nikket i unison enighet. «Det verste er jo at man tvinges hit i jula fordi svigermor påstår hun er dårlig. Må holde ut med det gamle skinnet bare fordi datteren hennes er overdrevent pliktoppfyllende. Den gåsesteika vi hadde i dag er uten tvil den minste jeg har sett fire personer dele.»

«Kan være verd det på lang sikt, Thomas. Husk det. Eiendommen er pen. Svær tomt. Dette blir et pressområde om noen år, det kan bygges flotte terrasseleiligheter her.» Han kakket asken av sigaren. «Jeg har faktisk tatt med tegninger av eiendommen. Kontaktet en entreprenør som er villig til å se på muligheter for denne tomten sammen med oss. Det kan jo ikke skade å **starte** planleggingen. Få det ned på papiret.»

«Nå synes jeg du tar vel mange initiativer uten å snakke med meg først.»

De tidde og stirret forbi hverandre, luften med ett tungt ladet av mistenksom misnøye.

«Hvilken tomt snakker du om, **Hermann**?» Karin sto plutselig i døra med kaffe og kopper. «Jeg hørte dere nevne entreprenør. Leiligheter.»

Hermann vred seg ukomfortabelt ved synet av den magre, spissnesete svigerinnen, som han aldri hadde kommet overens med. «Eh ...»

Thomas viftet henne av. «Vi **diskuterer** forretningssaker, Karin. Anliggender du ikke har **greie** på. Bare sett fra deg brettet her.»

«Hva med å vise mor litt mer omtanke, invitere henne til å drikke kaffe med dere?» Hun skjøv håret bort fra den svette pannen.

«Kjære deg, Karin. Din mor **trekker seg** alltid tilbake etter maten for å hvile.» Thomas **pattet** på sigaren, som hadde sloknet. «Fyrstikkene ...? Pokker, kunne du hente fyrstikker og tenne stearinlysene, Karin? Og litt mørk sjokolade til konjakken mens du er på **beina**.»

Hun forsvant ut døra og Hermann slapp ut pusten. «Unnskyld at jeg sier det, Thomas. Din kone lytter ved dørene. Hun går på tå hev, man hører henne ikke. Faktisk blir hun mer og mer lik sin mor, ikke bare av utseende.» Han holdt inne, men buste så ut. «**Det er utålelig!**»

Thomas trakk på skuldrene. «De må bare håndteres på rett måte, både mor og datter.» Han tok opp tråden fra tidligere. «De fleste eldre er faktisk mett av dage i den alderen. Ønsker å slippe, ville satt pris på om noen ... hjalp dem ... for å si det slik.» Han kastet et fort blikk på Hermann, usikker på om han hadde strukket strikken for langt. Men Hermann røkte uanfektet, ansiktet uleselig i den halvmørke stua.

«Jeg tror du er inne på noe her. Vi bør ikke vike unna ansvaret vårt.» Han myste mot Thomas. «Du er da veterinær, Thomas. Driver ikke du med den slags barmhjertighetshandlinger daglig?»

Louise Gran brettet pleddet over knærne og stakk hånda ut etter likørflaska. Det brant friskt i vedovnen i hjørnet, men rommet var ennå kjølig. Hun trakk forsiktig stolen sin enda nærmere den lille gulvluka ved ovnen, rigget seg komfortabelt til for å lytte.

Hennes far hadde i sin tid fått laget en åpning i gulvet og dekket den med netting, slik at varmen fra stua nedenunder kunne sive opp i soverommet og varme det opp før sengetid. Gjennom nettingen i luka sivet sigarrøyken opp fra rommet nedenunder, iblandet stemmene til de to svigersønnene hennes. Det lød klart som dagen. «*De fleste eldre er mett av dage i den alderen ... ønsker å slippe ... ville satt pris på om noen hjalp dem...*» Et forundret drag gled over ansiktet hennes. Etter hvert som hun lyttet, vek uttrykket plassen for forargelse. Mett av dage? Hun nippet til likøren og snuste begjærlig inn sigarrøyken nedenfra. Skjebnen hadde forsynt henne med en treskalle av en svigersønn. To av dem, sågar. De toskene ante ikke at hun løp trapper hele dagen. Eller at hun gikk milevis for å sikre seg kreklingbærene hun laget vinen sin av, og for å samle urter til likøren og medisinene sine.

Hun hadde for så vidt sine metoder. Da jula og besøket nærmet seg, fant hun fram stokken fra loftet og stavret seg krumrygget og haltende omkring. Lot som hun måtte ha hjelp til det meste. Det kunne ikke falle henne inn å løpe rundt og varte dem opp. Hun nøt skuffelsen svigersønnene halvhjertet forsøkte å skjule da hun slett ikke var så dårlig som de regnet med. De snakket over hodet på henne, som om hun verken kunne høre eller se. Det var en villfarelse de gjerne måtte leve i. Gåsa de hadde fortært julaften var dessuten den minste og magreste kjøpmannen kunne oppdrive. Det skulle bli enda magrere på nyttårsaften. De hadde godt av å sulte litt. Hun hadde overraskelser i vente for dem.

Hun satte glasset for munnen og lyttet interessert med halvt gjenknepne øyne da Thomas' rustne stemme ramset opp måter å dø på. Den mannen eide virkelig ikke fantasi.

Døra gikk stille opp og Karin kom med kaffe til dem begge. Louise holdt en finger mot munnen. Karin tuslet lydløst over gulvet, ryddet plass til kaffebrettet på kommoden. Flyttet andektig på glassene med tørkede urter. Halvparten var regelrett dødelige om man tok feil av dem. Glassene var sirlig merket. *Til utvortes bruk.*

Hun løftet kjæledyret Louise hadde i fanget, en velfødd,

hvit rotte, inn i buret dens, plasserte kaffekoppen i morens hånd og satte seg ved siden av henne.

«*Du er da veterinær, Thomas. Driver ikke du med den slags barmhjertighetshandlinger daglig?*»

Louise nikket megetsigende og løftet likørglasset mot Karin i en liten skål.

Thomas kom sent ned til frokost.

Det var syvende dagen der og han så stadig mer grimete ut. «Beklager, svigermor. Jeg har sovet dårlig. Igjen,» la han til, og stirret mistrøstig ut over frokostbordet, som var dekket med mindre pålegg enn hans eget på en vanlig hverdag.

«Du får spise godt, da, Thomas.» Louise trodde åpenbart at alle var like døve som henne. «Forsyn deg med skinken. Det er restene av den jeg hadde til jul i fjor. Den har holdt seg utmerket i kjøleskapets fryseboks.»

Thomas snudde seg bort i avsky og gned armene sine. «Jeg vet ikke hva det er, men jeg klør som en gal hele natten.»

Louise lente seg fram. «En hund som gjør hele natten? For noe tøys, Thomas. Det finnes ikke hunder i nærheten.»

«*Jeg – klør – om – natten.*» Thomas kunne vært munnavlest på hundre meters hold.

«Du sier ikke det.» Louise pirket i brødsmulene sine og myste mot ham. «Jeg trodde ikke det var mulig, så mange år etter.»

Thomas været ubehag og rette seg opp. «Hva mener du?»

Hun la hodet på skakke, det tynne grå håret i en stram knute i nakken, huden som rynkete pergament over det beinete ansiktet. Thomas syntes hun lignet en rovfugl. «Da jeg var barn, bodde en ugift onkel på det rommet. Han ble der hele sitt liv. Nektet å vaske seg, skiftet knapt klær. Til alt overmål hadde han en hund boende der også, et langhåret beist som sov i samme seng som ham.» Hun brettet sammen servietten, spisset den innsunkne, rynkete munnen ettertenksomt. «Jeg trodde virkelig at det holdt å skifte på rene lakener.»

Thomas reiste seg med sammenbitte tenner. Han snudde seg mot Karin. «Når jeg er tilbake, har du fjernet alle sakene mine fra det forbannede rommet. Og puttet klærne i vaskemaskinen.»

Karin stirret stivt tilbake. «Ikke glem nøklene dine.»

Thomas hektet vindjakken av knaggen i entreen, rev til seg nøkkelknippet og forsvant ut døra.

Louise kom seg langsomt og møysommelig på beina, kikket ut av vinduet etter ham. «Du verden. Uten frokost. Var drinken han allerede hadde innabords tilstrekkelig føde?» Hun betraktet sin gjenværende svigersønn, øynene hans vek unna hennes. «Ti kuldegrader ute og i bare tynn skjorte og jakke.» Et øyeblikk var det nesten som om den rynkede munnen glattet seg ut i et smil. «Enn om han går seg bort og rett og slett fryser i hjel?»

Hermann hørte vegguret slå tolv slag. Midnatt. Like etter lød det svake lyder nedenfra. Det måtte være Thomas som omsider hadde kommet hjem. En stund undret han på om det gamle trollet virkelig hadde fått rett i at Thomas gikk seg vill og frøs i hjel. Huset lå flere kilometer utenfor byen, altfor langt å gå dit så tynnkledd. Han hadde vel fått skyss.

Han vred seg urolig. Svevet inn og ut av søvnen. Rommet hans lå like bortenfor Thomas', men langt unna de to kvinnene, som var losjert i loftsetasjen. Alle hadde fått separate værelser. Det var umulig å få et fornuftig svar når de spurte hvorfor. Louise hørte rett og slett ikke.

Det kom fortsatt lyder nedenfra. Han ble kald innvendig. Innbrudd? Hvis det hadde vært Thomas, ville han vel ha lagt seg nå. Hermann holdt til slutt ikke ut mer. Lydene, om enn lave, drev ham til vanvidd.

Han kom seg på beina, hutret i det iskalde rommet, der sentralvarmen i følge svigermor ikke fungerte og temperaturen nå var under nullpunktet. Han gikk nølende ut i gangen og en skygge pilte over gulvet like foran føttene hans. Han skvatt til, trykket hånda for munnen og minnet seg selv om at det bare var kvinner som var redde for mus. Mus? Hadde Thomas vært her, ville han nok bekreftet at det var en rotte. Hutrende tok han enda et skritt og dyret pilte den andre veien. Hermann bykset over gulvet og ned trappa. Noen sto utenfor. Det var Thomas, som tynnkledd og aldeles forfrossen sto der og rev i døra.

«Herregud, Thomas, som du ser ut. Hvor har du vært?»

Thomas banet seg vei forbi ham. «Jeg tok bussen til sentrum. Spiste for første gang denne jula en skikkelig middag. Da jeg kom hjem med taxi, var døra låst.»

«Du har da nøkler til døra.»

«Jeg *hadde* nøkler.» Han dinglet knippet opp i ansiktet til Hermann mens tennene klapret i munnen. «De henger ikke lenger på nøkkelknippet mitt. Jeg har stått her i svinekulda og banket og ringt på i evigheter!»

«Du kunne da brukt mobilen?»

«Kunne jeg? Mobilen har plutselig forsvunnet fra jakkelomma!» Thomas sydet av raseri. «Jeg legger meg på sofaen i stua, ikke noe i verden får meg til å sette beina inn i det møkkete soverommet mer.»

«Du kan sove på mitt rom.» Ingen hadde hørt Karin komme. Hun sto øverst i trappa, de magre skuldrene dekket av et ullpledd.

Thomas snudde seg bryskt mot henne. «Sympatisk av deg å kjøre ut og se etter meg. Jeg har tross alt ikke vært hjemme siden frokost.» Han stanset ved bordet i entreen. «Hvem har tatt mobilen ut av jakka mi og lagt den her?» Han stirret på dem, men ingen svarte.

«Hør her, vi trodde alle ...?» Hermann slo ut med hendene.

«Vi trodde alle at du holdt orden på nøkler og mobil,» innskjøt Karin spisst.

«Kanskje andre enn jeg har vært i lommene mine og rotet?» Thomas vendte seg mot Hermann. «Du kunne vel ønske at jeg virkelig skulle fryse i hjel der ute, slik at du slapp å diskutere våre videre prosjekter med andre enn deg selv?» Døra smalt hardt igjen etter ham og like etter knaket det i sofaen i stua.

Hermann ble stående litt i entreen, Karins skikkelse hadde forsvunnet like lydløst som hun var kommet.

*

Det måtte være vinden. Greiner som slo mot husveggen.

Hermann Eckel vred seg ukomfortabel på den harde madrassen og lyttet til dunkingen som på nytt hadde dratt ham ut av en hardt tiltrengt søvn. Klokka var halv to. Fra vinduet drev måneskinn inn gjennom florlette gardiner. Ikke et vindpust. Greinene han kunne skimte gjennom vinduet rørte seg ikke. Likevel vedvarte dunkingen.

Han satte seg møysommelig opp og bannet lavt, omtåket av for lite søvn og for store doser konjakk. Kom det ovenfra? Dunkingen fortsatte, lød som om noe ble slått mot treverket. Lyden var like over hodet hans, holdt ham ubønnhørlig våken. I tillegg var det jernbrisken husets vertinne hadde losjert ham på. Og sulten hadde igjen meldt seg og gjorde søvn enda vanskeligere. Han hadde vært sulten siden han kom hit. Sulten! En enestående tilstand tatt i betraktning at det var jul.

Han ga opp å sove. Sto opp for andre gang den natten, fikk på seg slåbroken og kom seg ut av rommet. Huset var gammelt og iskaldt. Tapetene mørke av elde og trappa opp bratt med slitte trinn. Lyset i taklampen virket selvsagt ikke. Man trengte en stiv drink for å orke seg nedenunder til kjøleskapet. Han måtte! Mat i magen ville gi ham søvn. Måneskinnet ga kjøkkenrommet et sykelig, sølvblått skjær.

Han lot døra til entreen stå halvåpen, stivnet brått til da lyden av dunkingen på nytt kunne høres ovenfra. Nærmere, denne gangen. Han famlet etter lysbryteren uten å finne den, rygget ut av kjøkkenet og listet seg på stive bein opp trappa.

Han skimtet så vidt sin egen døråpning. En skikkelse skred ut av den og over gulvet mot ham, iført noe mørkt, fotsidt. Det svimlet for ham, trappa gynget og han ante bare de hurtige bevegelsene og det radmagre ansiktet som lyste hvitt i bekmørket.

Et gjenferd! Han mistet fotfestet. Smerten i brystet sparket pusten ut av ham og sendte ham hodestups bakover.

Hermann Eckels tunge, velfødde kropp landet med et brak nederst i trappa og ble liggende, urørlig.

Thomas Moe sto skjelvende over svogeren etter å ha gjort noen nytteløse forsøk på å få liv i ham. Braket da han falt ned trappa kunne vekket gråstein, men ikke Karin, som nok hadde tatt «kveldscocktailen» sin, en salig miks av Louises hjemmelagede remedier, etter å ha blitt vekket tidligere på kvelden. Hermann var død, og ikke ante han hvorfor han hadde falt. Noe med det forvridde ansiktsuttrykket, og de vidåpne, skrekkslagne øynene forvirret og skremte ham.

Politiet måtte varsles, lege også. Det ville bli et fryktelig oppstyr. Han måtte forklare seg. Thomas gikk ustø inn i kjøkkenet, fikk øye på en halvfull flaske med konjakk midt på kjøkkenbenken. Fineste sort, en XO. Han trengte et melkeglass av den nå. Minst.

Han tømte glasset i tre store slurker. Det var alkohol, men slett ikke konjakk. Smaken var bitter og virkningen nesten momentan. Han grep om kjøkkenbenken med den ene hånda, om strupen med den andre. Kaldsvette brøt ut over hele kroppen. Han ble kraftløs, synet ble uklart. Han grep om flaska, veltet den i samme øyeblikk. Strevet med å fokusere blikket, så den lille lappen som var klistret i hjørnet av etiketten. *Til utvortes bruk*.

Thomas sank sammen ved kjøkkenbenken. I trappa lød langsomme, lette skritt. Møysommelig vred han seg rundt. En mørk silhuett sto i døråpningen, men rommet beveget seg plutselig og bildet fløt sammen.

«Noen der ...? Hjelp meg ...!» Tungen lystret knapt.

Disen for øynene lettet et kort øyeblikk og han så henne. «Tilgi meg ... nåde ... jeg *vet* jeg har ...»

Hun kom mot ham, lett til beins og uten stokk. «Hva synes du, kjære svigersønn? Er dette en grei måte å dø på?» Det lød som en svak visling. «Eller ville du ha foretrukket en annen metode?»

Den kvinnelige politibetjenten snakket så varsomt hun kunne til den gamle kvinnen neste morgen, uviss på hvor mye hun forsto og redd for å skake henne ytterligere.

«Kjære fru Gran, det er fryktelig, dette som har skjedd.»

Louise Gran lente seg tungt mot stokken. «Hva sier du vennen min? Jeg hører litt dårlig.»

De to betjentene vekslet blikk.

«Hun er stokk døv. Aldri så lite bortreist også, tror jeg.» Louise ble geleidet bort i en stol.

«Sett deg her, fru Gran. Vil du at legen din kommer en tur hit i ettermiddag?» Betjentens stemme kunne ha vekket de døde.

Louise virret bare på hodet og smilte fårete. «Langt ifra. Ingen kommer hit i ettermiddag. Vi inviterer ikke gjester nyttårsaften. Bare nærmeste familie til middag. Min datter tar hånd om slikt.»

Betjenten klappet henne på hånda. «Akkurat, fru Gran.» Han gikk bort til Karin, som sto og tørket øynene.

«Tenk at han har helt i seg mors liktorn- liniment bare for at det var oppbevart i en konjakkflaske. Det er ikke til å tro.»

«Vi skjønner det. Han var vel utafor etter å ha funnet svogeren død.» Betjenten vendte blikket opp trappa. «Den er livsfarlig uten lys. Spesielt hvis man er litt ... ustø.»

Karin svelget. «Vi må gjøre noe med det.»

Betjenten betraktet henne medfølende. «Klarer du dette alene?»

Hun nikket. «Livet må gå videre. Jeg har jo mor å ta meg av.»

De to kvinnene sto ved vinduet og så politibilen og ambulansen forsvinne.

«Det er det mest anvendelige brygget jeg har laget. Fjerner alt fra liktorn til gammel maling.» Louise knep munnen sammen. «Sånn en tosk. Det sto til og med skrevet på flaska. *Revebjelle. Selsnepe. Grønn fluesopp.*»

«Veldig liten skrift, mor.»

Louise Grans øyne glitret i mørket og munnen syntes å glatte seg helt ut. «Det er nyttårsaften i kveld, kjære datter. En fabelaktig indrefilet og god rødvin venter.»

POLARSAFARI

Av Anne B. Ragde

Da SAS-maskinen brøt skydekket over Isfjorden, lå de bare der. Flate, hvite og digre, med mørkere vertikale hogg som veltet ned mot frosne fjordvidder. Helt ute mot storhavet var isen begynt å gå opp. Det var seint i mars. Mens flyet gikk inn for landing i Longyearbyen, steg fjellene høyere og høyere opp rundt ham, samlet seg tett innpå, men likevel milevis utenfor rekkevidde. Erik begynte å lure på om han for en gangs skyld hadde tatt en riktig beslutning ved å dra hit. Stikke av. La telefonsvareren ordne opp med alt der hjemme.

Det var fjellene som gjorde det. Allerede første gang han var her, hadde han følt det, etter fem minutter med fast grunn under føttene. Fjellene samlet noe inne i ham, noe primitivt og riktig, som fikk alt annet til å virke smått og puslete. Fjellene utstrålte en renhet hinsides tid og historie, en voldsomhet han underkastet seg, måtte slå blikket ned for.

Han hadde hatt valget. Mellom nervesammenbrudd og å komme seg unna. Hit. Til fjellene og isødet, og ei sol som skalv i kulde over peneplan-formasjonene. Det var riktig. Og i siste liten. Han kjente hvordan tykktarmen ulmet over whiskyen på flyet fra Tromsø. Den forbannede tykktarmen likte ikke whisky, men det skulle han gi blanke blaffen i heretter. Tykktarmen skulle pent få avfinne seg med sin skjebne. Og kanskje lot den seg overbevise av andre og mer friluftspregede argumenter.

Svein ventet. Gode, gamle Svein som bare hadde sagt: «Ja, så klart, jeg lurte på hvor lenge du ville holde ut i det rotteracet ditt. Bare kom, jeg ordner alt.»

Svein sto i diger parkas og tørrpratet med sysselmannen, mens Erik stavret over isdekket i karamellfargede Bruno Magli-sko. Sydd av italiensk forhud, inngangsbillett til hjørnebord i Annen Etage, og fullstendig malplasserte her oppe. Men Svein hadde lovet å ordne alt, varmedress og scooterstøvler inkludert, og da hadde Erik satt seg på flyet som han sto og gikk.

Svein fikk øye på ham, ropte og vinket, gliste under kompleksbarten som ikke gjorde annet enn å samle rimfrost.

– Gamle hauk, du ser ut som enhver annen idiot fra fastlandet, men det skal vi nok ordne. Følg meg, gamle gutt. Har du hamstret tax-free? Du får si til sysselmannsbetjenten at du skal være her minst én måned, så du får kortrasjon på nok sprit. I morgen tidlig svinser du en tur på Nordpolet. Da overlever du.

Den sto og ventet på ham utenfor huset der Svein bodde, på Haugen. En kølsvart Polaris 600. Det virket som den lå i hundre selv når den sto dørgende stille på hålkeisen.

– Den skal du ha, sa Svein, – selv har jeg lånt meg et gammelt vrak av en fjorårsmodell. Du får elektrisk start, sikkert ikke dumt for en bygutt som deg. Hvordan har du det nå, forresten?

– Vet ikke, like jævlig som da vi snakket på telefonen, antar jeg.

– Hva sa de på jobben da du dro?

– Adjø. De er like lei av trynet mitt som jeg er av deres.

– Lekker dress du har. Siste skrik, antar jeg? Kanskje den passer til meg, så kan jeg flotte meg i den på Huset mens du sitter og mediterer i isødet.

Det hadde kommet til et punkt hvor han ikke maktet mer, hvor skrivebordet og telefonen fikk gallen til å stige opp i halsen. Å være prosjektleder i et reklamebyrå er nok til å slå ut den beste. Du ligger i krampe mellom barken og veden, mellom amatørmessige oppdragsgivere på kundesida, og tertefine byråkreatører som ikke tåler å bli pirket på nesa, på den andre sida. Han slet seg ut med å tilfredsstille begge parter, snu kappa etter vinden i ett kjør, jatte med og glatte over, være diplomat langt inn i sine egne mareritt. Han fikset det ikke lenger. De siste månedene hadde konfrontasjonene kommet som magekramper på en snor, kunder hadde blåst ut dritt direkte til kreatørene, som i sin tur nektet å jobbe mer med kunden. AD-er og tekstforfattere hadde kalt kunder for pissredde amatører rett i trynet på dem, mens byrålederen hadde vimset rundt og hylt til Erik om hvor viktig nettopp denne kunden var. Ifølge byrålederen var visstnok hver jævlige lille kunde avgjørende for hele årsbudsjettet. Ikke engang de verste idiotkundene gikk det an å si opp for å glede de forurettede kreatørene. Dikt og forbannet løgn. Selvfølgelig kunne kundesamarbeid sies opp på en vakker måte, men Erik var forholdsvis blodfersk og kunne ikke foreslå slikt. Og tykktarmen hadde vridd seg i vånde hver gang telefonen ringte med en misfornøyd kunde i andre enden.

Han hadde rett og slett gått tom for MD, Målrettet Drittprat, og de andre hadde begynt å kommentere hans lave toleranseterskel. Siste dråpe var offentlig uthenging på personalmøte, hvor til og med hver minste og nyansatte rentegner hørte på. «Jeg greier ikke å jobbe med Erik lenger. Han stresser for mye med kundeønsker og deadlines, vi får faen ikke kreativt albuerom,» hadde de jodlet én etter én, iført røde brilleinnfatninger og innovative blekestriper i hårluggen. De forbannede fisefine kreatørene som trodde de var kunstnere, og ga blaffen i kundens omsetning etter at kostbare kampanjer var gått på lufta.

– Jeg greier ikke å jobbe med dere, jeg heller, hersens primadonnaer, dette racet handler om penger og omsetning, dere er til for kundene og ikke omvendt, jeg tar permisjon, gidder ikke dette mer.

Så hadde han ringt til Svein.

– Jeg vil vekk, jeg kommer oppover. Fiks meg ei hytte

langt unna alt, jeg må tenke, kanskje jeg har lyst til å verve meg i NORAD, lære ungene i Mosambik å lese og skrive, jeg vet ikke ... Jeg må gjøre noe på ORDENTLIG! Skjønner du?! hadde han skreket over satellitt til Longyearbyen.

Og nå var han her.

Varmedressen var knall oransje med «Store Norske» over hele ryggtavla. Den passet. Det gjorde glasset med Queen Anne også, inkludert isbitene, permafrost i kuber, like iskalde som vinden utenfor vindusrutene.

– Du skal til Agardhbukta, gliste Svein, – oppe på Østkysten. Der tenker jeg du får lyst til å reise til Mosambik. Hytta er fin. Liten, men stor nok.

– Er det bjørn der oppe nå?

– Tror ikke det. Vi hadde en chopper oppe i forrige uke, de så ingen, de er fortsatt lenger nord, der hvor storkobba er. Men det kan forandre seg i løpet av få dager. Bjørnen er sulten på denne tida av året, og reklamefolk fra fastlandet er det beste den veit. Men jeg legger igjen Magnumen min, den du prøvde på colaboksene ute i Adventdalen sist du var her.

– Når drar vi?

– Først må vi proviantere, masekopp. Vi drar i morgen formiddag.

De hentet tolv jerrykanner med drivstoff på materiallageret ved Bayen, og hermetikk og frosset brød på proviantlageret. Erik hamstret på Nordpolet mens Svein surret sledene, og så var de i gang.

Da de startet scooterne og Erik kjente hestekreftene mellom beina, fikk han på nytt følelsen av å ha gjort noe riktig. Han pustet tungt bak skjerfet han hadde bundet om nese og munn, kjente eksoslukta rive og armene dirre i takt med turtallet, følte hvordan kjelken la seg stødig bak beltet.

Ut gjennom Adventdalen lå snøfokket som jetstriper i sporet etter dem, sola var rosa og gul på fjellene foran, de veldige flate fjellene med blå hogg og naken polarhimmel over. Det beit i øynene, men han ville ikke ha briller.

Han ville se.

Og nå la han seg opp på sida av Svein, gliste under skjerfet, kjente hjertet hamre over farten og de nærmere nitti hestekreftene, kjente hvordan isødet la seg tett om kroppen og skjøv ham videre ut i ingenting, vekk fra alt, vekk fra forbannede kunder og tertefine reklamefolk fulle av Marlboro-røyk og skittviktige formuleringer. Dette var ekte, dette var riktig, dette var på ordentlig, her kunne han tenke.

Mange sier at Svalbard-naturen er gold og død, men det er dem som ikke er i stand til å se. For alt lever, skyene og skyggene, isens blåtoner, daljuvenes sikksakkmønster mellom fonner og skavler. Dyr som fluelort på snøen langt unna, kortbeint polarrein som overlever den månedslange polarnatta med marginale dagsrasjoner energi. Hvite

revesvanser i pilende fart til motsatt side av skavlen når
du nærmer deg. Rypespor som blyantstreker på forblåst
puddersnø. Matt sollys som dirrer mot øynene gjennom
kuldegradene. Og fjellene alle steder.

Det er mulig å krysse de veldige viddene med snøscooter.
På ski får man følelsen av å stå på stedet hvil. For fjellene
er uten referansepunkter, det finnes ikke en eneste liten
fjellbjørk å måle avstanden mot. Du tror foten av fjellet er
fem hundre meter unna. Og så er det tre kilometer. Eller
enda mer, kanskje ei mil.

Erik så fram til å bli aleine. For å se hva som ville skje,
både med tanker, tykktarm og humør. Selv om Svein var
en venn i ordets egentlige betydning, en venn som aldri
hadde forsvunnet helt etter miltærtida og brakkesamholdet,
enda de hadde bodd milevis unna hverandre. Kontakten
og Sveins omtenksomhet for ham var der uansett,
tross den brautende væremåten. Svein hadde til og
med sydd inn et kaninskinn i varmedressen hans, over
korsryggen. Turbulensen bak ryggen kunne bli intens i
stødige 130 km/t, i femten minus. Erik kjente hvordan
skinnet varmet.

Sassendalen lå nå foran dem, med Tempelfjellet i nord.
De skulle følge dalen mot øst, fortsette videre gjennom
Fulmardalen over til Agardhdalen og helt ned til bukta.
Gamle scooterløyper begynte å tynnes ut, snart laget de
sine egne.

Før de skulle ned i Agardhdalen, tok de en pause oppe på breen.

– Veit du noe rart, sa Svein, mens han trakk av seg de svære scootervottene av reinskinn for å rulle seg en røyk, – denne breen heter enten Marmorbreen eller Elfenbensbreen. Jeg klarer aldri å huske hvilket av de to navnene. Jeg spør andre, hva heter nå den faens breen igjen, får vite det, og glemmer det.

– Begge navnene passer, det er derfor, sa Erik og kikket mot kanten av breen der isen møtte nye fjellsider. Alt var dekket av hvit fokksnø. Bregulvet var flatt og hardt, en drøm for scooterski og fjæring. Og for sjåføren oppå. Helt flatt og beint fram i jevn topphastighet. En nytelse.

Erik rev av seg skjerfet om munnen og ristet det tomt for iskorn, snøt seg i fingrene. Slikt fikk han seg bare til å gjøre her oppe.

Varmen og lukta fra scooterne var rundt dem. Stillheten var enorm med en gang motorene døde. Som et lydisolert rom. Øynene kunne følge lyset milevis opp og fram, mot lyseblå himmel over kritthvite fjell uendelig langt unna. Ikke en lyd.

Erik nøt det. Han lyttet til sine egne ører som skrapet mot innsida av reinskinnslua da han vippet den av seg, hørte knitringen i Sveins tobakkspapir, hørte Svein puste.

Det var vindstille. Sola varmet i panna, selv i femten minus.

– Vi er snart framme, sa Svein og slikket langsetter sigarettpapiret.

Hytta var et sammensurium av tjærepapp og plank og Glava-vatt. Skoddene var slått for. Svein åpnet og luftet. Hadde vrengt varmedressen av seg ned til livet, ermene hang langs lårene. Nå stavret han rundt som en romfarer og dirigerte.

– Kølkassene hiver du bak hytta, de tar altfor mye plass inne, du kan hente nytt køl i bøtta når du er ute og pisser. Få inn propanen og provianten, bensinen lar du stå på kjelken. Så kan du prøve å fyre opp aleine, bruk rikelig med ved og aviser, det ligger ved sida av ovnen.

Veden var rå og kald og gjenstridig. Erik trengte en whisky. Og med plastglasset oppå ovnen fikk han tålmodighet med vedflisene. Blåste og blåste, tvang flammene til å slikke opp om papirrusk og vedskier. Først skikkelig varme med veden, deretter kullet, det visste han godt. Tykktarmen pistret som en redd valp. Han tok en ny slurk.

Svein trampet inn igjen.

– Hold den ved like, hele tida, full ovn med kull gir deg åtte timer før du må hive på mer. Men er du våken, så hiver du på før. Hvis du skal ut på en tur.

– Ja. Så kan jeg bruke piperøyken som veiviser hjem igjen.

– Hah! Du er litt av en grønnskolling! Det ryker ikke av pipa når ovnen er full av køl! Men du finner nok hjem likevel, med kartene og kompasset. Forresten så trenger du ikke vimse rundt på langturer, det liker jeg ikke, jeg har sagt til sysselmannen at du er en ansvarlig faen som ikke finner på noe tull. Ikke dra lenger enn til Dunérbukta, eller utover på fjordisen, den går ikke opp her inne på uker ennå. Hører du, ditt fastlandskryp?!

– Ja da, ja da ... nå har jeg fått fyr! Pytt-pytt ... her Svein, skal du få en whisky.

– Yessir, den tar jeg gjerne imot. Skål for det nye vertskapet i hytta!

Det var rart å bli aleine. Uventet rart. En fullkommen isolasjon som ikke skremte, men som presset ham til å møte seg selv i døra, til å stå ansikt til ansikt med hva han ville med livet. Et godt, gammeldags «Hvem-er-jeg?»-oppgjør. Han varmet snurring over gassblusset og pimpet Queen Anne. Han ville ikke være edru i kveld, ville bare nyte å være her, nyte det fullt og helt med alkohol i årene. Midt i polarbamsens rike.

Fastboende her oppe tenkte ikke så mye på isbjørn, de var vant til at den var der. Et etter annet sted. Betryggende langt unna. Eller rett bak nærmeste snøskavl.

Sveins Dan Wesson Magnum .44 lå på kjøkkenbenken i revolvertaska si. Svein hadde sydd den selv, i kanvas med lærkanter. Han kunne bare træ den på seg, rundt halsen og ene armen, lade og sikre den, og la den henge rett innenfor glidelåsen i varmedressen. Svein hadde aldri brukt den på bjørn, verken for å skremme eller drepe. Bare på et par polarrever som hadde sett mistenkelig oppspilte ut, og aldeles ikke var redde verken for scooter eller menneske. Rabiesfaren visste alle om, og reven bar viruset med seg. Derfor var det viktig å skyte dem vekk, skremme dem pokker i vold hvis de viste tegn til besynderlig oppførsel.

Erik funderte på hva Svein ville gjøre hvis han traff bjørn på hjemveien, uten sin lille Magnum. Det var bra sysselmannen ikke visste om at Svein kjørte ubevæpnet hjem igjen, men han hadde rett og slett glemt å ta med to våpen. Og da han skulle dra, var det for seint.

– Jeg overlever, hadde Svein sagt. Det måtte være yndlingsordet hans, overlever. Men det var kanskje ikke så rart, han hadde bodd her oppe i snart ti år.

For dette var villmark. Selv de siviliserte husklyngene i Longyearbyen kunne ikke skjule det faktum. Man var prisgitt naturen. Kulda og vinden og isen. Ikke rart at man slapp unna med minimalt skattetrykk fra den norske stat.

Neste dag var like stille og kald, himmelen var blekblå med lav sol. Erik rigget til en uteplass med isopormatter og saueskinn, der satte han seg med nytrukket kaffe og to brødskiver med kald snurring. Agardhbukta lå foran ham, med Burmeisterfjellet i det fjerne, på den andre sida av Storfjorden. Det gigantiske panoramaet med hvite linjer som øyet kunne følge i alle retninger grep ham like sterkt som dagen før. Han prøvde å tenke på Mosambik, og hva han ville med livet sitt, men det gikk ikke. Han kunne ikke fatte at det fantes noe annet enn nettopp dette, akkurat nå; det varme kaffekruset i hånda, fjordviddene foran ham, Burmeisterfjellet langt der framme mot horisonten, Polarisen parkert bak hytta.

Han koblet fra kjelken og startet opp. Trakk glidelåsen helt opp i halsen, Magnumen spente dressen ut foran, der den lå gjemt i revolvertaska, ladet og trygt sikret. Nikkormaten fikk henge utenpå dressen, bare speilet ikke hang seg opp i kulda. Men lufta var så tørr, det gikk sikkert bra.

Brølet fra motoren skremte til og med ham selv. Lyden bar utover og framover. Skiene fulgte underlaget, klasket over den knudrete isen, det var som om fjorden hadde stivnet midt i bølgetoppene en dag i august. Han jog utover den frosne vannflata, presset gasshåndtaket hardere og hardere inn, til tommeltotten stivnet i 100 km/t. Han huket seg ned bak den lille vindskjermen, og stirret på fjellene i det fjerne gjennom et svakt røykfarget skjær. Han var nesten midtfjords da han stoppet på en åpen flate som aldri sluttet, en hvit evighet som virket uendelig i søkeren på Nikkoren. Speilet åpnet seg perfekt, og han overeksponerte for å få med nyansene i isen og himmelen.

Nå ville han kjøre mot Dunérbukta, rundt Agardhfjellene og så hjem til hytta.

Det hele kom så brått på ham.

Han rakk bare å få et glimt av den gulhvite pelsen rundt en sving før han fikk kastet scooteren opp dalsida og svingt rundt. Han satte kursen mot en liten høyde, følte instinktivt at han måtte opp fra dalen, måtte skaffe seg oversikt. Og et forsprang så han rakk å få ut Magnumen fra dressen. Han tok ikke sjansen på å kjøre hele veien rundt fjel-

let tilbake, for da møtte han den kanskje ved hytta, bråtfølt
på. Han måtte skremme den herfra, tilbake nordøstover.

Han stanset scooteren uten å skru av motoren, kjente
hvordan svetten dampet inne i reinslua. Han hadde råket
rett på en isbjørn, visst faen hadde han det! Første dagen
han var her.

Revolveren lå svart og hard i hånda hans, den ga en tung
trygghet som roet ham ned. Han spente hanen og ventet.

Men ingenting skjedde. Han ventet lenge, stirret mot
svingen og dalbunnen, sine egne spor oppover dalsida.
Kanskje han skulle kjøre forsiktig framover langs hellingen.
Han holdt revolveren i venstre hånd med løpet pekende
framover, og ga sakte gass.

Etter bare tredve meter fikk han øye på den.

Den lå på sida, klørne lyste svarte midt i den gulhvite
pelsen og all snøen rundt. Den lå ikke på en naturlig måte.
Erik stirret til øynene verket. Hva faen var dette? Hva
hadde skjedd?

Han visste at bjørn kunne sulte i hjel på denne tida av
året, men da falt den vel bare slapt sammen? Kanskje den
spilte skuespill, for å få ham til å komme nærmere.

Ikke bli paranoid, sa han til seg selv, isbjørner spiller
ikke skuespill. Den er steindau.

Men av hva? Han kjørte sakte nedover, stoppet hver femte
meter og speidet etter en bevegelse i pelshaugen. Egentlig
burde han kjørt i en stor bue rundt, og hjem. Når Svein
kom om en ukes tid, kunne de dra hit sammen. Men nei,
han hadde aldri sett en isbjørn på nært hold, han måtte

se nå. Jo nærmere han kom bjørnen, jo større ble den. Til slutt hadde den vokst til et digert berg av et dyr som virket altfor stort for denne lille dalen. Ti meter unna stanset han.

Han skrudde av motoren, men tviholdt rundt tenningsnøkkelen i full beredskap mens han lyttet. Alt han hørte var sin egen puls i ørene, en puls som tordnet raskere og raskere og som plutselig nesten stoppet opp da han med ett fikk øye på noe annet. Det lå to unger under bjørnen. Det var ei binne med to unger, og ingen av de tre rørte seg, mora la halvveis oppå ungene.

Da oppdaget han sporene. Nedetter dalen.

Bjørnespor i et eneste vas, ei elv av spor som førte dit de nå lå. Og blodet. Blodet i sporene. Mørkt frosset blod rundt isklumper og snøfonner.

Han brakk kroppen av scootersetet, hevet revolverløpet mot himmelen og gikk mot bjørnene. Ungene lå trykket ned i isen under mora, de små snutene var matte av rimfrost, øynene lukket. Øynene til binna var åpne, med en metallblå hinne trukket over. Men det døde uttrykket kunne ikke skjule raseriet og redselen i de digre, svarte øynene. Hodet var bredt og kraftig, og leppene hadde glidd bakover for å blotte enorme hjørnetenner og rosa slimhud. Tunga lå frosset i munnhulen, som om hun brølte ut en redsel hinsides fjell og himmel. Hva hadde skjedd? Han gikk rundt dem. Da så han det.

Dype, svarte skuddsår i alle tre dyrene.

I ryggen.

Whiskyflaska hadde stått i yttergangen og var iskald. Ovnen var glovarm, men han hev på enda mer kull. Hendene skalv, kullklumpene trillet bortover gulvplankene. Spriten skar ned i strupen, ulmet og krodde seg med klar kurs for tykktarmen. Han hadde ikke tatt av seg varmedressen, og nå kjente han hvordan svetten rant nedetter ryggen samtidig som whiskyen brant på innsida av ryggtavla. Likevel frøs han, tennene klapret da han tvang digre slurker brennevin ned i halsen.

De flotte dyrene. Svære og stolte, i en natur de behersket, rådde over. Skutt i ryggen som rotter, som skadedyr. Hvem faen ville finne på å gjøre noe slikt. Hvem i helvete hadde ...

Han hadde ikke sett andre scooterspor. Verken i bunnen av dalen eller oppe i dalsida.

Binna og ungene måtte ha blitt skutt fra lufta. Noe annet var umulig. Da var det ikke i selvforsvar! For isbjørnen var totalfredet. Man skulle skyte for å skremme, noe annet var ulovlig. Bare hvis de kom tett innpå og tydelig viste tegn til å ville angripe, uten å bry seg om skremmeskuddene, hadde man lov til å skyte. I selvforsvar. I nødverge.

Og da traff man dem faen ikke i ryggen!

Med stive fingrer fikk han vrengt av seg varmedressen og satte seg foran ovnen. I den ene hånda holdt han plastglasset, i den andre flaska. Slik satt han til flaska var tom, hodet tomt for tanker. Han lente seg bakover på sofaen og sovnet tungt.

Han måtte finne ut av det. Slikt skulle ingen gjøre ustraffet. Om han så skulle hale de usle svina ut i ei snøfonn og egenhendig banke dem helselause. Han ville ta hevn, det var det han ville. En primitiv, rasende hevn på binnas vegne. Der hadde hun slitt i månedsvis med to unger i et hi et eller annet sted, ammet og pleiet dem. Og så våget seg ut i åpent landskap da ungene ble store nok. Isbjørnen hadde i prinsippet ingen naturlige fiender, men det hadde likevel ei binne med to små unger. Til og med ungenes biologiske far kunne finne på å jafse dem i seg når sulten rev som verst i tarmene, tidlig på året. Sultne bjørnehanner passet binna seg for, selv om hun var like utmagret og sliten som hannen. Men hun hadde ikke regnet med dem på to bein, ikke regnet med å bli skutt i ryggen uten mål og mening.

De hadde jo ikke tatt skinnene engang.

Erik hadde hørt om lignende «jakt» i Alaska og Canada. Etter ulv.

Hvor pampene satt i helikopter med champagneglass og rifler, og plaffet ned desperate ulver etter å ha fløyet lavt over dyrene kilometervis, på svære vidder hvor ulven ikke hadde en sjanse.

«Polarsafari» kalte de det. Men han hadde aldri hørt at de hadde problemer med slikt her oppe. Likevel, det kunne ikke være noe annet. Og dyrene var ferske, skutt for et par dager siden. Ellers ville de vært mye mer tilfrosset. Dessuten hadde han kjent lukta – ram villdyrlukt fra fettet i pelsen som holdt kulde og fuktighet ute.

Men nå skulle han være på vakt, følge med. Dette ville han til bunns i, og først måtte han finne ut om de var i området.

Neste dag satte han seg utenfor hytteveggen, godt innpakket i varmedress og saueskinn. Kikkerten var støvete, han pusset den med linsepapir og rensevæske fra fotobagen. Så lente han seg tilbake mot tjærepappen og ventet, lyttet.

Han måtte vente lenge. Og hadde det ikke vært for at han lyttet etter nettopp denne lyden, speidet etter nettopp denne bevegelsen, hadde han aldri lagt merke til det. For de fløy tett inn mot fjellene på østsida av Storfjorden. Lavt foran fjellene.

Et helikopter. Sydfra.

Til og med i kikkerten hadde han problemer med å skjelne helikopteret fra isveggene. Det så ut som en fugl, og motorlyden var langt, langt borte. Bare hvis han holdt pusten og snudde øret i riktig retning, kunne han høre rotorbladene:

Tsjoka-tsjoka-tsjoka.

En tørr, fjern lyd midt i polarødet.

De fløy forbi Kapp Lee, videre forbi Barkhamodden mot Mistakodden. Nå virket det som om de sakte begynte å krysse fjorden mot vest, mot Wichebukta. Men han så dem ikke lenger, Agardhfjellet skjulte helikopteret for ham. Hva skulle han gjøre nå? Ikke visste han om det var de samme heller. Han så på klokka, halv tre. Han fikk se om de kom i morgen, kanskje til samme tid, da visste han mer. Det var også umulig å lytte etter skudd så langt unna, med fjellet imellom. Han måtte vente. Drikke litt whisky, hive på kull, lese i gamle nummer av Svalbardposten, og varme snurring og pølser og biffkjøtt fra Argentina over propangassen. Hytta var lun og hjemmetrivelig nå, med godt opparbeidet pisseplass i ei snøfonn rett bak det luneste hjørnet.

Og gradestokken krøp nedover mot kvelden, den nærmet seg tyve. Han slo for skoddene i yttergangen og krøp innunder reinsdyrskinnene og dynene. Han sovnet momentant, med polarnatta tussmørk og dypblå over pipe og tak.

De kom igjen neste dag, en time tidligere. Helikopteret var vanskelig å skimte i kikkerten på grunn av tåka som tøt ut fra Freemansundet og la seg på fjordvidda. Men han hørte lyden. De krysset fjorden mot vest mye tidligere enn i går. Hvilken vei fløy de tilbake? Siden de hadde skutt bjørnene rett bak Agardhfjellet? De måtte jo vite at det var noen hytter nedover her langs østkysten, og ville vel ikke at noen skulle notere bokstavene som sto på flyskroget.

Antagelig holdt de seg helst lenger nord, men hadde ikke kunnet dy seg da de oppdaget binna og ungene i kikkertsiktene sine. Svina. Men nå skulle han ta dem, kjøre av gårde tidlig neste dag og være der oppe når de kom. Finne ut hvem de var, ta bilder av dem med telelinse.

Han gned seg over kjakene, kjente skjeggstubbene skrape mot håndbaken. Her fantes ikke speil, og ingen slipsknuter som skulle sitte presist. Slikt betydde null og niks her 78 grader nord. Han hadde funnet en ny rytme, oppdaget at dagen kunne fylles av ingenting, at timer kunne skli av gårde bare ved å nippe til et kaffekrus og stirre mot himmelen over Nordpolen. En omverden fantes ikke. Ingen lyskryss og rushkøer og Dagsrevy. Ingen hysteriske kunder med fargesprakende annonsekampanjer. Han begynte å finne et slags perspektiv på tingene, nettopp hva han hadde kommet hit etter, for bare noen dager siden. Men nå da han hadde funnet det, betydde heller ikke det noe, ikke nå lenger. Ikke etter det som hadde skjedd. Han følte et nytt menneske ta form inne i varmedressen, en person som brydde seg og tok del i noe utenfor sine egne perspektivløse små bekymringer. Han hadde gjort bjørnens fiender til sine uten at noen hadde bedt ham om det. Det kjentes riktig, og altoppslukende. I morgen skulle det forbannede helikopteret festes til filmrullen, de skulle få svi. Men han ante ikke hvilken straff de kunne få. En bot ... ? Det var ikke nok.

Det var for jævlig hvis de bare fikk en ussel bot.

Neste dag startet i skodde, klokka var ni. I dag skulle han ikke ha noe whisky. Det var svart kaffe, og deretter strake veien til tørrklosettet.

Polaris-en fikk full tank å kose seg med, den slurpet i seg nesten tyve liter fra jerrykannene som sto på kjelken. Han slengte i en skvett olje også. Deretter på med Magnum og Nikkormat, og han var i farta.

Skodda begynte å lette. Den bleke sola tvang strålene gjennom et fuktig skylag høyere oppe i atmosfæren, og streket opp isflatene med prismefarger. Kulda stakk i øynene. Han knep dem hardt sammen og prøvde å styre blikket gjennom vindskjermen. Det skulle tatt seg ut hvis han ble snøblind her midt ute i ingenmannsland, og ikke fant tilbake!

Han fulgte fjorden nordover, langs foten av fjellene hvor isformasjonene var mest utjevnet. Han likte ikke de dypfrosne bølgetoppene midtfjords, dessuten var han altfor synlig der ute. Den kølsvarte scooteren var lett å få øye på midt på isflata, som i en bevegelig råk i isen.

Isklumpene kom lynraskt mot ham, bukplata smalt i blåisen så scooteren hoppet og duvet på fjæringen. Men den tålte det, den var bygd for slikt. Han stolte helt og fullt på konstruksjonen, og lot farten ligge rundt hundre.

Han følte spenningen nå. Og redselen. Kanskje han ville finne flere døde dyr lenger bord, feigt skutt i ryggen og etterlatt der de stupte. Han myste framover isflata, kunne så vidt skimte Olav Vs land som en flat iskoloss langt mot nord, flat og bred i et hvitlys som nesten gikk i ett med himmelhvelvingen. Isbjørnens rike. Levende isbjørners rike, hvor mennesket ikke hadde noe å gjøre, hadde det ikke vært for kullforekomster i fjellene og norsk-russiske avtaler. Like fullt var man her på naturens premisser.

Enkelte hadde en tendens til å glemme nettopp det.

Han var kommet nesten opp til Wichebukta da han fikk øye på det.

Et stort ildrødt område med en forhøyning midt på, glinsende rødt mot alt det blendende hvite rundt, der Negribreen munnet ut mot fjorden. Han trykket inn gassknappen og nærmet seg hurtig.

De hadde flådd den. Tatt skinnet og latt resten ligge. Han skimtet kulehullene gjennom de glatte ribbeina som sprang ut fra den kraftige ryggraden. Hodet var borte.

Som forrige gang så han ei elv av spor som førte hit hvor bjørnen lå, en flod av panisk flukt fra geværmunninger og rotorblader. Fy faen.

Og avtrykk etter støvler, og etter flottørene på helikopteret som hadde landet tett inntil, lange parallelle spor. Han visste altfor lite om helikoptre til å kunne anslå type og størrelse bare på grunnlag av disse avtrykkene. Men bare vent. De kom nok i dag også, svina.

De hadde prøvd å skjule slakteplassen, prøvd å sparke snø over kadaveret, uten å lykkes. Det var ikke nok snø, den blåste bortetter isflata og samlet seg inne ved fjellene. Kadaveret lå nakent og blottet, en respektløs etterlatenskap. En skamplett. Et bevis på hvor himmelvidt langt unna naturforståelse enkelte kunne befinne seg.

Tsjoka-tsjoka-tsjoka.

Han hev seg på scooteren og styrte så tett inn mot breveggen han torde, rev skinnhylsteret av fotoapparatet og speidet gjennom telelinsa.

Helikopteret var i ferd med å krysse fjorden. Rett mot ham. Det ble større og større i objektivet. Han så bare den svære glassruta i fronten, hvor sola reflekterte vidda under. De fløy lavt, nå svingte de litt. Flyskroget var mørkerødt, med en enkelt hvit stripe bakover mot halerotoren. Han trakk opp filmen og begynte å fotografere, måtte holde pusten og låse armene for å stoppe skjelvingen i kroppen. Da han senket kameraet, oppdaget han at de var langt unna ennå. Han pustet intenst mellom tennene, følte avskyen for dem som satt bak glassruta, feiginger med kikkertsikte. Nå la helikopteret seg helt på sida og fløy mot nord. Registreringsbokstavene ble tydeligere mot det mørkerøde. Han satte kameraet foran fjeset igjen, myste via speilet og ut gjennom objektivet.

Det var et norsk helikopter. LN. Lima November. Og tre bokstaver til. Han trodde det måtte være SFT, eller SFF. Men det ville vises tydelig på bildene, skarpe dias tatt med lynrask lukker i alt hvitlyset.

De skulle nordover. Han lot dem forsvinne ut av syne før han startet scooteren og fulgte etter, rundet neset av Negribreen i forsiktig tempo. Stoppet innimellom.

Ved tredje stans hørte han helikopterlyden forandre seg, turtallet øke. De hadde sett noe. Han ga gass og rundet neset akkurat idet han så helikopteret liksom bli løftet til vers av halerotoren i full akselerasjon, med nesa pekende mot bakken. De hadde kurs mot foten av Edlundfjellet.

Han stoppet og stirret gjennom telelinsa, hoppet av scooteren og stirret stadig, søkte med kameraet langs foten av fjellet.

En blekgul liten prikk beveget seg sakte. En bjørn. Men avstanden var for stor. Han ga gass og fløy utover fjorden i vilt tempo, bukplata på scooteren smalt i issvullene, kameraet deiset rundt halsen. Hvis de i helikopteret så ham,

ville de kanskje snu og dra sin vei. At han selv kunne terge
bjørnen på seg, enset han ikke. Bare at han måtte bli sett,
så fort som mulig. For å redde bjørnen.

De i helikopteret hadde annet å tenke på enn å speide
etter ilske scootere. De la seg etter bjørnen, uten å skyte.
Lot den bare springe i desperat dødsangst. Nå var han
så nær at han kunne skimte hodet, den svarte snuten var
som en prikk i snøen. Den hev hodet oppover og bakover
mens den sprang, kastet på nakken med åpen kjeft.

Da fikk han øye på ungen.

Lenger bak. Ganske stor, sikkert årsgammel allerede,
men ikke så rask som binna. Den hang etter henne i sporet, og det var ungen helikopteret fulgte. De ville ha skinnet til en bjørnunge, purungt hvitt skinn til å legge på gulvet ved bardisken.

Han stoppet scooteren. Han ville ikke rekke å avverge
det. Han fikk ta bilder i stedet. Bevis. Og panoramaet i
telelinsa ga ham ingen glede, selv om det var unike bilder
han festet til filmrullen.

Skuddene smalt og ungen falt. Binna snudde, hev seg
rundt i lufta i retning ungen bak henne. Han hørte nye
skudd. De skjøt på binna. Hun segnet sammen på forlabbene med rompa i været, virret med hodet rundt på isen
og ble liggende stille.

Helikopteret landet ved ungen, og to menn hoppet ut. De
hadde mørke anorakker og mørke bukser. Han tok nye bilder mens de slepte ungen inn i helikopteret uten å flå den.
Han kjente hvordan fingrene var stive rundt kamerahuset,

lurte på om han skulle skyte på helikopteret. Nei, han tok ikke sjansen. Så god var han ikke til å sikte. Han ble sittende på scooteren og se, mens han følte en uendelig sorg sige innover seg. Han kjente hvordan forakten for disse to mennene spredte seg i hele kroppen og nesten lammet ham. Binna rørte seg ikke. Hun var sikkert død hun også.

Da helikopteret lettet, visste han at de ville få øye på ham. Men han ble rolig sittende. Trakk sakte ned glidelåsen og fant Magnumen, metallet var kroppsvarmt. Han spente hanen, ville bare vifte litt med den og skremme dem. Nå hadde han bildene. Han kunne finne veien tilbake til Longyearbyen i kveld, og rapportere det hele.

Helikopteret ble hengende i lufta, rett over slakteplassen.

De hadde sett ham. Og nå kom de.

TSJOKA-TSJOKA-TSJOKA-TSJOKA.

Støyen fra rotorbladene gikk i ett med snø og isklumper som pisket med orkans styrke rundt ham. De la seg ti meter over hodet hans og ble hengende standstill i lufta for å glo ned. Selv knep han bare øynene igjen, krøkte seg sammen på scootersetet, løftet Magnumen på strak arm for å true.

Da fløy de opp, rett utenfor skuddhold. Der ble de hengende, som for å se etter noe. Eller diskutere hva de skulle gjøre. Først nå kjente han at sinnet var gått over til redsel. Han var prisgitt mennene i helikopteret. De kunne skyte ham rett ned og dra sin kos.

Han gløttet opp. Og bestemte seg for at han ville skyte straks en geværpipe tittet ut sidedøra i helikopteret. Bare skyte rett opp og håpe at han traff.

Han måtte komme i bevegelse, kjøre i sikksakk over isen så de ikke fikk ram på ham. Men i det samme han trykket inn gasshåndtaket, la helikopteret seg kraftig framover og satte opp en voldsom fart mot syd.

Han fulgte det med øynene. De krysset ikke fjorden den veien de kom.

De fulgte scootersporet hans.

Han brukte lang tid tilbake. Var sliten i øynene og i kroppen, måtte ta hyppige pauser for å strekke på beina og riste armene. Han så ikke mer til helikopteret, hørte ingen andre lyder over sitt eget scooterbrøl. Sporet hans var godt synlig langs fjordkanten, nå visste de hvor han holdt hus. Men hva så?

Han var lemster og stiv tvers igjennom da han svingte rundt ei fonn og ned mot hytta, skjerfet foran munnen var et eneste isflak av snørr og kondens.

Pels. Melkehvit pels.

Den lå ved sida av kjelken, bare slengt rett ned, skjøvet ut av cockpiten. Ferskt blod rant ut av det gapende såret i ryggen.

Synet var et slikt sjokk at det tok flere sekunder før han oppdaget den tomme kjelken. Ingen jerrykanner. Ingen bensin. De hadde tatt alle bensinkannene hans, og hadde ikke hatt plass til bjørnungen lenger.

Han pustet i harde støt mens han skrudde av motoren og møysommelig reiste seg fra scootersetet.

Bjørnungen lå i en slapp haug, hodet sto nesten loddrett trykket ned i snøen, øynene var åpne og glassaktige, ørene var små og runde. Den lille halestumpen hang livløs over ren og tykk pels, et ungt dyr helt i starten av livet her oppe i polarnaturen. Den hadde greid seg gjennom en lang vinter sammen med mora. Men så var det brått slutt.

Han måtte ha en whisky, en diger dose ildvann for å døyve skjelvingen. Han brøytet seg inn døren, klampet over tregulvet i de svære scooterstøvlene og drakk rett av flaska i store gulper. Tykktarmen leet seg ikke, kom ikke med ett eneste lite pip. Han drakk mer, helt til han kjente whiskyen var på vei opp igjen. Han sprang tungt ut hyttedøra og ut på baksida, spydde honninggul whisky langt bortetter snøen mens tårene spratt. Tårer, ikke bare av den sterke spriten, men tårer i avmakt og raseri. Tårer. Han! Dette var på ordentlig. Ingen kunne si at dette ikke var på ordentlig, samme hvor jævlig det var.

Hva med all bensinen hans! Nå måtte han holde hodet kaldt. Først kull i ovnen. Så litt mat. En ting om gangen. Og så tenke. Prøve å forstå hvorfor de hadde tatt bensinen. For at han måtte holde seg her? Ja, sikkert. Hadde de sett kameraet hans? Kom de tilbake etter filmen? De likte tydeligvis ikke vitner. De tjente nok store penger på dette, både på å fly folk opp hit, og på skinnene. Dette var alvor. Dette var mye mer enn frykten for en bot. Hadde han havnet midt oppi en organisert polarsafari? Big bucks, og skinnet solgt før bjørnen var skutt.

Han lyttet. Hørte han lyden av helikopteret? Nei, han visste ikke, greide ikke å stilne pusten lenge nok til å lytte skikkelig.

De ville komme tilbake. Han måtte holde seg i hytta. Låse seg inne.

Fra vinduet så han rett på bjørnungen. Hvorfor kunne de ikke slengt den fra seg på baksida av hytta, der det ikke fantes vinduer? Hver gang han kikket ut etter helikopteret, så han bare ungen. Blodet og halestumpen og hodet brukket ned i snøen. Og det meningsløse i det hele.

Han åpnet kassen med vin og drakk en hel flaske hvitvin sammen med kalde stekte pølser fra i går. Han maktet ikke mer whisky nå, selv om tykktarmen var herdet og overvunnet.

Blåmørket gled innover bukta, viddene ble blanke og glatte og endeløse bak bjørnungen der ute. Han stirret i timer, mens han planløst bladde i stabler av Svalbardposten.

Og der var det. Et grumsete svart-hvitt bilde av et lignende helikopter, bare med annen dekor. Det var en Bell Jetranger, slike som Luftambulansen brukte. Plass til tre passasjerer og en pilot. Eller pilot og passasjer og én bjørneskrott. Eller to menn og ti jerrykanner. Eller ...

Tsjoka-tsjoka-tsjoka.

De var her. Helvete.

Men de skulle faen ikke få noen filmrull. Om han så skulle perforere hytteveggen med Magnumen! Vinen hadde gitt ham mot, og friskt raseri.

De landet bak hytta der han selvfølgelig ikke greide å se noe som helst.

Han hørte hvordan turbulensen etter rotorene sendte kaskader av isklumper mot tjærepappen. Så døde rotorlyden. Han ventet. Og hørte knirkingen i snøen av føtter som kom opp på sida av yttergangen.

– Hallo! ... Hallo! ... HALLO!

Han svarte ikke.

– HALLO DER INNE!

Han snakket finnmarksdialekt. Jaha, da visste han litt mer. De måtte ikke innbille seg at de slapp unna med dette.

– Du tok bilder av oss! Det var ikke særlig lurt av deg! Du må forstå at dette er ting du ikke har noe med! Kast kameraet ditt ut gjennom vinduet, så skal vi ta ut filmen selv!

– NEI!

– Vi gjentar ... DETTE VAR IKKE SÆRLIG LURT AV DEG! ... hvem du nå er... kast ut kameraet!

– NEI!

Han hørte de hvisket, så ropte den andre:

– Hvis du ikke gjør som vi sier, tenner vi på hytta di med bensinen vi har med oss. Den samme bensinen som vi setter igjen hvis du gir oss kameraet! HØRER DU?!!

Stemmen virket desperat. Men han trodde ikke på dem. De ville tenne på hytta uansett. De måtte jo vite at han hadde sett helikopteret på nært hold. Og de måtte tro at han hadde sett kjenningsbokstavene. SFT. Eller SFF.

Han pustet stille gjennom nesa med lukkede øyne.

– DRA DERE FOR HELVETE UNNA HYTTA ELLERS PLAFFER JEG DERE RETT NED!

Da lo de.

– Hvordan skal du fikse det? Sikte på oss gjennom veggen, eller? Hit med kameraet nå, ellers tenner vi på ...

Han hentet Magnumen fra kjøkkenbordet ved vinduet. Åpnet tønna og sjekket at den var full. Og selvfølgelig var den full, han hadde jo ikke skutt med den. Han klasket opp tønna og siktet mot veggen.

Da hørte han et skrik. Et umenneskelig skrik. Og noen som brølte. *Noe* som brølte.

Hva faen ...

En dyp snerring ble etterfulgt av rapende, brølende, knasende lyder. Noe ble slengt mot hytteveggen så plankene skalv, og hele tida hørte han skriket. Et skudd smalt, så ble det stille.

Hånda hans hadde stivnet rundt Magnumen, kroppen var en hard streng av angst, bølger av rødt raste foran øynene hans av mangel på oksygen. Han trakk pusten i et hikst, holdt den, og lyttet. Bare en død stillhet, ingenting annet. Jo .... en tassende lyd. Som av poter mot hardpakket snø ...

Han stavret mot vinduet med vidåpne øyne, holdt Magnumen rett framfor seg, pustet rykkvis gjennom nesa mens han knep øynene sammen.

Der lå bjørnungen.

Og der var en annen skygge.

En skygge som sjanglet nesten sidelengs mot ungen. En rund, lodden silhuett mot de måneblanke viddene. Lommelykta sto i vinduskarmen.

Sakte rettet han lyskjeglen mot den runde silhuetten der ute.

Det var binna. Pelsen på venstre side av den veldige brystkassen var svart av størknet blod, og hun virret med hodet over den døde ungen. Hun måtte ha fulgt scootersporene hans tilbake, på jakt etter ungen.

Nå løftet hun langsomt hodet og vendte blikket mot ham, mot lyset fra vinduet. Han så blodet rundt kjeften hennes, og blodet på labbene. Friskt, rødt blod. Hun hadde knust dem, drept dem, enda så utmattet hun hadde vært. Og uten å vite det hadde hun tatt sin hevn. Med de siste kreftene hun eide.

Stille rettet han revolveren mot henne, og trakk av. Vindusruta revnet som knasende tynn is da binna veltet innover ungen sin. Hun skjermet hele ungen med sin egen kropp før hun ble liggende urørlig. Han stirret på pelsen hennes i lyset fra lommelykta. Lenge. To timer. Eller fem minutter, han visste ikke. Visste bare senere at han hadde stirret til han var bomsikker på at kulda hadde krøpet gjennom pelsen og inn i kroppen hennes. Til han var sikker på at det var over.

Da slo han lemmen fra døra og lyttet til natta utenfor.

Alt han kunne høre, var polarvinden over fjordviddene og radioen som spraket fra cockpiten i helikopteret. Og alt han kunne føle, var svetten som langsomt ble til frost på panna og i armhulene.

Å DREPE EN SANGFUGL

Av Fredrik Skagen

Mitt navn er Christian Rønnes, og jeg har arbeidet i kriminalpolitiet i mange år. I den forbindelse har jeg naturligvis sett et og annet lik. Ikke desto mindre er den saken jeg husker best et drap som aldri havnet i politiets arkiver. At jeg i det hele tatt fikk befatning med den, skyldtes den tilfeldighet at jeg kjente ekteparet Brandt.

Da herr og fru Brandt ulykkeligvis mistet sitt første barn noen måneder etter fødselen, antydet legen i uklare medisinske vendinger at dødsfallet kunne ha med feilernæring å gjøre, at vesle Pias tarmsystem kanskje ikke hadde greid å forbrenne den føden som ble budt henne. Denne vage diagnosen tolket herr og fru Brandt som underernæring. De lastet seg selv, for når de tenkte etter, hadde Pia vært så hulkinnet og skrøpelig at enhver burde ha sett at hun fikk for lite mat. Ekteparet skammet seg over dette og sverget dyrt og hellig at et eventuelt nytt barn aldri skulle dele Pias vanskjebne.

– Det skal ikke gjenta seg! utbrøt herr Brandt da han første gang etter begravelsen paret seg med sin kone, og hun delte hans syn fullt ut.

Så fikk de en ny pike, tynn og blek hun også, men helt fra første øyeblikk satset herr og fru Brandt på å gjøre henne tykk og rund. De døpte henne Siv, kanskje av nyvunnet respekt for dikterens ord om det sarte pustet i sivet, men det skulle ikke vare lenge før barnets kropp antok adskillig fyldigere former enn det botaniske fenomenet piken var oppkalt etter. Fetekuren begynte straks vesla kom hjem fra klinikken.

Først morsmelk, naturligvis. Fru Brandt økte dosene jevnt og trutt, ga seg aldri før melken tøt ut av munnen og veltet i strie strømmer nedover haken på Siv. Moren benyttet enhver anledning til å stappe en av brystvortene inn i gapet hennes, og Siv suget, surklet og rapte av hjertens lyst.

Men var det nok? Også stakkars Pia hadde jo fått morsmelk, og derfor mente ekteparet bestemt at melk alene ikke var tilstrekkelig til å opprettholde livet. Små sjokoladebiter ble smeltet og forsøkt gitt inn med teskje, og Siv smattet glad og fornøyd. Det varte ikke lenge før hun skrek etter mer, og de engstelige foreldrene oppdaget lettet at ungen uten videre greide å konsumere store mengder sjokolade i fast form. Det var som om den lille innså betydningen av rene naturprodukter. Hun ble nesten umettelig når det gjaldt sjokolade, og moren fastslo lykkelig at det illeluktende produktet som kom ut av den andre enden, virket vel fordøyd.

– Er hun ikke blitt rundere, tror du? spurte herr Brandt forhåpningsfullt da noen måneder var gått. Han hadde inngått avtale med en sjokoladebutikk i byen om spesiell kvantumsrabatt.

– Sannelig om jeg vet, svarte fru Brandt og gikk i gang med å steke fleskebiter.

Og se om ikke vesla viftet entusiastisk med de små nevene da hun ble tilbudt bacon! Fordi hun ennå ikke hadde fått tenner, måtte svoren naturligvis skjæres vekk, men hun gurglet i seg det flytende fettet som om det var rødbrus.

Da legen stakk innom en dag, bemerket han uten å nøle at barnet lot til å være i «godt hold», og far og mor smilte til hverandre. Ingen tvil om at Siv ville utvikle seg til det Pia aldri hadde vært – en sprell levende unge, uendelig langt borte fra St. Peters port. Idet legen tok farvel, mumlet han noe om at de kanskje burde være litt mindre rundhåndet med føden, men herr og fru Brandt hørte visst ikke. De hadde funnet ut at Siv var vilt begeistret for karamellpudding med krem og skyndte seg å tilberede en ny porsjon. Deres kjære, uerstattelige gullklump fortjente noe godt etter medisterpølsene.

*

Etter hva jeg har fått fortalt, var det omtrent slik det gikk til at Siv vokste hinsides alle normale proporsjoner. Utrettelig fôret foreldrene henne med mat og søtsaker i slike mengder at hun blåste opp til en umåtelig diger fettballong. For aldri glemte ekteparet Brandt den tynne, anemiske Pia og hennes siste sukk. De så ikke noe galt i at da Siv fylte tre, gikk kinnene i ett med skuldrene. De elsket det hvite, kvapsete ansiktet som kunne minne om en vellykket gjærdeig, og da det etter hvert ble vanskelig å få kjøpt store nok klær til henne, følte de seg trygge på at alt ville gå bra. Ingen anledning ble forsømt til å proppe henne full med godterier, og lenge følte Siv seg lykkelig. Innen familien var hennes minste ønske lov.

Leseren har sikkert allerede forstått ar dette ikke var et tilfelle av alminnelig matlyst, nødvendig fetekur eller organisk sykdom. Selv jeg, som må innrømme en viss svakhet for omfangsrike kvinner, synes det virker litt unaturlig når foreldrene pådytter avkommet den tese at fedme – jo tykkere, desto bedre – er identisk med sunnhet.

Da Siv begynte på skolen, oppdaget hun at hun var den i særklasse rundeste eleven, og det kostet henne krefter å henge med i gymnastikken. Venninnene hvisket og tisket bak den brede ryggen hennes, og det smertet å høre helsesøsterens bemerkning om at hun burde ha hett Massiv i stedet for Siv. I tiårsalderen forsøkte hun hemmelig å slanke seg – noe herr og fru Brandt ville ha satt seg strengt imot – men oppdaget til sin skuffelse at hun ikke maktet det. Hun var nemlig blitt mer enn bortskjemt. Hele hennes eksistens var blitt avhengig av fløte, sukker og fett, og hennes forhold til sjokolade kunne best sammenlignes med den narkomanes behov for heroin. Det fantes ingen vei tilbake.

Mens hun fortsatte å ese ut, innså hun at aldri ville unge menn sende henne tilbedende blikk, og på sitt merkelige vis forsonte hun seg med skjebnen. Hun følte ikke noe direkte nag mot foreldrene, ante at de i bunn og grunn bare ville henne vel, at det ikke måtte gå med henne som det hadde gjort med det første barnet.

En stund ble sangen hennes store trøst og hobby – i tillegg til måltidene. Sivs klare sopran antydet en mulig karriere, forutsatt at hun maktet å stå oppreist på scenen i to– tre timer, noe pedagogen nærte tvil om. Så skjedde det at hun fikk en vakker, grønn undulat av faren. Hun døpte den Pia etter søsteren som hun aldri hadde sett, og fuglen ble så tam og samarbeidsvillig at Siv trente den opp til å gjøre kunster.

– Salto, Pia! kommanderte hun fra den svære gyngestolen, og undulaten tok sats, vippet rundt i luften med strake ben og landet presist på pinnen igjen, lik en kvinnelig turner på bom.

Det hendte at piken misunte fuglen og drømte seg åtti kilo lettere. Herr Brandt skjønte nok hva hun fantaserte om og sa at operasangerinner var avhengige av et visst kroppsvolum, det hadde han selv sett på TV. Da lærte Siv undulaten å herme. Den satt på hodet hennes og plystret med når hun trillet arier. Noen ganger stanset folk opp utenfor huset og lyttet fjetret til den nydelige vekselsangen mellom menneske og dyr. De sang sammen dagen lang, bortsett fra når Siv spiste. Inntak av fødevarer hadde stadig høyeste prioritet, men undulaten lå som en god nummer to. Som fru Brandt begynte å si: – Hun er mer glad i Pia enn i min mann og meg.

*

Dette fikk jeg bekreftet på en temmelig dramatisk måte da jeg besøkte familien Brandt noen dager etter Sivs konfirmasjon.

Fullt på det rene med datterens innarbeidete svakhet for søtsaker, bragte jeg med meg den største konfektesken som var å oppdrive i byen, festlig emballert i rødt glanspapir og grønn silkesløyfe. Faren tok vennlig imot meg og hjalp meg av med frakken, men jeg merket straks at ikke alt var som det burde. Såre hulkelyder inne fra stua forsterket inntrykket.

– Noe på ferde? hvisket jeg.

– Pia er forsvunnet, forklarte herr Brandt og slo bedrøvet ut med hendene.

– Fløyet vekk?

– Det ser slik ut. Skjønt den er jo så tam ... Kanskje du finner den, du som er kriminaletterforsker?

– Jeg skal i hvert fall hjelpe dere med å lete, sa jeg og trådte inn i stua.

Jeg må ærlig innrømme at det var et sjokk å se Siv i gyngestolen. Jeg hadde ikke møtt henne på to år, og hun var ikke blitt slankere siden sist. Den storblomstrede kjolen med sine utallige rynker og folder kunne ikke skjule at hun hadde est ut ytterligere, og jeg lurte på hvordan hun hadde klart å presse det betydelige midtpartiet ned mellom armlenene. Hun satt oppløst i tårer og merket nesten ikke at jeg kom inn. Ja, hun virket så sønderknust over undulatens forsvinningsnummer at verden like gjerne kunne ha styrtet i grus rundt henne.

– Pia, jamret hun svakt. – Min kjære, vesle Pia

Det blekfete ansiktet var vått og rødflekket. Jeg gikk langsomt bort til henne, presterte et velment bukk og rakte frem esken. Et aldri så lite lys ble tent i de dyptliggende øynene, og hun rev sløyfe og papir av med en underarm som fikk meg til å minnes tunge cumulusskyer. To konfektbiter ble omgående puttet inn i hullet i fjeset. Så hikstet hun takk, plassert esken på bordet ved siden av seg og begynte å strigråte igjen.

Jeg kikket bort mot vegghyllen, utilpass. Fugleburet var tomt. Fru Brandt fulgte blikket mitt og sa:

– Der inne oppholder Pia seg bare om natten. Når hun ikke sitter i Sivs hår, flagrer hun rundt i huset. Min mann og jeg har lett overalt.

– Ingen åpne vinduer?

– Nei.

– Så har hun nok bare gjemt seg, fastslo jeg smilende. Det gjaldt å muntre opp de nedtrykte familiemedlemmene. – Hør her, Siv, har du forsøkt å rope på fuglen?

Hun nikket bekreftende og sukket. Klisne fingrer befordret en tredje og fjerde konfekt inn i hullet.

– Har du plystret? Eller sunget?

Hun ristet på hodet, og faren innskjøt: – Hvorfor ikke, Siv? Ta noen toner. Dørene til alle rom står åpne. Hvis Pia hører deg synge, kommer hun sikkert.

– I det minste svarer hun, tilføyde fru Brandt ivrig.

Siv løftet hodet, fant et krøllet lommetørkle blant kjolens mange gjemmer og fjernet tårer og sjokoladesøl fra kinn og hake. Etterpå snøt hun seg kraftig og kremtet. Og så, til slutt:

– La-la-la-la-laaa ...

– Litt høyere, ba herr Brandt inntrengende.

– LA-LA-LA-LA-LAAA ...

Koloraturen lød så henrivende vakker at jeg et øyeblikk følte meg hensatt til et av de berømte operahusene ute i Europa, og jeg tenkte: Hvis fuglen befinner seg i leiligheten, vil den komme sporenstreks. Siv tidde, og alle satt med ørene på stilk. Men intet ekko lød i det fjerne, og ingen veldressert undulat kom flygende inn til oss.

– Syng litt mer, oppfordret jeg vennlig. Om ikke annet så ville sangen kanskje få henne til å glemme sorgen.

Siv begynte på en arie – fra Rigoletto, så vidt jeg husker. Stua ble liksom opplyst. Det skinte i krystallyse-kronen, og en stund utstrålte den altfor voluminøse skikkelsen i gyngestolen italiensk glød og ynde. Men da hun hadde sunget i fem minutter, klappet både hun og munnen sammen, og den lubne hånden famlet etter en ny konfektbit.

– Det nytter ikke, sukket hun fortvilet.

Foreldrene ville fremdeles ikke gi seg. – Piaaa! ropte de

i kor. De reiste seg og flakset fugleaktig med armene og hylte: – Piaaa! Piaaa!

Her hjalp imidlertid ikke den mest inngående ornitologiske viten, ei heller min politimessige erfaring. Fjærkreet nektet å manifestere seg. Herr og fru Brandt dumpet til slutt ned i hver sin stol og så på meg med tiggende øyne. Etter en lang, lammende taushet brøt Siv ut i krampegråt. Situasjonen var selsom, pinlig og tragisk på en og samme tid. Gråten hennes lå i et ganske annet toneleie enn arien, og jeg fikk lyst til å holde hendene for ørene. Da den tåkelurlignende tutingen omsider døde ut, løftet Siv uventet hodet igjen og sendte foreldrene et straffende blikk.

– Jeg vet det, jeg vet det, hikstet hun. – Dere har tatt livet av henne!

Ektefellene stirret forferdet på hverandre.

– Dere har drept henne, akkurat som dere drepte den første Pia!

Jeg ønsket meg tusen mil vekk og tenkte at dette finner ikke de arme foreldrene seg i. Men det gjorde de, selv om farens øyne uttrykte den dypeste bedrøvelse.

– Hvorfor skulle noen ta livet av undulaten? forsøkte jeg mildt. – Det dreier seg jo om en sart, liten fugl ...

– Sjalusi! avbrøt Siv uten omsvøp, og gyngestolen knaket i sine solide sammenføyninger. – Et eller annet sted i huset ligger Pia død. Jeg vet det!

Et aldri så lite iskaldt gufs strøk gjennom stua. Stemningen var langt fra hyggelig, men jeg besluttet heroisk å gjøre et siste forsøk før jeg gikk. Til tross for de nifse påstandene syntes jeg jo inderlig synd på piken med den ekstravagant fyldige kroppen. Det var lett å skjønne hvor intenst hun lengtet etter fuglen – hennes sorg var utvilsomt på høyde med den foreldrene hadde følt etter å ha mistet den første datteren.

– Fuglen er helt sikkert ikke død, sa jeg, den profesjonelle mordetterforskeren. – Et vindu må ha stått på gløtt. Kanskje ville den ut og kvitre mot sola. Akkurat nå lengter Pia hjem, men finner ingen åpning. Tenk om den sitter i et av trærne i hagen.

Sivs siste gråtetokt forstummet. I stedet begynte hun å pese og puste, og det tok noen sekunder før jeg skjønte hva hun strevde med. Hun forsøkte å reise seg opp fra gyngestolen!

Herr Brandt vinket meg diskré på plass da jeg gjorde mine til å hjelpe henne. Forbløffet så jeg hvordan hun presset hendene mot armlenene for å tvinge hoftene opp fra klemmen. Så lød et champagnekorksvupp, og Siv sto plutselig oppreist på sine tømmerstokklignende undersåtter. Hun snudde seg langsomt og begynte å bevege seg mot vinduet. Der stanset hun og kikket ut mot nærmeste tre.

– Jeg ser ingen Pia, sutret hun etter en stund. – Nei, hun befinner seg nok her inne, myrdet. Med brukket nakke og blodet strømmende ut. En eller annen har drept henne. Jeg føler det på meg!

*

Akkurat da så vi det, både herr Brandt og fru Brandt og jeg. Siv hadde rett. Det ville ikke bli flere sangtimer for Pia, ingen flere saltoer til ære for eieren. Det var nesten umulig for oss å ta øynene vekk fra den enormt brede baken. Der, i en av skjørtets dypeste folder, hang fuglen klistret fast – badet i sitt eget blod. Etter én time på setet i gyngestolen var den like flatklemt som en rød rose i et herbarium.

– En eller annen har drept henne, gjentok Siv lavt og snerrende før hun snudde seg mot oss.

Vi så på hverandre, tvilrådige. Spørsmålet var på hvilken måte vi skulle fortelle henne det.

KAPPLØPET

Av Unni Lindell

Hun parkerte den lille folkevognen på den opplyste parkeringsplassen. Det sto ingen biler der fra før.

Hun skallet idet hun ålte seg ut. Søren! Hun var altfor høy til en sånn liten «boks» av en bil. Til å være kvinne var hun stor. Høy og flott ville kanskje noen si. Feminin på en maskulin måte. Ansiktet var sterkt, med store, regelmessige trekk.

Hun tok skiene ned fra takgrinden og spente dem på seg. Kvelden var kald og stjerneklar. Lysløypa lå badet i hvitt, iskaldt lys. En perfekt kveld. Den myke snøen som var falt dagen før, gjorde løypa bløt til tross for kulden.

De første bakkene var verst. Musklene lå ennå stive og kalde i lår og legger. Hun spente den lange kroppen og kom på en jevn, om ikke altfor rask måte opp de første kneikene.

Stillheten var det beste av alt. Ikke en lyd. Bare kulde, mørke og de opplyste sporene. Hun var nesten alltid alene.

Det kom selvsagt av at hun alltid gikk såpass sent på kvelden. Nå var klokken fem på halv elleve.

Skjæringen av skiene mot den kalde snøflaten ble til en ensom rytme som dunket i takt med hele hennes indre.

Hun slappet av.

Det var disse turene alene hun hadde savnet mest de gangene hun og Tormod hadde vært i Syden om vinteren. Riktignok bare to eller tre uker om gangen, men likevel ... I varmen, og blant andre turister, hadde den ellers så kjedelige Tormod blomstret opp på en utilslørt fjollete måte. Drinkene fløt, og han hadde brautende og intetsigende samtaler med tyskere og svensker, mens hun satt og nippet til drinken sin.

På hotellrommet hadde hun på ingen måte sluppet unna sine «ekteskapelige plikter», og bare det var et mareritt.

Av og til hadde avskyen for ham vært så sterk at hun ble redd sine egne følelser. Han kunne ikke forstå at hun heller ville være hjemme i snø og kulde. Han forsto ikke at «der nede» slapp hun ikke unna ham et minutt. Hjemme hadde de iallfall hvert sitt soverom.

På en bakketopp stoppet hun og lente seg på stavene. Løypa gikk rett frem en stund nå, før den svingte til venstre og fortsatte nedover. Hun kjente løypa ut og inn og kunne gått den i blinde. Det hendte hun traff andre skiløpere, men helst tidligere på kvelden. Mange hadde nok gått her før i kveld, mest menn i treningsjakker med skiklubbens navn på ryggen. Nå satt de nok hjemme og så på TV, ferdigdusjet og med god samvittighet.

Det var godt å kjenne varmen i kroppen til tross for kulden i luften. Hun gled mekanisk fremover som en programmert robot.

Den siste tiden hadde hun vært litt ekstra nervøs. Ikke så rart kanskje, det var ikke mer enn noen måneder siden hun ble enke. Hun merket det best på kontoret. Der kunne hun sitte i sine egne tanker og hoppe himmelhøyt hvis det banket på døren eller telefonen ringte.

Venninnene forsto ikke at hun torde gå her alene i mørket, men det hadde aldri falt henne inn at det var farlig. Hun likte å gjøre ting for seg selv.

Angst var et begrep som egentlig var ukjent for henne, skjønt hun måtte innrømme at hun av og til kunne fornemme noe som minnet om det nå, etter at hun ble alene.

Hun stoppet for å ta en pust i bakken. Stillheten var om ikke akkurat trykkende, så iallfall påtrengende. Hjertet hennes ga fra seg harde, taktfaste dunk som ble til susing i hodet.

Dunkingen avtok litt etter hvert, men susingen fortsatte. Det hørtes som harde skiflater mot kald snø. Men hun sto jo stille!

Hun begynte å fryse i hodebunnen enda hun hadde skiluen trukket godt nedover ørene. Hun satte opp farten, og arbeidet seg raskt fremover.

Idet hun gjorde et kast med hodet, fanget øynene hennes inn himmelhvelvet. Det var stort og mørkt.

Skiene knirket mot underlaget og trommet en melodi

inn i tankene hennes uten at hun selv ville det. Jeg er ikke redd, jeg er ikke redd, sang det i henne. Hun måtte le. Så tåpelig hadde hun aldri vært før! Men det hadde vært så mye å gjøre på jobben i det siste. Hun hadde jobbet overtid noen kvelder og også hatt med seg arbeid hjem. Hun hadde begynt å sove dårlig om natten. Hun var rett og slett overarbeidet.

Jeg er ikke redd, jeg er ikke redd. Kanskje hun skulle stoppe litt igjen for å roe seg ned. Nei, hun var i grunnen ikke så sliten ennå.

Løypa gikk rett fremover et stykke før den svake hellingen begynte nede ved de store grantrærne. Hun kunne se de lange stammene som var gule av lyset. Hun hadde fått en klump i halsen og forsøkte forgjeves å svelge den. Spyttet var tørt i munnen. Hun forsøkte å tenke på noe annet enn mørket og ensomheten i den store skogen. Ansiktet til Tormod tok tydelig form. Øynene: dumme, men samtidig bebreidende og harde.

De hadde vært så forskjellige. Hun forsto ikke hvorfor hun hadde giftet seg med ham. Han var seksten år eldre enn henne, og allerede den gangen var han en «gammel mann». Hun visste ikke om han noen gang hadde vært ung.

Rekkehusleiligheten et kvarters biltur fra lysløypa hadde på en måte vært for liten for dem begge de siste årene. – Vi snakker aldri sammen lenger, hadde han sagt. – Vi er tross alt gift. Hele dagen jobber vi begge to, og om kvelden går du på ski. Ikke engang soverommet har vi felles lenger.

Kanskje det var Tormods spøkelse som var etter henne for å ta hevn. Herregud, nå måtte hun ta seg sammen. Det var vel ingen etter henne! Eller var det det?

Med ett ble hun klar over en ting: Hun var livredd, og det var ikke bare tankene og fantasien sin hun var redd for. Lyden bak henne talte for seg. Hun hadde ikke snudd seg, men intuitivt visste hun det. Det kom virkelig noen bak henne!

Hun følte faren som en kulde i den varme kroppen. Blodet bruste gjennom håndleddene hennes. Hjertet verket.

Det kunne jo hende at det bare var en vanlig turgåer som snart ville gå forbi henne og fortsette inn under trærne.

Men det var ikke det! Det følte hun med hele seg.

Hun stoppet. Ett sekund, to sekunder. Hjertet dirret i brystet. Hun hev hodet rundt og øynene fanget i vill fart inn mannen som kom bak henne. Med ett satt gråten i halsen, hard og vond. Herregud.

I det samme hørte hun latteren. Han lo en grådig, rungende latter som rullet gjennom kulden. Det var ingen andre ute så sent. Ingen. Svetten hadde gjort henne klissvåt, bena var stive og hun skalv. Skiene fór som piler i sporet.

Han gikk fort og var allerede i ferd med å ta henne igjen Dette var farlig. Livsfarlig. Hun hikstet frem noen underlige lyder mens hun gikk for livet.

Det skjedde så fryktelig fort. Lyset forsvant. Løypa var helt mørk. Skogen var sort.

Med øynene fulle av gammelt lys så hun ingenting. Ikke ham heller. En lav banning nådde henne.

Hun kunne løypa utenat, kjente hver sving og bakke. Det gjorde kanskje ikke han. Hun gråt høyt nå, og forsto med ett hvordan det måtte føles for et dyr å bli jaktet på. Hun var byttet, og det visste hun med hver celle i kroppen. Samtidig hadde hun oppfattet en annen ting. «Jegeren» hadde sakket litt bakut. Rundt svingen kom det en bratt bakke, og deretter fortsatte løypa skarpt til høyre. I bunnen av bakken falt hun nesten. Det måtte ligge et eller annet i løypa, kanskje noe appelsinskall eller sjokoladepapir. Det hadde rykket til i kroppen som om hun hadde fått støt, men hun fant igjen balansen i siste øyeblikk.

Han falt! Hun hørte det tunge dumpet noen meter bak seg.

Redselen satt ennå i kroppen. men noe annet hadde også grepet henne: en slags ekstase, som når en soldat løper videre på slagmarken mens kameratene faller rundt ham. Det prikket i huden. Hun var musen som lekte med katten. Hun frøs. Hun skalv. Han var oppe igjen. Jakten fortsatte.. Hun hadde ingen formening om tid. Hvor lenge hadde det vart? En halv time, tyve minutter? Antageligvis bare i fem.

Løypa fortsatte bortover en åpen slette. Den hvite snøen gjorde det lettere å se her. Bena dro skiene med seg. Hun kunne høre pusten hans. Hvor langt bak han var, visste hun ikke. To meter, kanskje bare én. Tanken streifet henne at hun skulle gi opp. Stoppe. Legge seg ned i snøen og la det stå til. Hun var så sliten – alle kreftene var snart borte. Hvor lenge skulle dette vare? Hva kunne redde henne?

Bare tanken på å gi opp fikk henne til å presse kroppen til det umulige. Den nye kraften jaget bena fremover. Hun kunne ikke dø nå, ville ikke! Tormod var død. Hun levde og det ville hun fortsette å gjøre.

Jordet var flatt og hun så løypa som en mørk strek foran seg. Litt lenger borte var det en liten bro over elven, på den andre siden av broen var det et kort stykke bortover før snuplassen, og da var det bare samme vei tilbake!

Hva da? Hvis hun kom så langt?

Det var en mulighet ... men kunne det klaffe? Hodet hennes var et eneste virvar av tanker, spenning og beregning. Hvis ... Løypesporene var temmelig dype her, så skiene fulgte dem automatisk som et tog som ruller på skinnene.

Hun var så sliten. Det var ingen krefter igjen. Nesten.

Kvalmen gikk som rykk gjennom kroppen. Leppene var hovne av frossent spytt. Håret hang i lange tjafser under luen. Pusten gikk som en blåsebelg og endte i harde hikst ut av munnen. Blodsmaken satt som en besk klump av redsel under tungen.

Verden rundt var helt stille. Kloden roterte ikke lenger.

Hjertet hennes var den eneste lyden hun oppfattet.

Han hadde nådd henne igjen! Hun kjente skiene hans oppå sine. Det lugget, hun falt nesten. Pusten hans var også anstrengt, men han hadde krefter igjen. Han var mann!

Som en siste gest kastet hun skiene ut av løypa, bare ti meter før den lille broen. Skiene skar gjennom nysnøen og laget nye spor. Hun hadde gjort noe uventet. I løpet av et sekund var han etter henne igjen. Ville hun klare det? Noen meter til. Tre meter igjen! To, én!

Hun fór over elven som en alv. Det tynne islaget med nysnø var akkurat tykt nok til å bære kroppen hennes et sekund, men da var hun allerede over på den andre siden. Isflakene forsvant i elvebruset. Det gjorde han også! Han ropte noe, mens han kavet med ski og staver i det iskalde vannet. Strømmen førte ham nedover. Hodet hans fløt som en liten båt og duppet opp og ned noen ganger. Så var han borte.

Han var borte! Tilbake sto hun med de varme kinnene og elvebruset. Håret var fullt av istapper, og hun svettet mens tårene rant. Hun klarte det. Hun hadde klart det.

Stillheten i skogen var overveldende. Da kom lyset tilbake. Som gull rant det ned fra oven. Sakte begynte hun å leve igjen. Hjertet skalv ikke lenger i brystet, men en matt tretthet satte seg fast i henne så hun nesten ikke kunne røre seg.

Sakte begynte hun å gå tilbake. Hun gikk først noen få meter oppover langs elven til hun kom til broen der løypa egentlig gikk. Veien tilbake var lang. Veldig lang. Hun arbeidet seg meget sakte, men sikkert tilbake. Etter en stund følte hun uhyggen i den store skogen og satte opp farten litt. Endelig lå parkeringsplassen under henne, og i den siste nedoverbakken hadde hun igjen full kontroll over kroppen.

Det sto en annen bil der også nå, en sølvgrå BMW. Mortens bil. Hun visste at han ville komme i kveld. De hadde avtalt det på jobben i dag. Klokken halv elleve på parkeringsplassen. Men hun hadde ikke ventet på ham. Med vilje. Hun måtte ha et lite forsprang. Men herregud, det hadde vært på hekta. En stund trodde hun at hele planen skulle gå i vasken. Hun var ikke klar over at han var i så god form.

Morten visste at hun hadde drept Tormod. Hun hadde drukket for mye på en firmafest og betrodd ham det i et svakt øyeblikk. Hun trodde hun kunne stole på ham. Hun burde ha visst bedre. Han var jo mann. Siden det hadde han utnyttet henne, fornedret henne. Truet med å avsløre henne hvis hun ikke gjorde som han sa. To ganger hadde hun vært i leiligheten hans. Nå var det slutt!

Hun startet folkevognen. Det hadde begynt å snø igjen. Tynne hvite korn som gjorde sikten grumset. Hun hørte motoren, satte folkevognen i revers og trykket på gassen. Bilen beveget seg ikke, ble bare stående og slure mens snøfnuggene dalte sakte mot frontruten.

ET SPØRSMÅL OM TID

Av Jon Michelet

På en fjellknaus midt i byen Uddevalla på den svenske vestkysten står et tårn som enkelte tilreisende har undret seg over. Kan det virkelig være et kirketårn? Det ser ut som et kirketårn, men hvor er kirka som tårnet burde ha kneiset på toppen av? Det hvitkalkede tårnet står der så merkelig ensomt og forlatt på sitt lille fjell. Men ingen som har betraktet det nærmere kan være i tvil om at tårnet er reist i 1751. Med store smijernsbokstaver har tårnbyggerne skrevet 1751 på den veggen som vender mot sørvest. Og en besøkende med god tid, som setter seg på en benk ved Bäveån, vil høre at klokkespillet i tårnet slår ett spinkelt, dempet slag hvert kvarter, to slag hver halve time og en serie slag hver hele time. Den besøkende vil kunne stille klokka si etter urviserne på den store skiva i toppen av tårnet.

Snart vil han oppdage at det ikke bare er en skive, men

fire urskiver, en på hver vegg, en for hver himmelretning. Hvis den besøkende er blant de relativt få som overnatter i Uddevalla, vil han om kvelden se de elektrisk opplyste urskivene og kanskje tenke at de ser ut som ugleøyne.

Ingen fremmed i Uddevalla har viet tårnet større oppmerksomhet enn Marc. Han har tegnet det med kullstift og lagd et maleri av det med akrylfarger. Han har også malt selve kirka, som ligger ved foten av fjellet og er bygd seinere enn tårnet, etter modell av et gresk tempel.

Nå står han ved foten av tårnet, der han har stått på post med sitt staffeli, sitt kamerautstyr og sin kikkert i flere lyse marskvelder.

Han har fått selskap av en eldre mann, en mann midt i sekstiårene, som plutselig kom opp på knausen, med en hund i bånd.

Forrige kveld kom to soldater i grønne uniformer opp den bratte trappa som leder til tårnet. Marc fryktet et øyeblikk at de ville tro han var spion. Han har hørt om alle ubåtepisodene ved Sveriges kyster, og han kjenner spionfrykten i nøytrale land.

Men de to soldatene enset ham ikke. De var kommet for å drikke øl og for – ganske uærbødig – å slå lens mot tårnet. Det eneste som vakte deres nysgjerrighet var graffitien; dette at noen hadde sprayet Satan på kirketårnets hvite flate.

Med mannen, som etter antrekket å dømme – mørkeblå losjakke og skipperlue – er en ilanddrevet sjømann, forholder det seg annerledes. Han er en nysgjerrig og innpåsliten faen.

De har ført en samtale på gebrokkent engelsk. Den åpnet med at sjømannen spurte om hvorfor Marc bare kom for å male om kvelden. Da Marc spurte hvordan sjømannen kunne vite det, pekte han på de ferske sporene Marc hadde satt i nysnøen og sa at han hver dag går to turer til tårnet for å lufte bikkja. En tur etter lunsj og en ved solnedgang. Da Marc spurte om hvorfor han ikke hadde vært ved tårnet tidligere kvelder, viste sjømannen fram sitt gebiss i noe som skulle forestille et glis og sa at han hadde vært på fylla.

Det lukter sprit av ham der han står og gransker Marcs maleri av kirka og det halvferdige bildet av Uddevallas røde hustak. Bikkja er urolig. Sjømannen har ikke kustus på sin kjøter. Han unnskylder seg med at han bare har hatt hund siden kona hans døde, at han egentlig ikke liker bikkjer. Men noe må man ha i huset for å holde ut ensomheten.

Marc spør om sjømannen liker det ferdige maleriet.

Han tenker seg om lenge før han svarer, slik svensker gjør, og sier omsider at det ligner bra, men at han ikke har peiling på malerkunst. Kameraet vet han heller ikke stort om – er det en ekte Hasselblad kunstneren bærer om halsen? Men kikkerter har han greie på. Det er en kraftig kar den som er montert på stativet der? Reine stjernekikkerten.

Marc er ikke så verst fornøyd med sitt kirkemaleri, og tenker at han muligens kunne ha drevet det til noe som maler –

hvis det å male hadde vært noe mer enn kamuflasje for den egentlige virksomheten hans. Folk i småbyer har en naturlig mistenksomhet mot en fremmed som gransker byene deres fra gode utsiktspunkter i dagevis, kveld etter kveld. Men for en gjestende kunstner er det naturligvis tillatt.

Sjømannen har spurt om hvilket land han kommer fra, og Marc velger å svare Østerrike, siden det ligger langt fra havet og neppe blir besøkt av mange svenske sjøfolk.

Men dette fordømte eksemplaret av arten har vært der, i alpebyene. Han har hatt en sønn som var en lovende alpinist. Han kjenner St. Anton, der det nå har vært en forferdelig rasulykke som har krevd fem svenske turisters liv.

«Det uventede kan ramme oss alle,» sier Marc.

«Ja, det skal være sikkert,» sier sjømannen og forteller om den skjebnen som rammet sønnen. Etter et renn i fjellene i Tsjekkoslovakia kjørte han utenom løypene, bare for moro skyld, i løssnøen. Det var en gammel, umarkert gruvesjakt i den skogkledde lia.

«Sønnen min kjørte ut i den. Så falt han. Seksti– sytti meter ned i et svart hull,» sier sjømannen og skutter seg.

Marc grøsser også. Han har i flere år hatt en følelse av at livet hans er et fall nedover i et svart hull og at han aldri mer vil finne noe fotfeste i tilværelsen.

Sjømannen spør om han kan få ta en titt i kikkerten, og Marc sier at det er okei. Uten at sjømannen legger merke til det, vipper han Pentax Viewscopet litt ut av stilling.

«Prøv nå,» sier Marc.

«Jeg ser bare stein,» sier sjømannen. «Takstein.»

«Det er hva jeg prøver å fange inn,» svarer Marc. «Det spesielle vårlyset her, over de mørkerøde hustakene.» «Ja vel, ja.»

Sjømannen unnskylder seg med at han må rekke badstua før svømmehallen stenger.

«På gjensyn,» sier Marc og håper å aldri se fyren mer. Etter noen minutter hører han bikkja gjø nede ved elva. Den flyr vel etter endene som holder til langs bredden der det er åpent vann. Alle endene er stokkender, unntatt én som er av en annen art og har en hvit flekk på brystet. Den svømmer årvåkent og forsiktig i flokken av stokkender.

Marc vender kikkerten fra stokkendene mot sitt egentlige objekt. Først når lysene slukkes i forretningsgården ved torget under kirketårnet, pakker han sammen utstyret sitt og går ned fra knausen.

Han plasserer utstyret – forsiktig, forsiktig – i bagasjerommet på Audien som han har parkert ved det dystre, lille gravkapellet – også det bygd etter antikk modell.

Så skrår han over torget som ligger utdødd straks etter mørkets frambrudd, i den stille provinsbyen. Han stanser foran statuen av en rytter og prøver å tyde inskripsjonen på den irrete bronseplata, men gir det opp.

Han blir stående og røyke en sigarett foran utstillingsvinduet til gullsmedbutikken i Kungshuset. Han forstår ikke hvorfor han fortsetter å røyke når sigaretter ikke lenger smaker ham. Han røyker, spiser og drikker bare av gammel vane. Alt han foretar seg, gjør han av vane.

Den unge kvinnen som vasker i butikken hver kveld er

på plass nå også. Hun arbeider iherdig med kosten, og har en lang flette som av og til faller fram over ansiktet hennes så hun må kaste den tilbake med en irritert håndbevegelse. Håret hennes er så lyst at han til å begynne med trodde det var farget. Men det finnes ikke spor av svart i hårrøttene. Det har han kunnet konstatere når han har gransket henne i Viewscopet.

Hun er søt og naturlig og utfører møkkajobben sin med en merkelig grasiøs ynde.

Marc prøver å sende henne et smil i det samme øyeblikket hun blir oppmerksom på ham, og hun returnerer det, flyktig.

Dersom han skulle foreta seg noe med henne, ville vel det også bli av gammel vane.

Han går til Hotel Carlia. Det strider mot alle forsiktighetsreglene hans å bo på et hotell midt i den byen der han opererer. Men han sjekket flere moteller på veien nordover fra Gøteborg, og de var så utenom-sesongen-ødslige at han ikke orket å ta inn der.

Neste ettermiddag, like før det skumrer, dukker sjømannen og hans rastløse kjøter opp ved kirketårnet igjen. Han presenterer seg som Karlsson.

«De fleste svensker heter Karlsson,» sier han. «Til og med statsministeren vår heter Karlsson. Men den forrige het Palme.»

«Ja, Olof Palme,» svarer Marc.

Sjømannen fisker opp to blå ølbokser fra jakkelommene

og byr Marc den ene. Han tar imot uten riktig å ville det. De drikker ølet uten å si noe. Marc flikker på kirketårnbildet. Han legger på rosa fordi tårnet nå farges svakt rosa av den nedgående sola. Sjømannen, Karlsson, var god og pussa da han kom klatrende opp. En boks øl har gjort ham ustø på beina.

«Det var vel ikke du som skjøt Palme, vel?» spør han og viser gebiss.

Marc ler og sier at det er ikke sånt han driver med. Han må gjenta det – «not my line of business». Karlsson spør om hva som i helvete er den fremmedes business, og da Marc peker på maleriet, viser svensken ekstra mye gebiss, sier helvete et halvt dusin ganger og begynner på en hul latter som går over i rallende, langvarig hosting. Han forklarer at han har lungeemfysem, at han snart er ferdig, kaputt, at han gjerne skulle vært i et varmere land.

«Synd det ikke var du som myrda Palme,» sier han da han har gjenvunnet pusten. «Da kunne jeg ha angitt deg og tjent 50 millioner kroner.»

«Hva ville du gjort med alle millionene?» spør Marc. «Tenk deg en mann som har millioner, i gull, diamanter og armbåndsur besatt med juveler. Hva skal han bruke alt sammen til? Han kan ikke gå med et dusin Cartier-klokker på venstre arm og et dusin Lasalle-klokker på høyre.»

«Du prater som en idiot,» sier Karlsson. «Som en som har en Rolex. Tenk på varmen, tropeøyene! En mann med 50 millioner kan kjøpe ei hel øy for seg sjøl.»

«Det er mulig å kjøpe sin egen øy for en halv million

dollar,» sier Marc. «I Bahamas-arkipelet. Men når du har gått rundt øya tusen ganger, begynner du å hate både den og deg sjøl.»

Karlsson lytter ikke. Han har oppfattet stikkordet Bahamas, og begynt å fortelle om sin tid i fruktfart med svenske skip. Han prater i vei om handelsflåten som er skrumpet inn, om storverftet i Uddevalla som er nedlagt. Han jobba der. Nå skal Volvo begynne bilproduksjon på verftstomta. Men for en utslått Karlsson blir det ingen jobb.

«Er det ikke merkelig?» spør han plutselig, og setter et par rødsprengte, men overraskende kvasse øyne på Marc.

«At det finnes fem–seks velassorterte gullsmedforretninger i denne vesle fillebyen som ikke har noe verft lenger?»

«Hva står det på statuen der nede?» spør Marc for å avspore ham.

«Å, det er et monument over Carl den tiende Gustaf. Vi i provinsen Bohuslän takker ham fordi han gjorde svensker av oss.»

«Hva var dere før?» spør Marc. «Dansker?»

«Nei, vi var noe så jævlig som nordmenn. Men i meg har du en ekte svenske, enda så langt nede jeg er. Ta et bilde av en ekte svenske og hans hund, da vel. Nei, ikke med Hasselblad-apparatet. Jeg har med mitt eget.»

Under jakka har Karlsson et kamera i læretui. Det er en Olympus fra 1950-årene.

«Det er lite lys,» sier Marc.

«For en mørke-maler som deg er det vel nok lys. Jeg

har stilt inn selvutløseren. Hvis du setter det på steinen der, tar det et bilde av oss alle tre.»

Situasjonen er latterlig, men Marc gjør som gubben sier for å bli kvitt ham. Klikk! Og så får han pelle seg vekk.

Men Karlsson følger ikke ordren om å stikke av. Han stiller seg ved Viewscopet, og det er umulig for Marc å få ham bort derfra uten å bruke makt. Han vil ikke bruke makt. Det har aldri vært hans stil.

«Du kikker på damene, ser jeg,» sier Karlsson.

Marc føyser ham vekk fra kikkerten, og setter øyet mot okularet. Det han kan se er den blonde jenta. Bak henne skimter han gullsmeden som ekspederer en av de siste kundene. Det er torsdag og sein åpningstid.

«Hun heter Lena,» sier Karlsson. «Hun er ... var ... min egen svigerdatter. Hun er det eneste jeg har igjen. Men hun besøker meg bare hver jul. Hun tåler ikke at jeg drikker.»

Begynner mannen å gråte? Visst pokker renner det tårer nedover kinnene som er tilgrodd av skjeggstubb og skitt.

Marc griper ham i kragen. Tilbyr en drink hvis han forsvinner. Mange drinker. I den baren som heter Kvarterskrogen. Klokka åtte.

Omsider subber Karlsson av gårde. Marc hjelper ham ned trappetrinnene så han ikke skal snuble og brekke nakken.

Så konsentrerer han seg om oppgaven. Han følger hver minste bevegelse i gullsmedbutikken som nå er stengt. Jenta, som altså heter Lena, hjelper gullsmeden med å bære brettene med verdifulle saker bort til safen. De setter brett fulle av junk og bijouteri i vinduene, og stoler altså ikke på alarmsystemet. Det er ikke mye å stole på, heller.

Lena avbryter ryddingen. Hun får en telefon. Marc ser at hun misliker samtalen, men synes han kan lese på leppene hennes at hun sier ja.

Hun snakker med gullsmeden, tar på seg sin lilla boblejakke og går.

Gullsmeden låser omhyggelig etter henne. Han er en mann som ser ut til å være redd for sin egen skygge. Problemet med å observere ham ved safen har vært at lyset er så vanskelig om morgenen. Etter at snøen kom, har det vært altfor mye reflekser i vinduene. Men om kvelden, i lampelyset, er forholdene perfekte.

Tirsdag kveld glemte gullsmeden å låse inn et brett med gull dameur i totusenkronersklassen. Han kom på det i siste liten, og Marc fikk et napp, men ikke fast fisk.

Nå har han glemt å tømme kassa. Han vimser rundt for å sjekke at alt er i orden, og Marc håper han overvinner sin distraksjon og tømmer kassa. Den inneholder bare noen få tusen og er ikke noe å bry seg om for en profesjonell.

Der kommer gullsmeden på sin vidunderlige kassabeholdning. Han bringer den til safen i bakrommet, et kjempeskap av tysk fabrikat, like solid som skroget på en atomubåt. Den kan bare åpnes med så mye TNT at hele Uddevalla sentrum ville riste som under et jordskjelv.

Gullsmeden setter seg på kne foran skapet. Måtte han bare bli sittende slik og ikke finne på å reise seg opp.

Han sitter. Han dreier på kodelåsens nummerskive. Marc finstiller Viewscopet. Tre ganger til venstre til 25, to ganger til høyre til 55. De omdreiningene registrerte Marc tirsdag morgen. Men hvilke er de siste to?

Fire til høyre til 23.

To til venstre til 96.

Marc har fått fast fisk.

Karlsson sitter ikke aleine ved bordet i Kvarterskrogen. Sammen med ham sitter Lena. Hun har løst opp sin lange flette og satt opp håret med hårspenner. Hun har lagt på et strøk leppestift.

Hun er mer enn søt.

«Jeg greide å overtale henne til å komme hit for å møte en ekte kunstner,» sier Karlsson og klapper henne på skulderen.

Lena justerer en av skulderputene i genseren.

Marc trodde ikke han var interessert i kvinnekropper lenger, men kan ikke unngå å legge merke til de BH-løse brystene under genseren.

«Hun har alltid vært så interessert i malerkunst,» sier Karlsson. «Og har noen fortjent å møte en stor mann, en rik mann, så er det Lena. Hun lot til og med være å vaske i butikken for å komme hit i tide.»

Det viser seg at Lena snakker dårligere engelsk enn de fleste svensker. Hun har lært seg spansk. Det er de spanske mesterne som interesserer henne mest.

Drinker går det ikke an å få i dette etablissementet som tilsynelatende har en velfylt bar. Det har noe med de svenske skjenkebestemmelsene å gjøre. Marc bestiller en flaske rødvin til Karlsson og seg, et glass hvitvin til Lena.

Samtalen om de spanske malerne går raskt i stå. Marc vet litt om Goya og hans skildringer av krigens redsler, men fint lite om herrene Velazquez og El Greco.

Da Lena spør om hvor han kommer fra, holder han på å si Nederland, men kommer i tide på at Nederland har avlet en mengde store malere som han ikke vet det minste om. Han husker også at han har sagt Østerrike til Karlsson. Og Østerrike har da ikke fostret andre kunstmalere enn ... Adolf Hitler?

Karlsson blir uhyggelig fort full. Det er i samsvar med Marcs plan for ham. Men han skulle ønske det ikke hadde skjedd med Lena til stede.

Hun spør – med et lite blikk på Rolexen hans – om hvordan man kan bli så rik av å være omflakkende kunstner.

Han svarer noe tøv om hardt arbeid og direkte salg til mange kunder.

Han skulle gitt henne en liten formue for å kunne føre en fornuftig samtale med henne, en åpen samtale. Den som kunne snakke ut!

Hvilken formue han skulle gi henne, vet han også. Det må bli den som ligger i en bankboks i diamantbyen Amsterdam.

«Jeg har også drevet litt med diamantsalg,» sier Marc.

«Det var det jeg visste,» utbryter Karlsson.

Lena er blitt enda mer skeptisk enn hun var etter fadesen med de store spanjolene. Karlsson vil bestille en flaske rødvin til. Lena snakker på lynrapt spansk til kelneren. En chilener? Det er tydelig at hun ber ham nekte Karlsson mer servering, og like tydelig at chileneren og hun har et godt øye til hverandre.

Lena nipper til vinen.

Marc drikker mer vin enn han bør. Mens Lena er på toalettet, bestiller han en flaske til.

Irritasjonen hennes når hun setter seg ved bordet med den rødvinsflekkede duken er til å ta og føle på.

Karlsson finner fram det lille, tåpelige kameraet sitt og insisterer på å ta bilder selv om han ikke har blitz.

Lena ser på sitt armbåndsur. Unnskylder seg med at hun må tidlig opp for å vaske i butikken. Går, og bringer sin skjønnhet med seg.

Etter henne er det bare et svart hull igjen ved bordet. Marc har ikke drukket så hardt på mange år.

«Og så du som ikke vet hva gulasj-maleri er!» sier Karlsson.

Det var Lena som snakket om hvilke teknikker Marc brukte. Han forsto ikke hva hun mente med gulasj-teknikk. Nå, etterpå, slik det alltid er, kommer han på at det er noe som heter gouache.

Pinlig, pinlig.

«Skål,» sier Karlsson. «Livet er bare elendighet, hva?»

Marc er ikke enig. Men at livet kan være en pine, kan han gå med på. De blir sittende til de blir kastet ut, etter tre flasker og en usammenhengende diskusjon om tilværelsen som svart hull.

Idet han lemper Karlsson inn i drosjen, begynner fylliken å bable på svensk.

Sjåføren oversetter: «Han snakker om å dele potten.»

«Kjør ham til helvete hjem,» sier Marc.

Han våkner av vekkerklokka og feier den ned fra nattbordet. Hva faen hadde han stilt den på? Tosken Karlsson har greid å tukle med viserne på Rolexen som han lånte på kafeen – «for å ha kjent åssen det er å være rik i fem minutter». Det er allerede begynt å lysne ute. Er han for seint oppe og i gang?

Nei, tårnuret som han kan se fra rommet i øverste etasje på Carlia, viser fem på tre. Han er bare lurt av det skandinaviske lyset fra vårjevndøgn.

Marc stiller Rolexen. Han går ned branntrappa i hotellet og ut bakveien. Svensken har utstyrt døra i nødutgangen med en smekklås som han setter på smekk.

Han går raskt gjennom de utdødde gatene. Det har blåst opp fra nord, og det er vel på grunn av vinden at han ikke hører klokkespillet slå tre slag. Han henter utstyret han nå behøver i bilen. Det er et ganske annet enn kunstmalerens. Alt er nøye lagt til rette. Han tar på seg en lys overall med hette, lys fordi husveggen han skal klatre opp langs er hvitmalt. Taustigen dytter han inn under overalljakka. I lommene plasserer han glasskutteren og vaselinboksen. Så spenner han på seg ryggsekken som er halvfull av sprengstoff.

Rolig spaserer han over torget. Det dummeste en nattarbeider kan gjøre er å snike seg rundt hushjørnene. Han kaster et blikk på kongen som reddet Uddevallas borgere fra den skjebne å være nordmenn.

Krokene i taustigen får feste i det smale taket som stikker ut over gullsmedbutikkens vinduer. På en-to-tre er Marc oppe på taket og har trukket taustigen etter seg. Støvlene hans setter spor i nysnøen, men de støvlene skal han droppe i elva.

Nå kommer det vanskeligste, og det er da faen så lyst det er blitt og så groggy han er. Fra taket fører en dør – som aldri har vært åpnet – inn til et kontorlokale. Han har bestemt seg for å skjære ut hele glassvinduet i døra. Smører det inn med vaselin på midten, kutter med skarp diamant, legger en hanskehånd i vaselinsmørja og løfter glasset lydløst bort.

Så er han inne. Det lukter støv. Han har aldri sett noen jobbe i dette kontoret. Døra derfra leder ut i en trappeoppgang.

I første etasje er døra til gullsmedbutikken. Den er av stål, men hva hjelper det når den ikke har montert alarm og er utstyrt med en vanlig Yale-lås. Hvis den har alarm, må Marc enten ha vært blind under rekognoseringen eller støtt på et hittil ukjent system.

Den oppdirkede døra glir opp. Han venter i noen nervepirrende sekunder. Disse sekundene er som kokain. Er det kanskje derfor han fortsetter å jobbe enda han har mer enn nok – fordi han er blitt avhengig som en narkoman?

Ingen alarm.

Intet lasersystem rundt safen som gullsmeden setter sånn lit til. Marc studerer sitt notat i lyset fra pennelykta.

3 x v. til 25.
2 x h. til 55.
4 x h. til 23.
2 X V. til 96.

Han tørner kodeskiva. Intet problem. Safen åpner seg like lett som et kjøleskap. Hadde han en sterk nok kikkert, skulle han greie å åpne safer på månen! Man burde kanskje leie seg tid ved observatoriet i Pasadena?

Innholdet er ikke all verden, men her er et nydelig gullkjede med innlagte smaragder. Antagelig et praktsmykke som gullsmedens far har laget.

Marc tømmer – forsiktig, forsiktig – sekken for sprengstoff og fyller den med gull og glitter. Pengene lar han ligge igjen. Han er ferdig med Sverige og trenger ikke svenske kontanter.

Safen smekker i lås.

Marc plasserer sprengladningene. Et sånt tysk stabeist fra oldtida trenger en real dose. Hele butikken kommer til å bli blåst til pinneved.

Han justerer fenghettene, kobler til batteriet og stiller tidsbryteren på seks. Butikken åpner ni. Han forandrer til halv sju. Han trenger jaggu å sove en halvtime lenger.

Men tilbake på hotellrommet får han ikke sove. Hva er det for slags juks han holder på med i Uddevalla? Han saboterer sine egne planer, han tar en unødig risk. Han må være blitt påvirket av klimaet, av småbyroen, av den subbete Karlsson.

Han skulle vært over alle hauger nå. Gullet i sikkerhet på det midlertidige skjulestedet. Tyven på vei over den nærmeste ubevoktede grensa mellom de to uskyldslandene Sverige og Norge, til et hotellrom i en eller annen filleby ved navn Moss. Bestilt for en viss herr Marco Malone, eller var det Mark Lonema?

Faen, han begynner å bli sløv, han husker ikke sine egne navn! Han skulle ikke ligge i Uddevalla og tygge hodepinetabletter og vente på en eksplosjon.

Han våkner av en svak klirring i hotellvinduene, et dumpt drønn.

Halv sju. Presis.

Men hvorfor skinner sola ute?

Han har sovnet med klærne på. Hiver på seg frakken og tar heisen ned til resepsjonen. Vegguret bak den søvnige resepsjonisten viser ti på halv ni.

Marc har løpt som en tulling gjennom gatene til torget. Han hiver etter pusten, det flimrer for øynene. Men ikke verre enn at han kan se tårnurets visere.

Den minste peker på romertallet III, den lengste på romertallet XI.

Er det bare det forbannede uret som har spilt ham et puss, eller er det også underbevisstheten?

Foran restene av gullsmedbutikken – i glasskår og plankebiter – står tre brannbiler og to politibiler. På trygg avstand fra dem står en liten, men voksende skare av tilskuere.

Det er ennå ikke kommet noen ambulanse.

Av de lavmælte samtalene og gestene til tilskuerne forstår Marc at de er glade for at eksplosjonen ikke inntraff i butikkens åpningstid, og at ingen gikk forbi da det smalt.

De vet ikke det han vet, og det vet ikke brannmannskapene som holder på der inne heller.

De skal snart få vite.

Ikke før Lena – det som er igjen av henne – er brakt ut på en båre dekket av et hvitt, sotete klede, går Marc mot bilen.

På trappa til gravkapellet sitter Karlsson, innrammet av tunge greske søyler.

Han sier ingenting, men reiser seg tungt.

Marc låser opp bilen, fomler. Selv ikke dette greier han ordentlig.

Han kjenner Karlssons fyllepust i nakken.

«Skulle vi ikke dele potten?» sier Karlsson. «Jeg venta her hele natta. Så sprenger du sjappa, din jævla gærning. Og Lena. Ditt svin.»

Marc skyver ham unna og setter seg inn.

«Du kommer ingen vei,« sier Karlsson. «Jeg tipsa dem.» Han peker på politibilen som kommer kjørende over torget, langsomt.

«De kara har god tid. Du kommer ingen vei. De tror ikke på en fyllik som meg, men de skal få se.»

«Hold kjeft,» sier Marc. «Inn med deg.»

«Inn?»

«Jeg trenger et gissel.»

Han skyver Karlsson rundt bilen, åpner døra, dytter mannen på plass i passasjersetet. Karlsson gjør ingen motstand.

«Kommer ingen vei,» sier han.

Politibilen har stilt seg på tvers på plassen foran gravkapellet. Marc legger inn reversen, gir full gass og slipper kløtsjen. En Audi Quattro er en kraftig doning med god akselerasjon.

Han treffer politibilens venstre forskjerm med så stor kraft at den hvite Volvoen blir slengt halvveis rundt. Men sprengstoffet i Audiens bagasjerom eksploderer ikke.

«Ingen vei,» sier Karlsson.

Blod renner i en strime fra den ene munnviken hans. Marc gir full pinne forover.

Han kjører inn i gågata og tuter vekk fotgjengerne. Den andre politibilen ligger på hjul. Den får sladd på sørpeføret ved trafikklyset ved hovedveien, skjener sidelengs og treffer lysstolpen. Marc er helt rolig og greier å følge med i speilet.

«Veisperringer,» sier Karlsson. «De vil ta deg.»

«De vil aldri ta meg,» sier Marc.

«Du får hver eneste politimann i Sverige etter deg.»

«De fant ikke Palmes morder. De vil ikke finne meg heller.»

Marc lar bilen rase oppover mot avkjøringen til E6. Det står skilt i retning Oslo.

Han tenker at Oslo er en by han aldri vil få prøvd seg i. Det er et visst vemod ved den tanken.

«Det ligger en flaske whisky i dashbordet,» sier han til Karlsson. «Du trenger den. Du kommer til å dø snart.»

«Dø?» sier Karlsson.

«Naturellement,» sier Marc på sitt eget språk.

Han forklarer svensken at bagasjerommet er fullt av sprengstoff, og at det bak whiskyflaska i hanskerommet finnes to ledninger som kan koples slik at bilen går i lufta.

Karlsson ruller ned vinduet og hiver whiskyflaska. Sier at han ikke vil dø med ei flaske i handa.

«De kommer ikke til å finne så mye som en glassbit,» sier Marc.

Han presser bilen opp i 160 gjennom de to tunnelene nord for byen. Det er to kjørebaner i hver retning og liten trafikk nordover.

Et par lyskryss tar han på rødt.

«Finn fram ledningene,» sier han til Karlsson. «En rød, en svart.»

«Morder, selvmorder,» sier Karlsson og tørker vekk blod fra haken.

«Ingen av delene var planen.»

«Hvorfor måtte du sprenge når du kunne koden?»

«Jeg gjør alltid det. For å beskytte min metode. Det har også med forsikringsselskapene å gjøre. Jeg hater dem. La dem blø, er mitt motto. Det slår aldri feil at en juveler oppgir mye mer enn han hadde i skapet sitt.»

«Jeg er redd,» sier Karlsson. «Jeg vil ikke dø.»

«Hva har du å leve for?» spør Marc og vrenger bilen forbi en trailer.

De er kommet inn på en strekning gjennom granskog som ennå er dekket av et tynt snølag.

«Finn fram ledningene!»

«Nei,» svarer Karlsson. «Du har tenkt på dette lenge?»

«Planla det som en måte å bli kvitt bilen på. Men har tenkt på det, ja. Naturellement. Det er en logisk utvei for en mann som er ferdig med livet. Gi meg en sigarett og tenn den.»

Karlsson greier å ryste en sigarett ut av pakka og tenne den med bilens lighter.

«Jeg er ingeniør,» sier Marc. «Fra den delen av Belgia der vi snakker fransk. Jeg giftet meg med en fransk dame. Vi hadde to barn, to gutter. Åtte år og fem. Hun ville ta livet av seg. Jeg kunne ikke forhindre det. Hun var en egoist. Ville ikke at noen skulle leve etter henne. Tok med seg guttene i bilen. Kjørte rett inn i en trailer nord for Liège. Det var ingenting igjen av dem.»

«Sorry,» sier Karlsson. Han tenner en sigarett til seg sjøl, men greier ikke holde den, mister den mellom setene.

«Det blir ingenting igjen av oss heller,» sier han.

«Det finnes et bilde av oss på filmen i kameraet ditt,» sier Marc og kjører forbi en buss i en sving.

«Ingen vil vel framkalle den,» sier Karlsson.

«Det har du kanskje rett i. Forsikringsselskapet ville ikke utbetale ett øre, fordi det var selvmord.»

«Hva da?»

«Min kone. Skynd deg nå, før sigaretten min brenner ut. En rød og en svart.»

«Hunden vil savne meg.»

«En bastard? Du likte ikke den bikkja. Den likte ikke deg.»

Karlsson har virkelig funnet fram ledningene. Kobberet skinner uhyggelig blankt der isoleringen er fjernet.

«Hva skal jeg gjøre? Hva skal jeg gjøre?»

«Kople!»

«Kan ikke,» sier Karlsson og viser hvordan han skjelver på hendene.

«Kom igjen, sailor. Vi er alene på veien nå.»

Karlsson stirrer rett fram. Veien vider seg ut og blir til Atlanterhavet, den grå Atlant. Han har vært sjømann og verftsarbeider. Han kan ting.

Han stikker først den svarte, så den røde ledningen inn i munnen, og samler ledningsendene på tunga. Kobbersmak. En svak dirring av strøm.

HUMMERENS KLO

Av Gert Nygårdshaug

Sausen kunne for eksempel kalles montagnaise, tenkte Fredric Drum og blinket seg ut til avkjørselen mot Snarøya. Han var i meget godt humør, nøs tre ganger og satte ouverturen til Tannhäuser inn i CD-spilleren. Med Wagner på full guffe og tanken på en meget utsøkt multekremsaus servert til rype, var han på vei for å nyte en frikveld langt borte fra egne gryter på «Kasserollen», Oslos minste og i særklasse beste restaurant, med tre stjerner i Michelin-katalogen. Fredric Drum slapp Wagner inn under huden. Denne tirsdagsettermiddagen skulle han ut til Snarøya, til et lite, intimt gourmet-selskap som hans gode venn Joakim Hegg hadde stelt i stand.

Hegg-eiendommen lå meget vakkert til, og da Fredric svingte bilen inn oppkjørselen, kunne han ikke unngå å minnes kravet som vennen Joakim hadde fått da han skulle gifte seg med Alina Hegg: Han måtte selv ta Hegg-navnet, han kunne ikke hete Larsen når han skulle overta ansvaret for denne tradisjonsrike familieeiendommen, det hadde svigerfaren, gamle Oscar Hegg, grundig gjort nabolaget, ja, nesten hele Snarøya, oppmerksom på før prostatakreften tok ham over til taushetens rike. Oscar Hegg hadde vært stokk konservativ, vrang, surmaget og høyrøstet hele livet, og ingen kunne skjønne at Alina, hans eneste barn, slektet på ham. Alina var myk, snill og mild som en junibris.

Så derfor hadde Joakim skiftet navn. Det spilte ingen rolle, hadde han sagt, bare han fikk Alina slik at de sammen kunne realisere Joakims drøm: å starte en liten, hyggelig gourmet-restaurant her ute, her på denne eiendommen, helt i sjøkanten med vakker utsikt utover fjorden. Nå var flyene borte, og Snarøya var blitt en fredelig perle.

Fredric steg ut av bilen og nikket for seg selv. Duften fra blomstrende rododendron blandet seg med tang og tare. Sjøen, vannet her ute, var rent. Han nikket igjen og kunne bare bifalle Joakims planer i sitt indre; denne beliggenheten var perfekt for et lite og meget eksklusivt spisested. Ombygging av båthuset med små terrasser som om vinteren ble lukket inne av glassvegger og -tak, ville neppe forstyrre eiendommens natur og øvrige arkitektur.

Han tok en rask spasertur i hagen og ned mot svabergene før han tilsynegjorde sin ankomst. Helleganger i natursten omkranset av alle slags prydvekster fra rosebusker til lyng, gjorde eiendommen ualminnelig vakker. Fredric ble stående under en ungarsk syrin i full blomsterprakt og nyte duften. Han lukket øynene. Hvitvin fra Penedès, tenkte han. En dyp, gul Torres-vin av god årgang, slik var duften.

Så gikk han opp mot hovedhuset.

Plutselig stanset han og stirret mot en liten, grå skulptur som var halvveis skjult under en tettklipt hegg. Han knep øynene sammen og gransket skulpturen. Deretter bøyde han seg inn under grenene og kjente på den lille stenfiguren. Kunne han ta feil? Nei, det var ikke mulig, han kunne ikke ta feil. Det var en ekte Meerfenchel-nisse.

Han kjente en kald ising oppetter ryggraden. Det var første gang Fredric Drum så en Meerfenchel-nisse i en norsk hage.

«Velkommen, Fredric, du er den første av gjestene!» Joakim smilte bredt og ga vennen et varmt håndtrykk. «Jaggu godt du kom deg vekk fra 'Kasserollen' for en kvelds skyld. Men du vet jeg blir nervøs når jeg skal servere deg mat.»

Fredric lo og tok imot et glass med hjemmelaget kreklinglikør. Den duftet av skog og fjell.

«Bra bouquet, hva?» Joakim var synlig stolt.

«Alina?» spurte Fredric.

«Hun måtte dessverre en tur til England. Tok flyet nå i formiddag. Teatret går foran alt, du kjenner Alina. Denne gangen er det et fire dagers pantomimekurs.»

«Akkurat,» nikket Fredric.

De to vennene satte seg ute på den store, sydvendte terrassen. Joakim kikket på klokken. Resten av gjestene kunne ventes når som helst.

«Mirakelessensen er forresten ferdig,» sa Fredric og grep seg til jakkelommen.

«Hva er det du sier?! Ferdig? Allerede?» Joakim spratt opp av stolen, og det guttaktige ansiktet hans lyste av iver.

Opp fra lommen fisket Fredric frem en liten flaske, med kork og pipette. Det kunne ha vært øyedråper eller det kunne ha vært nesedråper, men det var noe ganske annet.

«Fikk den av professor Armand i dag. Meget konsentrerte saker. For Guds skyld, korken må ikke åpnes her; professoren har gitt meg en rekke instrukser når det gjelder bruken. Vi får ta det i enerom etter middagen.»

Joakim ble sittende og dreie flasken mellom fingrene mens han beundret væsken innenfor glasset.

«Revolusjonerende,» hvisket han, «dette kan sannelig vise seg å bli revolusjonerende.» Han puttet flasken i lommen.

Så ringte det på døren.

Inkludert Fredric og verten selv ble det seks personer til bords. Meningen var at Joakim Hegg skulle prøve ut en meny som senere skulle brukes i den planlagte restauranten. Gjestene skulle være matkjennere, så Fredric stusset ørlite da han sto overfor Yaki Oones, en meget vakker kvinne, opprinnelig fra New Zealand med maori-blod i årene. Yaki Oones var Joakims gammelkjæreste, men det var minst et par år siden Fredric hadde sett henne sist. Hun var ikke kjent for å være spesielt interessert i mat, derimot alt som kunne virke kalori-nedbrytende. Hun drev et helsestudio på Skøyen.

Foruten Yaki Oones var det selvfølgelig den såkalte «Sersjant» Aronsen, den beryktede gourmeten som ingen ante fornavnet til, men som var alle kjøkkensjefers skrekk. Hans pondus var spektakulær, og med fippskjegg og bart var han som skåret ut av rollelisten fra et Ibsen-drama. Det ble sagt at hans gane var så følsom at den kunne skille mellom cubansk og haitisk melis brukt i en parfait. Fikk man «Sersjant» Aronsens akklamasjon til en meny, var man sikret suksess.

De to siste gjestene var fremmede for Fredric: Stephan Finne og Petter Bardal. Begge var menn i 40-årsalderen, Snarøya-beboere og vel kjent med Joakims restaurantplaner. Petter Bardal var Hegg-eiendommens nærmeste nabo; han var arkitekt og sterkt engasjert i Snarøyas fremtid nå etter at flyplassen var blitt borte. Men Fredric fikk en umerkelig rynke i pannen da han hørte at Stephan Finne, som bodde noen hundre meter lenger nede, også gikk med restaurantplaner. Kunne det være plass til *to* spisesteder her ute?

I smug betraktet han Finne: en tynn, hulbrystet mann med ørnenese og et litt flakkende blikk. Ingen typisk matelsker, tenkte Fredric, men skinnet kunne bedra. Stemmen hans hadde i hvert fall noe forsonende over seg; den var fet, nærmest pavarottisk, og ga Fredric assosiasjoner om en litt fyldig beverhalesaus, der mannen nå sto og konverserte Yaki Oones.

«Det blir et helvete,» sa Petter Bardal, arkitekten, såpass høyt at alle, inkludert verten selv, kunne høre. «Det blir et helvete med to restauranter her ute!»

«Den drittsekken utnytter meg, Fredric,» sa Yaki Oones.

Hun og Fredric gikk noen trappetrinn ned mot svabergene og båthuset. Gjestene var overlatt til seg selv på eiendommen mens verten la siste hånd på måltidet som skulle serveres i den lille spisestuen om en knapp time.

«Utnytter? Joakim?» Fredric stanset opp.

«Ja, hvorfor tror du jeg er invitert? Mat – ho-ho – han vet at jeg gir blaffen i maten hans, men at jeg derimot ikke kan si nei til noe annet han kan tilby. Så snart denne Alina, porselensdukken hans, er ute av syne, ringer han meg. Og jeg, mitt dumme naut, kan ikke si nei. Men nå er det stopp. Slutt. Finito. Bestemor maori lærte meg visse knep.»

Den vakre kvinnen presset kjevene sammen, og Fredric kunne ane lynglimt i de brune øynene. Maikvelden var plutselig ikke lenger så lun, og duften av hav virket med ett ram.

«Hei, der nede! Joakim har endelig offentliggjort menyen!» Stephan Finne kom viftende med et håndskrevet ark i hendene. De tre satte seg på en benk ved båthuset.

«Aha,» mumlet Fredric og leste menyen høyt:

«Carpaccio av røye i limesaus med rogn. Fritert hummer med ingefærsyltet gresskar. Skogsfuglpaté med hasselnøtter. Fløtekokt steinbitfilet rullet sammen med kapers og estragon servert med mandelpotet-puré. Multesorbet og kirsebærkremkake. Dette lover godt!»

Yaki Oones fnyste. «All denne jålete maten!»

Stephan Finne trommet nevrotisk med fingrene mot benken, blikket hans flakket utover fjorden. «Det finnes råvarer,» sa han med sin litt fete stemme. «Råvarer som Joakim ikke har oppdaget. Der skal jeg ta ham, så får vi etter hvert se hvor spisegjestene tar veien. Jeg har arbeidet med restaurantplanene mine i fem år. Men så kommer han durende og slår på stortromma. Dette skulle gamle Oscar Hegg ha visst. Jeg trodde Hegg-eiendommen var fredet mot kommersielle inngrep.»

«Hva med Petter Bardal? Han er visst heller ikke særlig glad for Joakims planer?» Fredric forsøkte å få renset luften for de verste uhumskhetene før måltidet tok til.

«Å, nei. Petter støtter mitt prosjekt. Et spisested ute hos meg er helt i tråd med hans visjoner om Snarøyas fremtid.»

Yaki Oones reiste seg og forlot benken. Hun forsvant inn mellom sypress-beplantningen på vestsiden av eiendommen.

Fredric stusset. To spisesteder. Konkurranse. *Hvorfor hadde Joakim invitert disse to, som var så sterkt imot hans planer?* For å vise dem hva han kunne? Ta motet fra dem? Fredric hadde trodd dette skulle bli en hyggelig kveld, nå tydet alt på det motsatte.

Han reiste seg fra benken.

«Har du forresten sett Joakims hummerbrønn?» spurte han Finne. Mannen flakket enda mer med blikket, adamseplet kom opp og forsvant under snippen igjen mens han ristet på hodet.

«Kom,» sa Fredric.

De gikk ned til svabergene, klatret over en stenmur og sto plutselig ved en dyp, naturlig jettegryte i fjellet. Nede i bunnen av jettegryten, som var nesten tre meter dyp, fosset sjøvannet inn gjennom en liten glipe i fjellet. Ved første øyekast kunne det se ut som bunnen var dekket av svarte, ovale stener, men stenene beveget seg.

Det var hummer.

Jettegryten var en perfekt hummerbrønn.

Glipen der sjøvannet kom inn var for liten til at hummerne kunne komme ut, men sørget for friskt vann hele tiden. Ved lavvann var dybden en knapp halvmeter.

«Praktisk, ikke sant?» Fredric forsøkte å virke munter.

Stephan Finne sto likblek og stirret ned i jettegryten. Så knyttet han nevene og freste med blikket vendt bort fra Fredric.

«Fy faen! Alinas mor forulykket i dette hullet!»

Denne opplysningen sammen med den stygge eden fra et menneske som virket særdeles lite imøtekommende, fikk Fredric til å trekke seg definitivt tilbake. Han forlot Finne ved hummerbrønnen og gikk stien opp på østsiden av eiendommen. Han fikk et glimt av arkitekt Bardal som sto alene mellom noen busker og veide noen stener i hendene. Det var fremdeles en knapp halvtime igjen til måltidet.

Fredric forsøkte å finne igjen stemningen han hadde følt i bilen utover. Hadde han ikke en ny sauskreasjon på gang? Montagnaise? Men alle gode følelser var borte, vårens dufter og lyder maktet ikke å trenge inn i ham, vennens måltid virket fjernt. Menneskene rundt ham oppførte seg ikke slik de skulle, når venner møttes til et godt måltid.

Venner? *Hvorfor* hadde Joakim invitert disse menneskene?

To misunnelige naboer og en gammel elskerinne. Pluss «Sersjant» Aronsen. Den gamle, humørsyke gourmeten forekom Fredric plutselig å være det eneste lyspunktet ved denne sammenkomsten. «Sersjant» Aronsen var den han var.

Han fant Aronsen ved den tettklipte heggen. Han sto og snøftet som en ilandgått hvalross mens han nøt(?) duften fra det nesten avblomstrede treet.

«God duft?» forsøkte Fredric seg smilende.

«Duft!» «Sersjant» Aronsen var rød i ansiktet mens brystkassen ved innpust svulmet opp til en størrelse nesten lik vommen. Så slapp han luft fra lungene så bartehårene vibrerte.

«Tror du jeg står her og lukter på gamle heggblomster, hva?»

«Nei, de er kanskje ikke ...»

«Idiot! Dette er ren og skjær blasfemi!» Brystkassen hans este ut igjen, og en ny orkan fikk det nærmeste bladhenget til å skjelve. Fredric skjønte ingenting, var gubben plaget av astma?

Så fulgte han blikket til Aronsen, og stivnet til.

Meerfenchel-nissen. Denne heslige, lille skulpturen under heggen. En slags nissefigur med et ansikt som uttrykte noe som kunne minne om iskald spott og hat. Meerfenchel-nissene var slik.

Ingen Meerfenchel-nisse var pen.

«Sersjant» Aronsen trakk seg tilbake fra heggen, gikk helt bort til Fredric og stakk en diger pekefinger mot magen hans.

«Du vet vel at Meerfenchel-brorskapet skiller seg fra andre lukkede ordener, som for eksempel frimurere eller rosenkreutzere? Medlemskapet går i arv. Og de plasserer den stygge nissen på steder som de anser for å være hellige.

Dette her, Drum, ante meg! Det var derfor jeg tok imot invitasjonen. Gamle Oscar Hegg var en bekjent av meg. At han var en Meerfenchel, kunne jeg ha gjettet. Nå vet jeg. Joakim Larsen kan dessverre aldri bli noen Hegg. Han har ingenting her ute å gjøre! Jeg må sørge for å få stoppet dette prosjektet hans omgående, skjønner De det, herr Drum?» Gubben satte fart på den digre skrotten og forsvant opp mot hovedhuset.

Fredric rakk ikke å si at han begynte å skjønne.

Men da han fullt ut skjønte, var det for sent.

Fredric ble sittende med dystre tanker på en benk nedenfor den sydvendte terrassen. Han så ingenting til de andre fire gjestene. Ti minutter før maten skulle serveres, gikk han opp til hovedhuset for å advare Joakim mot å ha altfor store forhåpninger om positiv respons ved måltidet.

Bordet i spisestuen var nydelig dekket til seks. Vinene sto oppmarsjert på eget bord til lufting.

Det var ellers helt stille i huset.

Fredric gikk raskt til kjøkkenet. En vond lukt slo imot ham da han åpnet døren. På komfyren sto en kjele med saus og kokte over. Den hadde kokt en stund, og innholdet var i ferd med å svi seg grundig inn i kokeplaten. En større kjele sto også og fosskokte. Vann. Dampen sto som en sky ut i kjøkkenet og fikk lukten av den svidde sausen til å virke enda sterkere.

Fredric dro kjelen bort og skrudde av varmen.

«Joakim!» Han ropte. Men verten var borte.

Han ropte rundt omkring i huset, men ingen svarte. Så gikk han ut på terrassen.

«Joakim!» brølte han utover eiendommen.

De fire gjestene kom fra hver sin kant opp mot huset. «Sersjant» Aronsen, fremdeles rød i ansiktet, men med et spørrende uttrykk. Stephan Finne, forknytt og innhul, som om han led under store pinsler. Petter Bardal, andpusten, hadde han løpt? Yaki Oones så ut som om hun nettopp hadde grått. Øynene hennes var hovne, og maskaraen laget mørke striper nedetter kinnet. Hun forsøkte å skjule det ved å se ned.

«Joakim er forsvunnet,» sa Fredric kort.

De fant ham fem minutter senere. Joakim Hegg lå nede i hummerbrønnen, jettegryten. Det var et fryktelig syn. Rundt omkring på kroppen hans kravlet to dusin rasende hummere; de hogg og slet i kjøtt og klær og vannet var farget rødt. Rødfargen spredte seg ut gjennom sprekken i berget og ut i fjorden. Store kjøttstykker ble revet løs fra den døde kroppen der nede.

Fredric Drum måtte snu seg bort.

Aldri hadde han sett hummer oppføre seg slik.

«Dette er noe av det verste jeg har sett av lemlesting utført av sjødyr! Hvordan er det mulig at *hummere* kan oppføre seg slik?»

Skarphedin Olsen fra KRIPOS rettet spørsmålet til sin nevø Fredric Drum, som hadde fått snakke med etterforskeren i enerom, mens de andre gjestene inntil videre var internert i spisestuen under bevoktning. Det var mistanke om en forbrytelse.

Fredric stirret mot et fiktivt punkt på veggen. «Det skyldes et meget spesielt hormonpreparat,» sa han stille. «Flasken dere fant knust i Joakims lomme var full. En dråpe av dette stoffet er nok til å gjøre hummeren fullstendig vill. Den blir aggressiv og eter alt den kommer over.»

«Og hvor stammer så dette stoffet fra?» spurte Olsen morskt.

«Fra et privat laboratorium. En venn av meg, professor Armand, har lenge forsket på dette. Som kjent tar ikke hummer til seg føde i fangenskap; derved vokser den heller ikke. En metode til å få hummeren til å spise, ville ha revolusjonert mulighetene for oppdrett. Joakim Hegg skulle teste dette stoffet på sine hummere. Jeg ga ham flasken for et par timer siden. En dråpe i brønnen hver dag, samt rikelig med fôr.»

«Så fikk han sannelig merke virkningen.» Skarphedin Olsen trakk munnvikene opp, men det ble ikke noe smil. «Skjønt han merket ingenting. Han var allerede død. Flasken ble utilsiktet knust i fallet. Mord.»

Ordet dundret mot Fredric. Mord? Hans venn Joakim var myrdet? Han frøs.

Det hadde tatt KRIPOS-teknikerne og legen bare noen minutter å fastslå at Joakim Hegg var slått i hodet med en stump gjenstand, muligens en sten, før han styrtet ned i jettegryten. De rutinerte etterforskerne kunne sitt fag.

«Men hva var det egentlig du ville si meg i enerom? Du må ikke innbille deg at du er mindre mistenkt enn de andre. Den første timen her nå, med samtlige samlet, vil avsløre morderen. Jeg har mine metoder.» Olsen så hardt på Fredric. Fredric møtte blikket hans like hardt.

«Og jeg har *mine* metoder,» sa han.

Så ba han etterforskeren høre nøye etter.

Politifolkene hadde trukket seg tilbake, ut på terrassen. Fredric hadde fått det som han ville. Skarphedin Olsen, som selv var kjent for å bruke ukonvensjonelle metoder i etterforskningen, hadde grepet hans idé. Nå satt han i en lenestol ved peisveggen i spisestuen for å bivåne skuespillet. Han aktet å gripe regien straks dramaet kom ut av kontroll.

De fire gjestene ble bedt om å sette seg til bords. Stemningen var mildt sagt trykket, for ikke å si amper da Fredric Drum gikk rundt og helte hvitvin i glassene.

«Hva pokker skal dette bety!» «Sersjant» Aronsen buldret som et middels tordenvær. «Dette er jo det rene vanvidd!» Likevel kunne han ikke dy seg, men løftet hvitvinsglasset opp mot barten, sniffet, rullet med øynene og mumlet anerkjennende.

Stephan Finne skalv åpenlyst; den magre kroppen ristet, og han stirret hypnotisk på et punkt i duken, langt borte fra omgivelsene.

Yaki Oones gråt lydløst med ansiktet skjult i servietten.

«Dette er et komplott! Denne Fredric Drum er faen meg *pervers*, nå vil han teste ut det *makabre* i matkunsten! Etter å ha myrdet en god venn. Det er *han* som har gjort det, tro meg!» Petter Bardal snerret og tømte vinglasset i én slurk.

Fredric var på kjøkkenet.

Fire stykker rundt bordet.

Taushet, bare Aronsens stol som knirket illevarslende.

Fredric Drum kom ut fra kjøkkenet. Han bar inn et stort fat dampende, nykokt, rød hummer og satte det på bordet. Fire par øyne stirret skrekkslagne på hummerfatet. Noen sekunder satt alle som stivnet.

«Nei, nå går det pokker meg for vidt!» Petter Bardal reiste seg halvveis opp av stolen.

«Sett deg, Bardal!» Fredrics stemme var som en piskesnert. Bardal ség tilbake i stolen. Stephan Finne svelget og svelget, som om han når som helst ville spy. «Sersjant» Aronsen var rødere i ansiktet enn hummeren på fatet, Yaki Oones like blek som servietten hun stadig knuget.

«Dette er alvor,» sa Fredric så rolig han maktet. «Joakim er myrdet. En av oss kan ha gjort det, det er det vi nå skal finne ut, på en enkel måte.» Forsiktig brøt han av hummerens klør og la en klo på hver asjett. Også på sin egen. Fem klør, nå var de fem til bords. Den sjette plassen sto tom.

«Etterforsker Olsen har fått høre,» fortsatte han, «at vi alle fem befant oss på forskjellige steder da Joakim falt – ble dyttet ned i brønnen på vei etter hummer. Ingen kan gi hverandre alibi. Slik sett er vi alle fem såpass tidlig i etterforskningen like mye mistenkte, sett fra politiets side. De har ikke rukket å eliminere noen av oss.» Så knep han blikket sammen og løftet brått sin egen hummerklo opp fra tallerkenen. Ved denne bevegelsen rykket de andre ufrivillig til i stolen, som om delikatessen når som helst kunne gå til angrep.

«Disse klørne var med på å maltraktere vår gode venn.» Han snakket lavt, men med trykk på hvert ord. «Fremdeles er disse klørne i stand til å maltraktere. Maltraktere én person: *Morderen*. Bare morderen. For alle andre enn morderen er disse klørne *fullstendig ufarlige*.»

Bardal rynket pannen og stirret litt undrende ned på sin egen hummerklo. «Sersjant» Aronsen gryntet noe uforståelig. Stephan Finne var igjen langt borte. Yaki Oones tok seg sammen og fikk sagt med sprukken stemme:

«Er dette en slags – psykologisk lek – Fredric – jeg tror ikke? – »

«Nei,» sa Fredric, «dette er ikke noen psykologisk lek. Kort fortalt: Jeg ga Joakim en flaske med meget konsentrerte hummerkjønnshormoner like etter at jeg kom hit. Dette stoffet, denne væsken, skulle brukes til å teste om hummeren kunne ta til seg mat i fangenskap, og derved vokse seg større. En oppfinnelse som kunne bli meget profitabel, om den virket. Da Joakim falt i jettegryten, ble denne flasken knust i fallet og innholdet gjorde hummeren fullstendig rasende. De gikk amok. Virkningen av stoffet var meget sterk, det har vi alle kunnet se. Men ...»

Fredric tok en liten pause, fuktet de tørre leppene med litt vin og fortsatte:

«Dråpene har også en annen virkning. Om en person ånder inn luft der noen av disse hormonmolekylene svever, og her snakker vi faktisk om mikroskopiske mengder, *så vil vedkommende utvikle en temporær og meget sterk allergi overfor hummer.* Denne allergien vil holde seg minst et døgn; den gir utslett, brekninger og diaré. Symptomene kommer raskt og er meget iøynefallende, for å si det mildt.»

«Du mener altså ...» Petter Bardal avbrøt seg selv.

«Akkurat,» sa Fredric, «det mener jeg. I sekundene etter at flasken ble knust i Joakims lomme, ville luften rundt jettegryten være stinn av disse hormonmolekylene. I klartekst betyr det at om noen av oss fem var i nærheten av dette stedet akkurat da flasken ble knust, vil denne personen nå få alvorlige problemer ved å spise hummerkjøtt. Vi har politilegen til stede, så han vil raskt kunne avhjelpe et akutt allergianfall. Vær så god, på Joakims vegne får jeg ønske velkommen til bords! Klørne er knekket, så det er bare å ta for seg av det milde hummerkjøttet.»

Uten å se på de andre tok Fredric sin egen hummerklo og sugde i seg kjøttet. Han pirket kloen tom for alt som kunne spises.

De andre gjorde nølende det samme.

Etterpå stirret alle på alle.

Ingen reaksjon. Ingen som bikket seg over i kvalme, fikk åndenød eller hissige utslett.

En ilter pipetone skar plutselig gjennom stillheten i rommet. Skarphedin Olsen grep mobiltelefonen og snakket lavt. Nikket for seg selv. Så reiste han seg og kom bort til bordet.

«Ja, ja, Fredric. Dette var jo et interessant måltid. Men det fortalte ikke oss fra KRIPOS stort. Ikke behov for lege her, ser det ut til, er det vel? Men likevel har du rett i en ting, Fredric, det skulle vært *en gjest til* her. Derfor får dere drøye måltidet litt til, folkens, det varer ikke lenge før det kommer en til som vil smake en hummerklo.» Etterforskeren knep øynene sammen og kakket iltert i peishyllen. Fredric kjente at han var i ferd med å bli utladet. Spenningen hadde vært stor etter Joakims plutselige død, og den rollen han hadde påtatt seg for å oppklare dette, gjorde ham matt. Så langt var det gått som han hadde trodd; nå kunne det vise seg at hans innerste antagelse var riktig.

Stemningen rundt bordet lettet plutselig. Nå skravlet alle i munnen på hverandre, det klirret i glass og Stephan Finne sølte vin utover duken. «Sersjant» Aronsen gikk løs på hummerhalene og spiste med stor appetitt.

Så kunne de høre at det smalt i en bildør i oppkjørselen.

Alle snudde seg mot døren da to politimenn kom inn sammen med en ung kvinne.

«Mina!» gispet Petter Bardal. «Du skulle jo ...»

«Jeg ble forsinket – ventet på kveldsflyet, da politiet kom – og fortalte – å, så grusomt – min kjære – Joakim!»

Sorgen og gråten virket ekte.

Fredric møtte plutselig «Sersjant» Aronsens blikk. Den gamle løftet glasset, knep øynene sammen og mumlet mot Fredric, knapt hørlig: *«Meerfenchel-nissen, ikke sant?»*

Fredric nikket.

Nå skjedde alt fort og dramatisk. Meget bestemt ble Alina Hegg ført til bordet av KRIPOS-etterforskeren. Der fikk hun beskjed om å spise et stykke hummerkjøtt. Etterpå skulle hun få lov til å forklare politiet hvorfor hun ikke tok formiddagsflyet til London som planlagt, men ventet til kveldsflyet.

Alina Hegg var en god skuespillerinne.

Rollen som sørgende og forvirret var nærmest perfekt.

Også det hatske blikket hun sendte Yaki Oones virket ekte.

Alt var god teaterkunst inntil hun svelget den første hummerbiten og skulle til å løfte et vinglass. Da ble det virkelighet. Det ble ingen flere roller.

Politilegen ble tilkalt, og Alina Hegg fikk en kraftig injeksjon antihistamin.

Selskapet var over.

«Som jeg sa: Meerfenchel-brorskapet går i arv,» sa «Sersjant» Aronsen og holdt en meget lubben pekefinger opp foran Fredrics ansikt. Han, som vanligvis sverget til kollektivtrafikk, hadde takket ja til Fredrics tilbud om skyss inn til byen.

Fredric nikket og forsøkte å konsentrere seg om kjøringen. Aronsen fortsatte:

«Mina måtte derfor være en Meerfenchel. Hun var hjernevasket fra hun var liten. Og de stygge nissene viser at Oscar Hegg og hans forfedre betraktet Hegg-eiendommen som hellig. En restaurant her ville være en spott overfor både helligdommen og alt det Meerfenchel står for. Er du med, gutt?»

«Jeg er med,» nikket Fredric sakte. «Jeg skjønte det da jeg så nissen. Jeg skjønte at noe galt kunne skje. Jeg var nesten sikker på at det var Alina Hegg som drepte Joakim, og da ingen av dere andre ble syke av hummeren, var jeg overbevist. Men jeg vet ikke om hun ville ha slått mannen sin i hodet med noe tungt, om det ikke hadde vært for at Joakim fikk trumfet igjennom en hummerbrønn nettopp i. den jettegryten hvor hennes mor falt ned og slo seg i hjel da Alina var tre år gammel.»

«Tja,» sukket «Sersjant» Aronsen. «Vi kan vel fastslå at det var kombinasjonen Meerfenchel/morens dødssted som hummerbrønn, samt sjalusi overfor denne Yaki Oones som gjorde fru Hegg til en kaldblodig morderske.»

Fredric nikket taus. Han blinket seg ut fra motorveien ved Aker Brygge. Så sa han:

«Men vi kan også si at det var Joakims hybris som felte ham.

Dette selskapet i kveld – med alle disse menneskene som hatet ham. Et klassisk opplegg for mord. Jeg er sikker på at han gjorde dette som en ren maktdemonstrasjon; ingen skulle tro at de kunne vinne over ham. Men – kan vi ikke snakke om noe annet?»

«Hva med – sauser?» Den gamle gourmeten smattet med tungen.

«Har herr Drum noen spennende kreasjoner på gang?»
«*Montagnaise,*» svarte Fredric. «Stikk innom 'Kasserollen' til uken, skal du få smake en saus du aldri har smakt tidligere.»

«Tøv,» snøftet «Sersjant» Aronsen. «jeg har smakt *alt*. Absolutt alt, gutt.»

Pause.

«*Montagnaise*, sa du?»

LENSMANN VIKS MARERITT

Av Jørgen Jæger

Det var en av disse rolige ettermiddagene da det var mulig å hente seg inn litt. Jeg satt og gikk gjennom forskjellige småsaker som var blitt liggende altfor lenge. Det var ikke bra, for pressen var etter meg når sakene hopet seg opp slik. Å bli stemplet i lokalavisen som ineffektiv var ikke noe særlig for en lensmann som meg som satte sin ære i å gjøre jobben sin. Så jeg ble sittende alene igjen da klokken ble fire og de andre gikk hjem.

I halv sekstiden la jeg beina på bordet, lente meg tilbake i stolen og bevilget meg en pause. Det hadde vært en lang arbeidsdag, jeg var trett i hodet og måtte koble av med noe annet en liten stund. Jeg tok en slurk av kaffekruset mitt og bladde gjennom dagens utgave av VG. Etter å ha skummet overskriftene ble jeg sittende og fordype meg i en artikkel om eldre arbeidstakere som var blitt attraktive på arbeidsmarkedet igjen. Det var en artikkel som ga meg varme fornemmelser. For bare et år siden hadde min tidligere sjef, en spradebasse av en politimester, lagt all sin prestisje i å bli kvitt en rekke flotte polititjenestemenn – inklusive undertegnede – bare fordi vi var fylt femti! Jeg måtte smile ved tanken. Han hadde virkelig måttet bite holdningene sine i seg. Vi hadde kjørt ham, for å si det mildt, med tjenestemannslaget i spissen. Og da media til slutt hadde fått snusen i saken, var han ikke bare ferdig, han var skandalisert.

Nå leste jeg med glede det jeg allerede visste; at eldre arbeidstakere var både stabile og dyktige. Det sto mer pent om oss godt voksne også, men det fikk jeg ikke skikkelig med meg, for i det samme ringte telefonen. Oppgitt over å bli avbrutt bøyde jeg meg fremover mot skrivebordet, og med et undertrykt stønn nådde jeg så vidt røret.

«Fjellberg lensmannskontor, det er lensmann Ole Vik,» sa jeg og prøvde å høres ut som det jeg var; en myndig, men vennlig lovens håndhever.

«Du må komme!» lød en hysterisk kvinnestemme. «Han slår meg helselaus! Kom før han dreper meg! Vær så snill ...» Stemmen ble fordreid, så hørte jeg at den gikk over i krampegråt.

Jeg føyste avisen til side, slapp beina ned på gulvet i en fart og fant noe å skrive på. «Hvem ringer?» sa jeg. «Du må gi meg navn og adresse, ellers kan jeg ikke finne deg!»

«Laila ... Laila Bjørge,» kom det halvkvalt. «Sy ... sykehusgata 12, tredje etasje! Hjelp meg! Vær så snill!»

Linjen ble brutt. Jeg satt forfjamset tilbake med røret i hånden, men bare et øyeblikk. Jeg hamret løs på gaffelen, fikk summetonen og ringte hjem til Morten, den sprekeste betjenten i staben min. Der var det typisk nok ingen som svarte. Jeg prøvde mobilen hans i stedet, uten hell. På vei ut prøvde jeg å ringe de andre betjentene mine også, men alle befant seg for langt unna til å kunne bistå med en gang. Det innebar at jeg måtte håndtere situasjonen alene, i hvert fall innledningsvis. Det var ikke bra. Slike oppdrag burde håndteres av to. Jeg måtte innrømme at nå likte jeg meg dårlig.

På vei opp gjennom hovedgata stoppet folk og stirret nysgjerrig etter tjenestebilen. Hva kunne være på gang her i fredelige Fjellberghavn, siden lensmann Vik rykket ut med fulle sirener? De kunne saktens lure. Det gjorde jeg og.

På veien forberedte jeg meg i hodet: Sykehusgata 12 var et hvitt trehus på fire etasjer, mente jeg å huske. Det lå nesten oppe ved fylkessykehuset. Jeg kjente navnene på noen som bodde der, men Laila Bjørge hadde jeg aldri hørt om. Da jeg var fremme noen minutter senere, parkerte jeg på fortauet og tok trappene opp til tredje etasje med sjumilssteg.

Det var to inngangsdører der, den ene med et messingskilt som det sto Hansen på, den andre med to skruehull og et mørkt felt der det tidligere hadde vært et skilt. Litt på skrå hang en papirlapp festet med tape, hvor det var skrevet Laila Bjørge med kulepenn. Døren sto på gløtt.

Jeg sto stille og lyttet. Ikke en lyd. Forsiktig skjøv jeg døren opp og tittet inn. Entreen var umøblert.

Jeg trakk meg ut igjen, trykket på ringeklokken og skjøv deretter døren helt opp. «Hallo!» ropte jeg. «Det er politiet!» Med bestemte skritt gikk jeg inn i gangen. «Er det noen her?»

Det kom ikke noe svar. Forsiktig fortsatte jeg inn i stuen. Også den var umøblert, bortsett fra en peis i det ene hjørnet og en slitt pinnestol som sto midt ute på gulvet. Jeg fikk en ekkel følelse. Hvor var Laila Bjørge? Og hvor var mannen som hadde holdt på å jule henne opp?

Ikke her, i hvert fall. Men leiligheten hadde flere rom. Med rolige skritt gikk jeg gjennom stuen og ut på kjøkkenet. Tomt, det også. Ikke engang hvitevarer. Idet jeg gikk tilbake for å sjekke soverommene, hørte jeg at inngangsdøren ble smelt igjen og at en nøkkel ble vridd rundt.

Pulsen begynte å dundre i ørene mine. Jeg var ikke redd, men sansene mine jobbet på høygir. Hva skjedde? Var det noen som gikk, eller var det noen som kom?

«Hallo!» Min rungende lensmannsrøst laget ekko i de tomme rommene. «Er det noen der?»

Det kom ikke noe svar. Jeg gikk tilbake til stuen og ut igjen i gangen – og ble stående fastfrosset: Lent opp etter inngangsdøren, med armene i kors og et sleskt flir om munnen, sto en mann i 30-årene. Han hadde fett, bakovergredd hår og var kledd i utvaskete dongeriklær. En tatovering prydet den ene siden av halsen hans og strakte seg nesten opp til øret.

«Hvem er du?» spurte jeg.

«Laila vel,» svarte mannen med fordreid damestemme, etterfulgt av en hånlig latter. «Hjelp meg! Vær så snill! Du må komme!» Han skar en masse grimaser, gjorde seg feminin og moret seg åpenbart kongelig.

Det gjorde ikke jeg, men jeg var ikke et øyeblikk i tvil. Det var stemmen jeg hadde hørt i telefonen.

«Hva skal dette bety?» sa jeg og prøvde å bevare fatningen. «Det er ikke særlig smart å drive ap med politiet. Hva heter du?»

Mannens ansikt fikk et hardt drag. «Kjenner du meg ikke igjen, feiten?» snerret han og kom helt bort til meg. «Gjør du ikke?»

«Nei,» løy jeg. Jeg så hvem han var akkurat idet jeg svarte.

«Men meg kjenner du nok,» lød en dyp stemme fra et sted bak meg. Jeg snudde meg. I døråpningen til stuen sto en nærmere to meter høy, flintskallet brande med ringer i ørene. Jeg så rett på en svulmende brystkasse innpakket i en stramtsittende t-skjorte med black-metal-trykk. Mannen stirret på meg med stikkende øyne. «Ikke sant?» la han truende til og kom et skritt nærmere.

Det var sjelden jeg følte meg liten, men det gjorde jeg nå. Jeg, som egentlig var en diger kar. Goggen hadde est noe voldsomt opp siden sist jeg så ham, antakelig etter inntak av store mengder anabole steroider og pumping av jern, men jo da, jeg gjenkjente ham. Og jeg gjenkjente Bølla, lillebroren hans. Det var vel femten år siden nå at jeg hadde fått plassert de to bak lås og slå, etter at de hadde drept en pensjonist under et ran. Å oppspore dem hadde vært en formidabel oppgave. De hadde blånektet til det siste, men var blitt dømt.

Jeg prøvde å beholde roen. «Jasså,» sa jeg. «Så dere har sonet ferdig nå og er klare for et nytt og bedre liv?»

«Det skal være visst.» Goggens ansikt løste seg opp i et smil og han så nesten sympatisk ut et øyeblikk. «Men først er det noe vi må ordne.»

«Jaha,» sa jeg. «Da ønsker jeg dere hjertelig til lykke – så lenge dere holder dere innenfor lovens rammer. Jeg skal ikke oppholde dere.»

Jeg dro i dørhåndtaket, men døren var låst. Jeg så opp. Bølla sto og flirte rått mens han holdt nøkkelen til sikkerhetslåsen ertende opp foran meg.

«Lås opp,» sa jeg bestemt. «Jeg skal gå.»

«Så hent´n, da.» Bølla viftet med nøkkelen og flirte råere enn noen gang.

Jeg strakte ut hånden etter den. «Gi meg nøkkelen,» sa jeg. «Ikke ødelegg for deg selv nå. Goggen, ta til fornuft og hjelp meg her.»

«Er du hul i hue, snutejævel?» kom det derfra.

Nøkkelen forsvant ned i en av Bøllas mange lommer. «Hent´n, gammer´n,» gjentok han frekt. «Tør du ikke?»

En slik provokasjon kunne jeg selvfølgelig ikke svare på. Derimot fant jeg tiden overmoden for å slå alarm. Jeg tok frem mobiltelefonen min, men idet jeg skulle til å trykke *ring,* var Goggen over meg med et brøl, og jeg ble slengt bortover gangen som om jeg var en liten pusling. Jeg, som hadde passert hundrekilosgrensen for mange år siden!

«Prøv deg, jævel!» gryntet han. Mens jeg strevde med å holde på så vel balanse som politiverdighet, benyttet han sjansen, snappet telefonen og kylte den i veggen. Den ramlet skramlende i gulvet, stykkevis og delt, og etterlot seg et digert hakk i veggen.

Jeg begynte å forstå at jeg var ille ute. «Ikke ødelegg for dere selv, nå,» sa jeg i et forsøk på saklighet. «Angrep på en polititjenestemann er alvorlige greier, spesielt for dere to som nettopp er satt fri.»

«Kutt pisspreiket!» Goggen strakte ut to digre never, grep fatt i uniformen min og nærmest løftet meg opp. Alle forsøk på motstand var fånyttes. Her hjalp ikke inntrente politigrep, her hang jeg og dinglet hjelpeløst. Normalt ble ikke en politimann behandlet slik, for uniformen i seg selv hadde en preventiv effekt. Det virket ikke på disse to.

Jeg ble dels dradd og dels båret inn i stuen hvor Goggen plasserte meg på pinnestolen. «Sitt her!» grylte han. «Rører du deg, dreper jeg deg! Forstått?»

Jeg tidde. Siden jeg ikke kunne oppnå noe ved verken snakk eller motstand, valgte jeg å forholde meg passiv. Det var et slags våpen, det også.

De to stilte seg opp foran meg.

«Hør her, snutejævel,» sa Goggen. «Nå skal du få igjen for det du gjorde mot oss!»

«Ja, nå er det tid for hevn!» supplerte Bølla og nærmest

trippet av iver der han sto. «Dette har vi venta på i femten år!»

Jeg hev nesten umerkelig etter pusten. Så visste jeg i det minste hva det dreide seg om. De hadde brutt seg inn i den tomme leiligheten og lokket meg i en felle for å ta hevn. «Er dere virkelig villige til å ta en ny runde i fengsel på grunn av hevnlyst?» spurte jeg.

«Fengsel?» Goggen brølte av latter. Han så på broren mens han hikstet så hele den digre kroppen ristet. «Hørte du, Bølla, lensmannen tror vi skal i fengsel! Ha haa ...!» Han krøket seg sammen.

Bølla lo med. «Ha ha – faen for en idiot!» Han trakk en hvit papirlapp opp av lommen og viftet med den. Jeg gjenkjente den med en gang, det var navnelappen som hadde hengt på døren. «Tror du noen vet at vi er her?» spyttet han.

«Ja, jeg,» sa jeg fattet.

Goggen sluttet å le og kom helt bort til meg. Han bøyde seg ned og stakk det fæle ansiktet sitt opp i mitt. «Det er der du har gått glipp av noe vesentlig, jævel,» snerret han. «Du vil aldri få fortalt om det, skjønner du, for nå er oppgjørets time kommet. Nå skal du stilles for retten for dine ugjerninger. I dag er det vi som er dommere, og du som er tiltalt.»

Han snudde seg mot broren. «Er du klar?»

«Som et egg, broder.»

Goggen vendte seg mot meg igjen. «Erklærer du deg skyldig eller uskyldig?» sa han mens han skottet bort på broren og knegget. «Ja eller nei?»

Jeg svarte selvfølgelig ikke.

«Da tar vi saken opp til doms.» Goggen så bort på broren. «Hva er din dom, broder?»

«Skyldig som faen,» gliste Bølla. «Hva sier du?»

«Jeg sier skyldig,» sa Goggen. «Lensmannsjævel Ole Vik, du dømmes herved til døden. Dommen blir effektuert nå.»

Jeg satt som lammet. Hva mente han med det? Døden? Var de virkelig villige til å gjennomføre noe slikt? Jeg svelget. Sjansen for at de ville komme fra det, var skremmende god. Leiligheten var tom og fraflyttet, ingen hadde sett dem komme, og ingen ville se dem gå hvis de ikke var ekstremt klønete. Og ingen ville knytte dem til drapet på meg.

Jeg prøvde å reise meg, men Goggen dyttet meg ned igjen. Han tok et skritt tilbake, og nå så jeg at han holdt en pistol i hånden. Den hadde lyddemper, rakk jeg å få med meg, før han glisende løftet den og trykket på avtrekkeren med et kort «Adjø, svin».

Jeg hørte en dump lyd, så ble alt svart og jeg begynte å falle. Jeg falt og falt – til jeg traff gulvet.

Jeg ble liggende musestille. Vågde ikke lee på en muskel. Var jeg død? Hvorfor hadde jeg i så fall vondt i armen? Forsiktig gløttet jeg på det ene øyet. Jeg så rett på en masse ledninger og noen skrivebordsbein. Jeg snudde hodet. Ved siden av meg lå en veltet stol. Ikke en pinnestol, men en kontorstol. *Min* kontorstol.

Jeg kom meg opp i sittende stilling og så meg forundret om. Jeg befant meg på lensmannskontoret, på gulvet ved siden av skrivebordet. Hvordan i all verden hadde jeg havnet der? Jeg reiste meg helt opp. Var Goggen og Bølla her? Nei, jeg var alene. Jeg rettet opp stolen og satte meg, helt groggy. På pulten lå kaffekoppen min veltet, på gulvet lå VG. Jeg skjønte ingenting. Hjernen var som grøt, som om jeg nettopp hadde sovet ...

Sannheten slo ned i meg som et lyn. Det var nettopp det som var saken: Jeg hadde sovet – og drømt alt sammen. Skjønt drømt og drømt – hatt mareritt var nok nærmere sannheten. Så hadde jeg tatt overbalanse og falt av stolen. Noe så grenseløst pinlig.

Jeg ble sittende og jobbe videre. Drømmen satt hardt i, som om det var umulig å kvitte seg med følelsen av at den hadde vært virkelig. Først i åttetiden begynte den å gi slipp på meg. Da ringte telefonen.

«Fjellberg lensmannskontor, det er lensmann Ole Vik,» sa jeg og prøvde å høres ut som det jeg var; en myndig, men vennlig lovens håndhever.

«Du må komme!» lød en hysterisk kvinnestemme. «Han slår meg helselaus! Kom før han dreper meg! Vær så snill ...» Stemmen ble fordreid, så hørte jeg at den gikk over i krampegråt ...

KILDER

Kristoffer Morris: «Den falske tvilling»
Ikke tidligere utgitt i bokform

Gunnar Staalesen: «Det store spranget»
Programbladet 1995

Jørn Lier Horst: «Dødelig kollekt»
Østlands-Posten 2005

Tom Egeland: «Døden på direkten»
Verdens Gang 2008

Erik Meling Sele: «Høy innsats»
Ikke tidligere publisert

Kim Småge: «Renslighet er en dyd»
"Kvinnens lange arm" Aschehoug 1995

Ørjan N. Karlsson: «Siste oppdrag»
Ikke tidligere utgitt i bokform

Kurt Aust: «Tre er to for mye»
Ikke tidligere publisert

Kjell H. Mære: «Vinterfugler»
Ikke tidligere utgitt i bokform

Pål Gerhard Olsen: «Vårtegn»
Ikke tidligere utgitt i bokform

Arild Rypdal: «Fatale ringer»
Sunnmørsposten 1993

Jorun Thørring: «Svigermors drøm»
Ukebladet Hjemmet 2010

Anne B. Ragde: «Polarsafari»
«Noen kommer noen går» Tiden 1992

Fredrik Skagen: «Å drepe en sangfugl»
«Å drepe en sangfugl» Cappelen 1992

Unni Lindell: «Kappløpet»
«En grusom kvinnes bekjennelse» Tiden 1993

Jon Michelet: «Et spørsmål om tid»
«Thygesen fortellinger» Oktober 2005

Gert Nygårdshaug: «Hummerens klo»
«De nye krimheltene» Gyldendal 2002

Jørgen Jæger: «Lensmann Viks mareritt»
Norsk Ukeblad